転生料理研究家は今日もマイペースに料理を作る
あなたに興味はございません
3
狭山ひびき
イラスト：仁藤あかね

転生料理研究家は今日もマイペースに料理を作る
～あなたに興味はございません～

3

contents

シャーリー・リラ・
フォンティヌス
15歳。前世は日本人の料理研究家で現在は伯爵令嬢。
婚約破棄がきっかけで記憶を取り戻すもシャーリーの体型にショックを受け、1年間かけてダイエットに成功。その料理の力を認められ、イリス専属料理人として住み込みで王宮に勤めている。
アルベール・
リュカ・
ブロリア
20歳。ブロリア国の第三王子で、ローゼリアの塔の中で「人質」として暮らしている。シャーリーの料理で心身ともに救われる。

Character ―人物紹介―

リアム・ジルハルト・ローゼリア

ローゼリアの第一王子。人質としてブロリア国の緑の塔にいたが、忽然と姿を消す……

イリス・カプシーラ・ローゼリア

9歳。ローゼリアの第二王女だが、前世は日本人。記憶を最近取り戻してしまったせいで王族の食事を受け入れることができず、体調不良に陥っていたがシャーリーの料理で元気を取り戻す。

アデル・コンストンス・ローゼリア

19歳。ローゼリア国の第一王女で、すらりとした長身の美人。

剣の力も秀でていて女性からの人気もある。妹のイリスを心配し、シャーリーを料理人としてスカウトする。

エドワルド・ステフ・ローゼリア

18歳。ローゼリアの第二王子で、天真爛漫な性格。
シャーリーに胃袋をつかまれてしまい、求婚中……。

Story ―あらすじ―

婚約破棄がきっかけで前世の記憶を取り戻したシャーリー。前世では本の出版までこなす料理研究家だった彼女は、甘えて育った現在の姿にショックを受け一念発起、食事制限で見事ダイエットに成功する。デビュタント当日にアデルに気に入られ、イリスの専属料理人として王宮勤めをはじめたシャーリーは、自由気ままに料理の腕を振るい、王家の兄妹たちの胃袋を掴んでいくが……ローゼリア国とブロリア国の二国間で行われる「人質交換」と緑の塔にまつわる秘密に触れてしまう。偶然か必然か、塔に入る能力を持っていたシャーリーは緑の塔と王宮を行き来し、アルベールやリアムの食事の世話まで始めてしまう。ある時、「指パッチン」で思い描いたものを実体化させられる魔力まで保持していることに気づき、塔の中は冷蔵庫やテレビにゲーム機、掃除機、スナック菓子までが溢れかえる事態に。シャーリーの料理と現代家電の力で、憂うつな塔の幽閉が一変、ほのぼのとした日常になりつつあったが、ある日突然リアムが塔から姿を消してしまう。残されたリアムの日記から、どうやらリアムが育てていた蔦にヒントがありそうだと探るが……

それは遥か昔――
この世界は、どこまで行っても砂と岩のみの何もない世界だった。
水もなく。
虫も動物も植物すら存在せず。
風が吹けば砂が舞うだけの砂漠がはてもなく続いている世界だった。
そんな何もない世界に、ある時一人の女神が舞い降りる。
女神の名は、イクシュナーゼ。
銀色の髪と瞳を持った、美しい女神だった。

イクシュナーゼは創世の杖を涸《か》れた大地に突き立てた。
杖の先からは光が溢れ、光は雲になり、雨が降った。
雨は三日三晩降り続く。
そして四日目の朝、砂と岩しかない大地に草が芽吹いた。
木々が育ち、花が咲いた。
花が咲くと虫が生まれ、鳥が、動物が生まれた。
朝が来ると鳥が歌い出す美しく生まれ変わった世界に、最後に産まれたのは人だった。
人の誕生を見届けたイクシュナーゼは、満足して世界を去った。

それから百年後――

再び世界を訪れたイクシュナーゼが見たものは、再び砂と岩だけの何もない砂漠に戻った世界だった。

イクシュナーゼは再び創世の杖を大地に突き立てた。

世界に雨が降り、緑が芽吹き、命が誕生した。

女神は世界を去ったが、百年後訪れてみると、また世界は涸れていた。

イクシュナーゼは訝《いぶか》しみ、今度は世界を去らなかった。

世界を去らなかった女神は、世界が壊れる原因を知る。

この世界は、枯渇していたのだ。

女神の魔力で世界を満たしても、その魔力が尽きるとともに世界は滅びを迎える。

イクシュナーゼは考えた。

世界の維持には魔力が必要だ。

しかしながらいつまでもイクシュナーゼが世界にとどまり続け、魔力を供給し続けることはできない。

そこで女神は、人々の中にほんの一握りだけ、自身の魔力を分け与えた。

世界のあちこちに緑の塔を創造し、魔力を分け与えた人間に、そこから大地に魔力を供給するよう命じた。

人々は魔力を持った人間を王として、世界に国を作ることにした。

王は自ら緑の塔へ向かい、世界に魔力を供給する。

緑の塔から大地に魔力が流れ落ち、世界はようやく滅びを免れた。

イクシュナーゼは今度こそ満足して、二度と世界に戻って来ることはなかったのだった――

『ユーグレグース創世記』

1　クレアド国

その信じられない報せがもたらされたのは、何の変哲もない昼下がりのことだった。

朝か昼に、もしくはそのどちらもに、エドワルドがローゼリア国の緑の塔に入ってくるのはいつものことだったが、テレビ画面に映った彼の顔は、珍しく難しい表情をしていた。

アデルと同じ琥珀色の瞳を険しくして、何かに怒っているような顔をしている。

その隣にはアルベールも映っていたが、まだエドワルドから何も聞かされていないのか困惑した表情を浮かべていた。

テレビ前のソファに座ったアデルの前にティーカップを置いて、シャーリーが彼女の隣に座ったところで、エドワルドが艶やかで少し硬そうな黒髪をガシガシとかきながら口を開いた。

「近く、クレアド国が戦争を起こすそうです」

「なんだって!?」

アデルが声を裏返した。

前世でも今世でも平和な世の中で生きていたシャーリーは、戦争という聞きなれない単語に息を呑む。

アルベールが、空色の瞳を驚いたように見開いて彼へと向けた。

「その情報は確かなのか？」

まっすぐな銀髪をしきりに撫でつけながら、声だけは冷静にアデルが確認する。

ローゼリア国を含め各国には、他国の動向を探るための諜報員が存在し、日々王や宰相たちに報告をあげているらしいのだが、戦争準備という国にとってはトップシークレットである情報は、いかに訓練された諜報員と言えど、そう簡単に仕入れられないそうだ。

つまり、その機密情報は、いったいどこからもたらされたのか。そしてその情報の確度はどの程度なのか。アデルはそれが知りたいようである。

（クレアド国ってあれよね。ブロリア国と国境を背にしている東南部の国……）

地理に詳しくないシャーリーでも、ローゼリア国の近隣諸国ならば何となく位置関係がわかる。

ローゼリア国とブロリア国の国境にあるバドローナ湖のすぐ真下に位置する国だ。

クレアド国がどんな国なのかは知らないが、ローゼリア国と友好国ではなかったのは確かである。

ローゼリア国やブロリア国が加盟している八か国同盟にも入っていない。

（戦争って、いったいどこの国と戦争しようとしているの……？）

国境は重なっていないが、クレアド国はローゼリア国とも近い。クレアド国が本当に戦争を起こした場合、巻き込まれたりしないのだろうか。

（お父様とかお兄様が戦争に駆り出されたりしないよね……？）

大切な人たちが巻き込まれたらどうしようと、シャーリーは膝の上で両手を握り締めた。

「情報筋は確かです。その情報をもたらしたのは、クレアド国の王女ですからね。昨日の昼に、一人でうちに来たんです」

「王女だって？」

アデルが驚くのも無理はない。王女と言えば、国のことを一番に考えなければならない存在だ。その王女が重要機密事項を他国に売り渡すとは、シャーリーでもにわかに信じられなかった。

「それはあれか？　脅しなのか？　戦争を起こされたくなければ要求を飲め的な……」

「その可能性も皆無とは言わないが、そうなれば王女が単身で来るメリットは何もないだろう。捕虜にすれば、こちらだって交渉材料ができるわけだからな」

アルベールがすかさずアデルの推理を否定した。

「クレアド国は軍事国家だ。ここ最近は戦争を起こしていなかったが、それでも軍事力には絶大な自信を持っている。それを使って脅すなら、私ならもっと効率的な手を取るよ」

アルベールによると、クレアド国の軍事力は近隣諸国で群を抜いているらしい。

「つまり、罠と考えるべき……ということですか？」

「それはまだなんとも。エドワルド殿、クレアド国の王女の様子はどうだったんですか？」

「ぼろぼろだった」

「……え？」

（ぼろぼろ？　王女が？）

シャーリーは耳を疑った。

「どういうことですか？　ぼろぼろって、そのままの意味ですか？」

「ああ。着ているものもくたびれていて、本人も今にも倒れそうな状態だった。本当に、単身でローゼリアまで来たんだ。父上も判断に困っている様子ではあったが、俺には彼女が嘘をついているようには見えなかった」

「その王女の名は？」

「サリタです。サリタ・ダニエラ・クレアド。サリタは、姉上を頼ってうちに来たようです。姉上はいないというと、ひどく狼狽えていました」

「サリタ……。ああ！　わかった。ルビーのような綺麗な赤い瞳をした王女だろう？　クレアド国に外交に行ったときに会ったことがあるよ。なんというか、人懐っこい小動物みたいな王女だった」

「なるほど、姉上が知っていると言うことはやはり王女は本物で間違いなさそうですね」

「実際顔を見ないと判断はつかないけど……。で、サリタ王女はわたしに会いに来たって？」

「そうです。……サリタ王女がローゼリア城に来たのは昨日の昼。衛兵が、身分を証明するクレアド国の王家の紋章を持って訪ねてきた娘がいると連絡をよこしたんです」


昨日の昼下がり、エドワルドはシャーリーからもらったクッキーをぽりぽり食べながら、自室の窓を伝って垂れ下がっている緑の蔦を見下ろした。

最初は一本だった緑の蔦は、いつの間にか枝分かれして、横にも伸びはじめている。その成長速度に、エドワルドはさすがにちょっと不安を覚えはじめていた。このままだったら城の壁一面に緑の蔦が蔓延《はびこ》りそうな気がしてきたからである。

（……このまま城の壁一面が蔦に覆われたら、さすがに外観的にまずいよなあ）

蔦の侵食があまりひどいようなら、城の庭のどこかに小さな離宮でも建てて、エドワルドは蔦ごとそちらに引っ越した方が賢明かもしれない。

そんなことを考えながら、もぐもぐとクッキーを食べていると、シャーリーにもらった包みの中身がすっかりからっぽになってしまった。

（明日にでも新しいものを頼んでおこう）

名残惜しそうに包みの中を確かめてからゴミ箱に捨てて、エドワルドはベルでメイドを呼んで紅茶を頼む。

あと三十分もすれば帝王学の授業の時間だ。

リアムが生死不明の状況である今、エドワルドは王になるための勉強もしなければならない。王位継承権が上位なので、もともと多少はかじってはいたが、リアムが学んだことはその比ではないらしい。

（俺は王には向かないんだが……早く戻ってこないかな、兄上）

エドワルドはリアムが死んだとは露ほどにも思っていない。リアムは有能な人だから、どんな難しい局面でも必ず活路を見出しているはずで、絶対に戻ってくると信じている。

とはいえ、いくらそんな主張をしたところで、リアムの生死がわからない以上、万が一を考えて準備をするしかないのも事実だ。新しく追加された勉強に、アデルが持っていた分の政務も乗っかって、エドワルドはかつてないほどに多忙だった。シャーリーのお菓子というご褒美がなければ、今頃イライラして誰かに当たり散らしたくなっていたかもしれない。

(まさか塔の中に閉じ込められているアルベール殿下を羨ましいと思う日が来るとはな……)

塔に入ることは王族の義務であるが、同時にエドワルドにとってあそこは忌むべき場所だった。義務とはいえ、誰が好き好んで一人ぼっちで塔の中に閉じ込められることを望むだろう。いつかあの中に入らなければならないのだと思うとずっと憂鬱だったし、ローゼリア国の塔を見るたびに、塔に閉じ込められているアルベール王子を可哀そうに思ったものだった。

それなのに、今やあの中にいるアルベールが羨ましくて仕方がない。

シャーリーといつでも話ができて、毎日シャーリーの作ったご飯が食べられて、塔の中もすっかり快適に改造されている。まるで天国だ。羨ましい。

(あのゲームとかいうのも面白かったしな。……姉上じゃなくて俺がシャーリーと一緒に塔に入ればよかった)

塔の中に二人きり。まるで新婚生活のようだ。悪くない。

メイドが紅茶を用意して去ると、エドワルドはソファに腰かけて、紅茶に角砂糖を一つ入れた。銀のスプーンでかき混ぜて、砂糖が溶けきったところで口をつける。

そして、わずかに眉を寄せた。

（まずくはないが……何か違う）

紅茶なんて、よほどへたくそでなければ誰が入れても同じような味になるはずなのに、シャーリーが入れた紅茶の方が何倍も美味しい気がした。

（会いたいときに会いに行ける距離感が懐かしいな……。俺は思っていた以上にシャーリーが好きらしい）

エドワルドがシャーリーに求婚したのは半ば思い付きと勢いだった。シャーリーの作る料理が食べたくて、彼女と一緒に生活するのは楽しそうだなと思っただけだった。

それなのに、今のエドワルドは、すぐ近くにシャーリーがいないのが淋しくて仕方がない。

まだ少し熱い紅茶をぐいっと飲み干して、エドワルドは雑念を払うように首を横に振った。

教師が来る前に、教科書として使っている本を用意しておかなければならない。

あの老人は偏屈で口うるさいから、教材が準備されていないだけで「やる気がない」だの「嘆かわしい」だの騒ぎ立てて面倒くさいのだ。

（父上にも教鞭をとったと言うが、いい加減耄碌してくる年だろう。ほかに人材はいないのか）

本棚から数冊の分厚い本を抜き取って、机の上に積み上げる。

そして老人の言うところの「やる気」を見せるために椅子に座って待っていたのだが――約束の時間になっても、教師のラッセル老は一向に姿を見せなかった。

（なんだ？　とうとうぽっくり逝ったか？）

エドワルドは失礼なことを考えつつ席を立つ。

様子を見に行こうと廊下に出て、それから首を傾げる。なんだかいつもより騒がしい気がする。

「何かあったのか？」

扉の前で警護にあたっている衛兵に確認したけれど、彼も知らないらしい。

（気になるな）

わからないなら確認しに行けばいいだけだと声のする方へ進んで行くと、前方から息せき切って走って来る中年男を見つけて足を止める。

エドワルドの護衛官のデイブだった。エドワルドの勉強時間は、彼は休憩をとっているはずだがどうしたのだろう。

「そんなに急いでどうしたんだ？」

目の前で止まったデイブに訊ねると、彼は昔より少し後退した額の汗をぬぐいながら言った。

「大変です。し、至急陛下がいらっしゃるようにと」

「は？」

至急の呼び出しとは、いったい何事だろう。

（子供のころと違って悪戯なんてしてないぞ？　呼び出される心当たりはないんだが……）

緑の蔦の一件でもないはずだ。あれは定期的に報告しろと言われているので、国王に報告書をあげている。

緑の塔に出入りすることも、父王から許可を得ていた。

勉強もサボっていないし、国宝の皿とか壺とかを割った覚えはない。政務も真面目にやっているつもりだ。

（……あれか？　父上に黙って新しい仔馬を買った件？　いやあれは事後報告だがきちんと購入報告書をあげたし……）

仔馬の件では勝手に動物を増やすなと、すでに怒られたあとだ。

兵士たちが管理している厩舎と王族専用の厩舎は異なるため、世話係は別に雇っている。そこへエドワルドが次々に馬を増やしていくから、馬に限らず動物全般の購入禁止の命令が出されていたのだが、どうしてもほしい馬を見つけて一頭増やしたのだ。あれはめちゃくちゃ怒られた。

なんだろうなと何度も首を傾げながら、エドワルドはデイブにラッセル老が来たら国王に呼び出されたと伝えておけと言って、父の執務室へ向かう。

「父上、入りますよ」

やや乱暴に扉を叩いて、返事もまだなのにエドワルドは扉を開けた。

勝手にずかずか入ってきたエドワルドを見て、国王はあきれ顔を浮かべたが、特に怒られることもなく、座りなさいとソファを指さされる。

エドワルドが座ると、国王も執務机から立ち上がって、彼の対面に座った。

「で、急用って？」

「クレアド国の王女を名乗る女性が来た」

「…………。……は？」

エドワルドの目が点になった。

「だから、クレアド国の王女を名乗る女性が来たのだ」

王はエドワルドが理解できていないと思ったのか再度同じことをくり返す。

同じことを二回言われて、エドワルドは眉間をもんだ。聞き間違いではなかったらしい。

「ええっと……なんで？」

クレアド国は八か国同盟にも入っていない、友好関係にない国だ。そこから王女が来た？　いったい何の用で。いや、そもそも一国の王女が前触れもなく突然他国に押しかけてくるものだろうか。あり得ない。

「そんなこと、私が知るか」

国王も投げやりだ。

「ちなみにその王女は今どこに？」

「二階の空き部屋に寝かせている」

「寝かせている？」

また変なことを言われたと、エドワルドは眉をひそめた。

「私もよく知らんが、衛兵に身分証を見せたあとで倒れたんだそうだ」

「倒れた!?」

「報告によると、何と言えばいいか……その、ぼろぼろだったらしい」

「ぼろぼろ？」

「服も髪も、とにかく汚れていて、顔色も悪かったそうだ」

「……王女が？」

「そうだ」

なるほど、だから「王女を名乗る女性」と言ったのか。国王もまだその女性がクレアド国の王女であると信じ切れていないのだ。

（確かにこれは『至急』だな）

エドワルドは想定外の事態にこめかみをもんだ。

仮に、やってきた女性が本当にクレアド国の王女ならば、どうしてぼろぼろの格好をしていたのか。どうして前触れもなく単身でここへやって来たのか。

少なくとも、ただ事でないのは理解できる。

「クレアド国の情勢って、あんまり情報がないですよね」

「そうだな。最近の情報でわかっていることは、先般、国王が崩御されたことくらいか」

「あれでしょう？　第一王子が謀反を起こして弑逆《しぎゃく》したんでしたよね。で、現王はその第一王子だった人物だとか」

「うむ」

親を殺すとか、どういう神経をしているのかエドワルドにはさっぱりわからない。

そして親を殺した息子が平然と王位につくとか理解に苦しむ。

そう思うのは、ローゼリア国が平和な国だからだろうか。

「で、どうするんですか、その王女」

「それなんだがな。さすがに事情を聞かずに追い返すわけにもいかないだろう。かといって、クレアド国の王女をいつまでもこの国に滞在させていては、あちらからどんな言いがかりをつけられるかわかったものじゃない」

「一歩間違えると開戦ですね」

「やめろ、縁起でもない」

ローゼリア国も自国の防衛機能として軍を持っているが、クレアド国の軍事力はその比ではない。血なまぐさい争いを好む人間の多いクレアド国民は、物心つけばペンより先に剣を握ると揶揄されるほどに好戦的だ。戦争を仕掛けられればひとたまりもない。

（うちだけじゃ、勝てないだろうなあ）

同盟国が味方してくれれば別だろうが、それでも甚大な被害が出るだろう。まったく、厄介な国から厄介なものが来たものだ。

「とりあえず、判断材料が何もないので、王女から話を聞いてみるしかないですね」

「ああ。頼む」

「頼む？」

「お前が聞いた方が、年も近いし、怯えさせないだろう」

（丸投げかよ!?）

エドワルドを呼び出した理由はそれらしい。

エドワルドはじろりと父を睨みつけたが、父はそんなことではちっとも怯まなかった。

「これで、仔馬のお咎めはなかったことにしてやる」

「まだ根に持っていたのか！」

エドワルドはあきれたが、あまり逆らって緑の塔への出入りを禁止されてはたまらない。

（父上め、覚えていろよ！）

いつか何かしらの弱みを握って仕返ししてやる、とエドワルドは内心で毒づきながら、国王の執務室をあとにしたのだった。


（しかし、よりにもよってクレアド国か……）

王女を名乗る女が寝かされている二階の部屋に様子を見に行ったがまだ目を覚ましていなかったので、エドワルドはいったん自室に帰ることにした。

ベッドで眠っている彼女の顔をちらりと見たが、なるほど、確かに薄汚れていたし、何より疲労の色が濃くて叩き起こすのは可哀そうだったからだ。

城の典医が診察を終えていたが、栄養失調による衰弱と、疲労の蓄積だと診断を下している。

（王女が栄養失調で衰弱ってどうなんだ？）

エドワルドは二人ほどメイドを呼びつけて、彼女が目を覚ましたら食事と湯を使わせるように指示を出した。彼女が食事を取って落ち着いたらエドワルドに報せをよこせとも告げている。

眠っているので彼女の目の色はわからなかったが、髪は収穫前の麦の穂のような色をしていた。

薄汚れてはいたが肌も白い。浅黒い肌をした人間が多いクレアド国で、彼女の白い肌は少々異質に思えたが、逆を言えば、偽物を用意するなら「それらしい」人間にするだろう。わざわざ疑われる外見の女を準備するのは得策ではない。

(……本物、か?)

彼女が持っていたと言う王家の紋章も確認したが、本物のようだった。それどころか――

(俺も詳しくはないが……、あれは先王の指輪じゃないのか?)

クレアド国は王家の紋とは別に、王にも紋がある。即位したときにそれぞれが好きな紋を作るのだそうだ。それを、王家の紋とあわせて持ち物に刻印する。

国交があまりないクレアド国の紋なので自信はないが、先王の紋ならば諜報員がまとめた資料に載っていたのを見たことがあった。

(クレアド国の遣いならば、普通は弑逆された先王ではなく現王の紋を持ってくるはずだろう?)

嫌な予感しかしない。

「あのじじい、何か知らないかな」

エドワルドの帝王学の教鞭をとっているラッセル老は、父の教師でもあった。今でも父のよき相談役で、それゆえか国内外のことに妙に詳しい。宰相の血縁者で、五十を超えている宰相を「小坊主」と言ってやり込めるほど博識だ。

エドワルドは歩く速度を速めると、自室の扉を開けた。

部屋の中には、約束の時間に来なかったくせに、飄々とした顔で茶を飲んでいるじじい――ラッセル老の姿がある。

ラッセル老はエドワルドの顔を見るとにこりと笑った。外見は好々爺然としているが騙されてはいけない。この老人は偏屈で面倒くさいくそじじいだ。

「ずいぶん遅かったですな。時間がございませんぞ。さあさあ、机につきなされ」

遅刻してきた分際で、呼び出されて不在にしていたエドワルドをなじりやがる。エドワルドは舌打ちしそうになってやめた。ラッセル老は年寄りのくせにものすごく耳がいいのだ。

「悪いが、ちょっと勉強どころじゃないんだ」

エドワルドがそう言って机ではなくソファに座ると、ラッセル老の白くて眉尻の毛の長い眉毛が跳ね上がった。説教前の仕草だとわかっているエドワルドは、くどくどとしつこいラッセル老の説教がはじまるまえに先手を打つ。

「厄介な客人が来たんだ」

「ほほぅ、お客人ですか？」

ラッセル老の気を引くことに成功したらしい。ラッセル老はさっさと続きを話せとばかりに、わずかにも曲がっていない背筋をピンと伸ばした。

「ああ。何でも、クレアド国の王女らしい」

「なんと！　それは確かに厄介ですな。それで、王女らしい、と言うのは？」

「本人がそう言ったのもあるが王家の紋章を持っていた。だが、その……着ていたものがずいぶんくたびれていて、顔も薄汚れて、どこからどう見ても王女には見えない。供も一人もいなかったし、疑うのが当然だろう？」

「ふむ」

「でも、俺の記憶違いでなければ、持って来た王家の紋章——紋章の入った指輪だったんだが、それはそう簡単に手に入るものではないと思うんだ。あれが本物なら、かなりの確率で面倒ごとだろうから、できれば偽物であってほしいと思うのだが」

「どんな紋章でした？」

「先王の紋だと思う。……例の、つい最近弑逆された王の」

ラッセル老が髭を撫でるのをピタリと止めた。

「なるほど。それは、厄介以外の何物でもございませんな」

「だろう？　父上からは王女が目を覚ましたら事情を聞き出せと言われているんだが、俺にはいったい何が起こっているのかわからなすぎて、彼女を信じていいのかも判断がつかない」

「そうですなあ……。わしの勘ですと、その王女は十中八九本物じゃと思いますぞ」

ラッセル老は白い髭を撫でながら言った。

「どうしてそう思うんだ？」

「弑逆された先王の紋など、持っていても何ら得がないからじゃよ。そんなものを持っておっても、謀反を疑われるだけじゃ。そして供を一人もつけず、くたびれた格好でここまで来たと言うことは、逃げてきたかそれに近い状況……クレアド国で何かあったと見るのがよいですな」

「何かってなんだ」

「それは本人の口から聞きなされ。しかし、あれですな。クレアド国では王の紋は、王が死んだ後すべて墓に収められるのが習わしのはず。すると、先王が生前にその指輪を王女に渡していたということになる。ふむ……もしかしたらその王女は、第三王女かもしれませんな」

「どうしてわかる？」

「クレアド国の先王は、一人だけ溺愛している娘がいたという噂を聞いたことがありましてな。身分の低い愛妾の産んだ娘で、その愛妾が生きていたころは、片時も離したがらないほどに執着していたとか。愛妾が死んだのちも、忘れ形見である第三王女をそれはそれは可愛がっていたと。その第三王女ならば、先王が生前、自分の紋の入った指輪を渡していても不思議はないでしょうな」

　エドワルドは情報の少ないクレアド国のことをよくそこまで知っているものだなと感心した。

「何年か前にアデル様がクレアド国に招待されたことがありましたが、その時に第三王女と会っているはずですぞ。アデル様がいらっしゃったら顔で判断がついたかもしれませんな」

（そう言えば、そんなこともあったな）

　招待状が届いた時、指定された日程には国王夫妻はすでに公務の予定が入っていた。リアムはブロリア国の塔に入っていたし、エドワルドは成人したばかりだったため、アデルが行くことになったのだ。

　アデルに確認しようにもアデルはブロリア国の塔の中にいる。第三王女が魔力持ちであればローゼリア国の塔に入れてテレビ電話で確認をとることはできるだろうが、そのためにはシャーリーの魔力によって異質と化した塔の中を見せることになる。地下の魔法陣についても当面は秘密にしておくと言う国王の方針なので使うことはできない。打つ手がない。

「……やはり、目を覚まして話を聞いてから判断するしかないか」

「そうでしょうな。さて、お喋りはもういいですかな？　勉強の時間ですぞ」

エドワルドの頭の中は勉強どころではないと言うのに、ラッセル老は容赦なくエドワルドを急き立てる。

（……集中できそうにないんだが）

案の定、エドワルドはそののち四回も、集中していないとラッセル老から怒られる羽目になった。


クレアド国の王女が目を覚ましたとの知らせを受けたのは、ラッセル老の授業が終わって小一時間ほどたった、夕方のことだった。

エドワルドが王女のもとに向かえば、風呂を浴びてさっぱりした王女は、痩せて疲れ果ててはいたが、その表情は凜としていて、王女と言われても納得できる雰囲気だった。

収穫前の麦の色をした髪に、ルビーのような赤い瞳。肌は荒れてはいるが、汚れを落としさっぱりしたからか、先ほどよりもぼろぼろ感が幾分かましだった。

（こうしてみると王女に見えるな）

若干気弱そうに見えるけれど、人から世話をされることには慣れているようだ。

エドワルドが部屋に行くと、王女はベッドの上で上体を起こした姿で、ぺこりと頭を下げる。

エドワルドは部屋の中にいたメイドたちを下がらせると、ベッドの横の椅子に腰を下ろした。

「エドワルド・ステフ・ローゼリアだ」

名前に国名が入ることから、王女はすぐにエドワルドが王子だと気づいたらしい。

彼女は少しふらつきながら姿勢を正した。

「サリタ・ダニエラ・クレアドです。クレアド国の第三王女でした」

「でした？」

「……兄が王になってから、身分が剝奪されましたので」

「剝奪!?」

王の代替わりでかつての王女の身分が剝奪されるなど聞いたことがない。

エドワルドが啞然としていると、サリタはきゅっとシーツを握りしめた。

「王女の身分を剝奪されたわたくしが押しかけるのはご迷惑だと、重々承知しております。ですが、どうしても聞いてほしいことがあるのです。その……失礼ですが、アデル王女殿下はいらっしゃいますか？」

「姉上？　サリタ王女は姉上に会いに来たのか」

「はい。……身勝手ながら、アデル王女を頼ってまいりました」

サリタによると、アデルがクレアド国に行ったとき、とても仲良くしてもらったのだそうだ。

アデルは基本的に無自覚な人たらしなので、そこでサリタに気に入られたというのは充分にあり得ることである。

「まるでわたくしを妹のように可愛がってくださって……」

そう言いながらうっすらと頬を染める様子から、いかにアデルが罪作りかが知れて、エドワルドは頭が痛くなってくる。

（姉上、国内のみならず国外の人間までたらしこんでいるのか……）

ローゼリア国内にもアデルの熱狂的なファンが多い。しかも、男性よりも圧倒的に女性比率が高いのだ。そのうち女神よろしく祀り上げられはじめるのではなかろうか。

エドワルドはこめかみを押さえた。

「すまないが、姉上はつい最近、ブロリア国の緑の塔に入ったばかりなんだ。この城にはいない」

すると、サリタはこの世の終わりを見たかのように絶望した。

「そんな……」

うるうると、ルビー色の瞳が潤みはじめたのを知って、エドワルドは慌てる。女の涙は苦手なのだ、頼むから泣かないでほしい。

「その、姉上ほど役には立たないかもしれないが、事情を教えてくれないだろうか。何か事情があってこちらへ来たのだろう？」

「それは……はい」

サリタがこくんと小さく頷く。まるで小動物のように気弱な王女だと思った。扱いに気をつけなくてはすぐに泣かれそうだ。言えば言い返してくるシャーリーが懐かしい。

（シャーリーは外見だけは儚い美少女なんだが、中身はあれで結構図太いからな）

サリタは目尻に浮かんだ涙をぬぐいつつ、ちらりとエドワルドを見上げて、それから不安そうに瞳を揺らした。

「……信じてもらえないかもしれませんが」

「それは聞いたあとに判断する。遠慮なく言ってくれ」

「わかりました」

サリタは緊張しているのか、深呼吸を一度して、固い表情で言った。

「兄が……クレアド国王が、戦争の準備をしています。近く、どこかの国へ進軍するはずです」

「……え?」

想定外のことを言われて、エドワルドはきょとんとした後で、ギョッと目を剝いた。

「はあっ!? 戦争!?」

大声で叫んでしまったせいで、部屋の外で待機させていた護衛官のデイブが血相を変えて部屋へ飛び込んできた。

「殿下! どうしました!?」

子供のころからそばにいるデイブは、エドワルドが十八歳になった今でも少々過保護気味だ。エドワルドと年の近い子供がいるからか、どうも自分の子供と重ねて見ている節がある。

「いや、大丈夫だ。ちょっと驚いただけだ。何でもないから」

「でも今、すごい大声が。戦争とか聞こえたような」

「本当に大丈夫だ。……あとからちゃんと説明するから!」

下がっていてくれと言うと、デイブはエドワルドとサリタを交互に見てから、渋々と言った様子で部屋の外へ出ていく。

エドワルドは誤魔化すようにコホンと咳ばらいをして、サリタに続きを促した。

「すまなかった。続けてくれ。戦争と言ったが、クレアド国王はどこの国に進軍するつもりなんだ？」

「それは……わかりません」

「わからない？」

「はい。たぶん……どこの国でもいいんでしょうから、攻めやすいところを攻めるのかと」

「は？　どこの国でもいい？」

なんだ、その無差別攻撃的な戦争のはじめかたは。

エドワルドは唖然としかけて、ハッとした。どこでもいいということは、ローゼリア国が狙われる可能性もあるのだ。

「いったいどういうことなんだ。詳しく説明してくれ」

こうしてはいられない。早く情報を仕入れて、国王に相談に向かわなくては。

エドワルドが無意識に膝を揺らしはじめると、急かされていると感じたのか、サリタが焦ったようだった。

「あ、兄は、国が亡びる前に、他国に進軍し、そこを乗っ取るつもりなのです。だから、進軍先は決めていないのだろうと、そう思って……」

「ちょっと待ってくれ」

聞き捨てならない単語を聞いた気がして、エドワルドはサリタを慌てて遮った。

「国が亡びる？　亡びると言ったか？」

「は、はい。ええっと……」

サリタもどのように説明すればいいのかわかっていないのか、おろおろしながら言った。

「その……緑の塔が枯れはじめたんです。だから、近いうちに、クレアド国は滅亡します」


「緑の塔が枯れはじめた？　いったいどうして」

エドワルドの説明を聞いていたアデルが愕然と目を見開いた。

シャーリーもここまでのエドワルドの説明だけでは、クレアド国に何が起こっているのかがわからず、困ったようにテレビ画面のアルベールを見る。

緑の塔が枯れるということは、クレアド国の緑の塔の中には誰も入っていないのだろうか。

完全に塔が枯れてしまう前に、魔力保持者を塔の中に入れれば、戦争など起こさなくても事なきを得るのではないか。

いろいろな考えがぐるぐると頭の中を回る。

「クレアド国には、もう、魔力保持者はいないそうです」

「そんな馬鹿な。少なくとも、サリタ王女は魔力保持者のはずだ。以前、そう言っていた」

「それが……、なくなったそうなんです」

「なくなった？　魔力が？」

「はい」

エドワルドが首肯すると、さすがに想定していなかった答えだったようで、アデルが沈黙した。

（魔力って、なくなるものなの？）

シャーリーは思わず自分の手のひらを見つめる。シャーリーはアデルやアルベールの快適生活のために ガンガン魔力を使っているが、調子に乗っているとなくなってしまうのだろうか。

指パッチン魔法の乱用には気を付けた方がいいだろうかとシャーリーが不安になっていると、アルベールが首を横に振った。

「魔力がなくなると言うのは聞いたことがない。一度塔に入れられた魔力保持者でも、魔力が消えることはないし、やむを得ない事情で再び塔に入ったという王族も知っているが、魔力がなくなったりはしなかったはずだ」

「そうですね。わたしも聞いたことがありません」

アデルも神妙な顔で頷いた。

では一体何が原因でそのような事態になったのだと、唯一事情を知るエドワルドに全員の視線が集まる。

エドワルドは困ったように頬をかいた。

「俺もにわかには信じられないんですが……幽霊の仕業だそうです」

「は？」

「幽霊？」

「エドワルド、ふざけないでくれ」

三人が三様にエドワルドを睨むと、彼は不貞腐れた。

「ふざけていません。サリタ王女がそう言ったんです。塔の中に幽霊が出て、その幽霊のせいで魔力がなくなったんだと。ちなみに、サリタ王女は実際にその幽霊を目撃して、魔力を失って、気がついたら塔の外へ放り出されていたそうです。サリタ王女のあとにも彼女の姉王女が入ったそうですが、それも僅か数日で、同じように魔力を失ったそうです。そのあとも、過去に塔に入ったことのある王族を次々と塔の中へ入れたそうですが、全員が魔力を失って外へはじき出されたのだと言っていました。残る魔力保持者は乳飲み子が一人いるそうですが、乳飲み子を一人きりで塔の中に押し込めたらどうなるかわかりきったことなので、入れていないのだそうです」

「それはそうだろう。数日持たずに死んでしまう」

「はい。そのため、クレアド国には現在、塔に入れる魔力保持者が一人もおらず、塔が枯れはじめたのだそうですよ」

「それで、進軍して他国を奪う、と」

「ええ。他国から魔力保持者を拉致してくるという方法も考えたらしいですが、何度も魔力を奪われて外へ放り出されているので、また同じことになるだろうと諦め、国を捨てて他国を奪うことにしたんだそうです」

「身勝手な！」

アデルが眉を寄せる。

アルベールも険しい顔で腕を組んだ。

「確かに身勝手だが、クレアド国が戦争を起こそうとしていることについては信憑性が増したな」

「ええ。問題はどこの国に狙いを定めているか、ですが……」

「単純に考えれば、攻めやすいところだろう。クレアド国から近く、軍事力もさほどない国。間違いなく、彼らの候補の中にブロリア国とローゼリア国は含まれているはずだ」

エドワルドが大きなため息を吐きだした。

「そうなんですよね。今、父上がてんやわんやです。慌てて軍を招集して対策を練っているみたいですが……」

「練ったところで、うちだけでは戦力が足りないだろうな」

アデルがばっさりと一刀両断した。

「サリタ王女が身分を剝奪されたと言うのが本当ならば、彼女を人質にして脅しをかけても無駄だろう。彼女に人質としての価値はない。むしろ難癖をつけられて攻め入られるのがおちだ」

「クレアド国がどこまで準備を進めているのかわからないが、同盟国にも相談して守りを固めるしかないだろう。……時間がたりればいいが」

アルベールが顎を撫でながら考え込む。

　シャーリーは難しい顔をして唸る三人を順番に見て、おずおずと言った。

「あの……、塔の幽霊って、本当なんでしょうか？」

　戦争のことで頭がいっぱいのようだが、塔の幽霊だってかなり重要事項だと思うのだ。もしもほかの国の塔にも同じように幽霊が現れたりしたら――

（うう……想像したら怖くなってきた。この塔、いかにも出そうなんだもん……）

　ゾッとしたシャーリーはうっすらと鳥肌の立った二の腕をこする。

「そのことはまだ何とも言えない。サリタ王女が見たと言うのは金髪の男だったらしい。だが、ほかの王族たちはその姿を見たわけではなく、眠っている間に気がつけば塔の外に放り出されていたらしい。証言者はサリタ王女一人だが、ほかに理由が思いつかないから、クレアド国では塔の幽霊の仕業だと信じているのだそうだ。ちなみに、サリタ王女は男の幽霊を見たと言ったが、クレアド国では男の幽霊ではなく、塔の中で自殺した第一王女の霊ではないかと噂されているらしい」

　自殺と聞いてシャーリーはもっと怖くなった。

　シャーリーが塔を改造し、現在みんなで和気あいあいとすごしているから忘れそうになるが、大半の各国の塔には王族が一人ぼっちで閉じ込められているのだ。精神を病んでしまってもおかしくない状況なのである。自殺者が出ても不思議ではない。

「それだけだと、やはり真偽のほどはわからないな。だが、塔に入った人間が次々に魔力を失っていくのだから、クレアド国の緑の塔に何かあると見ていいのかもしれないが。その件はひとまず置いておいた方がいいだろう。問題は、クレアド国の進軍だ」

アルベールが顔をあげた。

「守りを固めるなら急いだほうがいいだろう。まずはクレアド国と国境を背にしている部分の防衛強化から着手した方がいい」

エドワルドが大きく頷いた。

「父上がクレアド国の周辺国に遣いをやるそうです。緑の塔がすでに枯れはじめているのなら……おそらく、開戦まで時間があまりなさそうですね」

アデルとリアム不在の今、エドワルドも軍の会議に参加し、対策に備えるらしい。クレアド国がローゼリア国を標的とした場合、軍を率いて戦うことになると言う。

シャーリーは胸の前で両手を握りしめた。

「エドワルド様……大丈夫、ですよね……?」

エドワルドは小さく笑った。

「大丈夫かどうかはまだ判断つかないが、大丈夫にするのが王族の務めだ」

エドワルドが言い、隣に座っているアデルがシャーリーを安心させるようにポンと肩を叩く。

「ここからは出られないが、できることがあったら言ってくれと父上に伝えてほしい」

アデルが言うと、エドワルドは頷いて立ち上がった。

――ブロリア国の国境の町ガラドリアが陥落したという報せが入ったのは、それから三日後のことだった。

2　開戦の狼煙

「ガラドリアが落ちた……か」

　ブロリア国最南端にある、クレアド国との国境付近の町ガラドリアが、クレアド国の襲撃によって陥落したとの知らせがもたらされたのは、シャーリーがローゼリア国の緑の塔へ移動して、アルベールの昼食とイリスのお弁当の準備をしていたときだった。

　慌てた様子でローゼリア国の緑の塔に入ってきたエドワルドは、ダイニングに飛び込むなり、アルベールにブロリア国のガラドリアという町が陥落したと告げた。

　シャーリーは肉じゃがを作る手を止めて、大慌てでキッチンからダイニングへ顔を出した。

　アルベールはシャーリーの手伝いでさやいんげんの筋取りをしていた手を止め、暫時沈黙したのち、大きく息を吐きだす。

「位置関係的にブロリア国が狙われる可能性は高かったが……、そうか」

　アルベールの声は静かだったが、眉間には深い皺が寄っている。

　シャーリーはエドワルドとアルベールにお茶を入れて、昨日作っておいたガトーショコラを出した。昼食前だが、話をするのにはあった方がいいだろう。

「クレアド国の侵略先はブロリア国だったんですか？」

「そう考えるのが妥当だな」

「そんな……」

シャーリーは心配になってアルベールを見たが、アルベールは意外にも冷静で、エドワルドがダイニングテーブルの上に広げた地図を見る。

アルベールが地図上のガラドリアの町にペンで丸を付けた。

地理に疎いシャーリーも、そのおかげでどこが陥落したのかすぐにわかった。ブロリア国の最南端で、東はバドローナ湖に面している場所だ。

「クレアド国と国境を接している国の中で、奇襲をかけやすい場所の中の一つにガラドリアがあったんだ。だが、想定以上に動きが早かったな」

「ガラドリアの町近辺の守りはどうなんですか？」

「ガラドリアを含むこのあたりはマデリー伯爵が治めている。クレアド国と隣接していることもあって、防衛に力を入れている土地だ。だが……、援軍が来なければ、どんなに頑張っても一か月は持たないだろう。王都へ進軍するにはどうあってもマデリー伯爵領を抜けないといけないから、ここで足止めできている間に体制を整えないと一気に王都まで攻め入られるぞ」

アルベールによると、マデリー伯爵領を抜けると一気に土地が東西に広くなるのだそうだ。

地形を利用して他方から攻め入られれば、防ぐのは困難だろうと言う。

王都は分厚い城壁に囲まれているが、もう何十年も大きな争いもなく平和ボケしているブロリア

いだろう。

国の王都の防衛力など、クレアド国の軍事力を前にすればたかが知れているらしい。

サリタ王女から事情を聞いた時点でローゼリア国王がすぐに動き、周辺諸国には警戒を怠らないようにと通達を出しているが、クレアド国の動きがあまりに早かったためろくな対策はとれていないだろう。

「八か国同盟の各国の反応は？」

「微妙ですね。昨日の時点で、即時の判断はできないと返答した国が大半です」

「クレアド国の狙いはどこか一つの国だ。なるほど、自国に火の粉が降り注がなければ、何かとごねて静観するつもりか。……ブロリア国は落ちるな」

「アルベール様！」

「父上には軍を率いるだけの度量がない。軍の将軍とは何人か面識があるし、彼らのことは優れていると思うが、私が知っている限り、戦と言うよりは災害救助にばかり駆り出されていて、実戦経験がまるでないんだ。指揮が取れる指揮官も少ない。実戦経験のある兵もほとんどいない。この状況で、勝てるとは思えない」

アルベールは冷静に状況を判断しているようだが、シャーリーは彼の視線が地図上のある一点にずっととどまっていることに気がついた。ブロリア国の北、ローゼリア国と国境を接している場所だ。

——ブロリア国で心配なのは母上のことだけだが、私が塔に入ると同時に実家の男爵家に戻ると言っていたから……。

ふと、少し前のアルベールの言葉を思い出したシャーリーはハッとした。もしかして……。

「アルベール様のお母様がいらっしゃるのはどこですか？」

「……ここだ」

(やっぱり！)

　アルベールはブロリア国の北――ずっと見つめていた場所を指さした。

　王都から離れているとはいえ、ブロリア国が陥落すれば必ず影響が出るだろう。それどころか、第二妃という立場から処刑対象に上がるかもしれない。

「エドワルド様、ローゼリア国から援軍は出ないんですか？」

　せめてアルベールの母親だけでも救い出せないだろうか。

　シャーリーはすがるような思いでエドワルドを見たが、彼は首を横に振った。

「友好国だし、ブロリア国の塔には姉上もシャーリーもいるから、父上も心配しているのは本当だ。だが、そうそうすぐに援軍は出せない。準備も整っていないし、軍の会議も平行線だ」

「どうして！」

「あまりにも不利だからだ。ほかの同盟国の援軍が得られない場合、ローゼリア国が軍を動かしても、正直なところ勝率は高くない。最悪共倒れ……全滅だ」

「そんなにクレアド国って強いんですか？」

「軍事国家だと言っただろう？　まず、軍に籍をおく人数が圧倒的に違う。ブロリア国とローゼリア国の兵の数をたしても、クレアド国の兵の数の半分にも満たない。そしてクレアド国には徴兵制度がある。軍に所属していなくとも、男は成人してから三年間は軍で戦い方を学ぶんだ。クレアド国の国民の成人男性は全員戦えると思ってくれ」

戦争は必ずしも単純な足し算引き算で測れないものもあるというが、一個隊の実力もクレアド国に軍配が上がる状況で人数まで負けていては――シャーリーでも、どれだけ不利なのかがわかる。

シャーリーの前世のように、高度な武器があるわけでもない。

武器でも質でも圧倒できないならば、人数の差がそのまま戦力の差だ。

「父上からは、クレアド国が本格的に進軍を開始しはじめたら、地下の部屋を使って、姉上とお前はこちらの塔へ避難してくるようにと言われている」

「そんなことをしたら、ブロリア国の塔が空っぽになっちゃいますよ」

「……クレアド国に奪われるなら、やむを得ない」

つまりは、エドワルドもローゼリア国王も、ブロリア国が陥落するのを前提に考えていると言うことではないのだろうか。

「アルベール様！」

「…………どうすることも、できないだろうな」

長い沈黙の後で、アルベールがため息を吐くように言った。

エドワルドがアルベールに気遣うような視線を向けた。

「アルベール殿下の母君だけでもこちらへ連れてこられないか、父上に相談してみます。戦争が本格化する前なら、地理的には不可能な場所ではなさそうですし」

「そうしてくれるととても嬉しいが……どのみち、ブロリア国が落ちれば、私や母上の身柄は引き渡せと要求されるだろうな」

シャーリーは首を傾げた。

「どういうことですか……?」

「滅ぼした国の王族は皆殺しが鉄則だ。いずれ謀反につながるかもしれないからな」

「そんな!」

ということは、ブロリア国がクレアド国に奪われれば、アルベールは殺されてしまうということではないか。

シャーリーは思わず立ち上がったが、アルベールは微苦笑を浮かべて首を横に振った。

「どうしようもない。私は塔の中で……、捨て身の覚悟で軍を率いて戦うことすらできないのだから」

「諦めちゃうんですか!?」

アルベールはぎゅっと目を閉じた。

口では何と言っても、そう簡単に自分の命や大切な人の命を諦められるはずはない。

自分の国が滅ぼされて悔しくないはずがない。

いろいろな悔しさや絶望を飲みこんで、取り乱さないように冷静に努めているだけで、アルベールの心の中にはシャーリーが想像できないほどの動揺が広がっていることだろう。

シャーリーは口を押さえる。

「ごめんなさい……、言いすぎました」

「いや、いい。事実だ」

エドワルドはぎゅっと拳を握りしめて立ち上がった。

「アルベール殿下の見立てでは、マデリー伯爵領で一か月程度なら足止めできるんですよね？」

「一か月に満たないだろうが、反撃を考えず、防衛に徹すればおそらくは……」

「わかりました。その間に父上に同盟各国を説得するようにお願いしてみます。それから、一か月と言いましたけど、それ以上足止めする方法がないか考えてくれませんか？　ブロリア国の地理に詳しくない俺より、アルベール殿下の方が何かいい案を思いつくでしょう？　まだ諦めてしまうには早いですよ」

「エドワルド様……」

「シャーリーはそこで、アルベール殿下を鼓舞していてくれ。落ち着いたら姉上にも報告を頼む、俺はいったん城に戻って父上と相談してくるから……そうだな、また夕方、ここに来る」

エドワルドはまだ諦めていない。何とかしてブロリア国を――アルベールを救おうとしてくれている。

それがわかったから、シャーリーはきゅっと唇を引き結んで大きく頷いた。

「わかりました。最悪爆薬でも何でも指パッチンで呼び出して、わたしも加勢しますから！」

（そうよ！　この世界に武器がなくても、わたしが呼び出せるかもしれないもの！）

ここから出られなくても、多少なりとも役に立ちたい。巨大な爆弾はよくわからないけど、ダイナマイトもどきくらいなら呼び出せないだろうか。電波とか電気の原理がわからなくてもテレビや冷蔵庫まで出せたのだから、きっと何とかなるはずだ。要は想像力の問題である。

シャーリーがそう言いながらエドワルドを見送ったとき、アルベールがハッと息を呑んだ。

「爆薬……そうか」

アルベールは空色の瞳を見開いて、食い入るように地図を見つめた。

「……シャーリー、足止め程度なら、もう少し時間が稼げるかもしれない」


「岩山を崩落、ですか？」

シャーリーは耳を疑った。

アルベールは紙とペンを用意して、ガラドリア町周辺の拡大地図を描いた。どうでもいいが、アルベールはあまり絵心がないらしく、地図はすごく適当だ。

「そうだ。バドローナ湖の反対側のこのあたり、ここには岩山が広がっているんだが、ここの岩山を爆発して道を塞げば、ガラドリアの町から北上するための移動手段は、湖の近くの森を抜けるしかなくなる。森の中は視界が悪いため、地形を利用すれば人数で劣っていてもこちらからの攻撃も通るだろう。クレアド国の進軍を止めつつ、その間にこの場所に堤防を作る。そして湖を決壊させれば、斜面を利用して水が溢れ出し、ガラドリアの町まで水で埋まる。もともと雨季には湖が氾濫して被害が出やすい地域なんだ。これらがうまく運べば、長期間の足止めができるはずだ」

「なるほど！　アルベール様、すごいです！」

「だが、撤退までは追い込めないだろう。これはあくまで足止め策だ」

それでも、足止めできれば時間稼ぎができる。その間にエドワルドやローゼリア国王も動くだろうし、ブロリア国の王や王子だって、みすみす自国が奪われることを良しとしないだろう。全員で考えれば何か策も出るはずだ。

「私の剣の師が近衛隊の将軍なんだ。ブレンダン将軍という。一筆書くから、エドワルド殿下に頼めば届けてもらえるだろうか。できれば鷹文で。すぐに届けてほしい」

「もちろんですよ！　じゃあ、爆破するための爆弾が必要ですよね！」

よしきた！　とシャーリーが指を構える。

しかし、指をパッチンと鳴らす前に、アルベールから待ったがかかった。

「待て、爆薬ぐらいならどこの国でも持っている。シャーリーの出したものは見慣れないものばかりだからやめておいた方がいい！」

「………そうなんですか？」

せっかく役に立てる場面が来たのに止められて、シャーリーはちょっと口を尖らせた。

「ああ。今のところは大丈夫だ。私はこれからブレンダン将軍に手紙を書くから……、シャーリーは、昼食づくりの途中ではなかったか？」

「そうでした」

それどころではなくて忘れていた。

アデルは今の時間はブロリア国の緑の塔の二階のジムで汗を流しているから、昼食の時にエドワルドから聞いた報告をするのだ。急いで昼食の準備を再開しなくては。

「シャーリー、さやいんげんの筋取りだが、ここまでは終わったがあとこれだけ残っている」

「ありがとうございます。残りはわたしがもらいますね」

アルベールが半分ほど筋を取ったさやいんげんを受け取って、シャーリーはキッチンへ急いだ。

アルベールはダイニングにレターセットを広げて、せっせと手紙を書きはじめる。さっきの作戦なども詳しく書いているようで、一筆と言う割には長くなりそうだ。

(よかった。アルベール様、諦めてないみたい)

空色の瞳から諦めの色がなくなったのを見て、シャーリーはホッとする。

シャーリーだって、アルベールがいなくなるのは嫌だ。戦況が芳しくなければ、指パッチン魔法でどこまでも応戦する気満々である。たとえそれで、秘密にしなければ異端扱いされると言われた指パッチン魔法が露見しようともかまわない。アルベールが死ぬよりましだ。

(というか、武器なんて思いつかなくても、高いところから何個も冷蔵庫を落とせばいけるんじゃないかしら……？)

題して、冷蔵庫生き埋め作戦。いや、重すぎて即死かもしれないから生き埋めではなく即死作戦だろうか。シャーリーは物騒なことを考えながら、肉じゃがの味を見る。

(ほかにも電子レンジとか包丁とか？　そう考えると、この指パッチン魔法、使い方によってはかなり物騒な使い方ができそう……)

シャーリーは意外と戦力になりそうだ。

（なんか、いける気がしてきた）

いっそのこと冷蔵庫バリケードで進軍を止めると言う手もある。それほど悲嘆するような状況ではないかもしれない――そこまで考えて、シャーリーは重大なことに気がついた。

シャーリーはブロリア国王によって、ブロリア国の緑の塔に登録されている。塔の中を移動することはできるけれど、塔の外へは出られないのだ。これでは指パッチン魔法で応戦できない。

「何か役に立ちたいのに……」

アルベールがピンチだというのに、何もできないのはつらい。

シャーリーは筋を取ったさやいんげんを塩ゆでしつつ考えたが、そう簡単には名案は思い付かなかった。


夕方になって、約束通りエドワルドがローゼリア国の塔へやってきた。

アデルには昼食の時に状況説明を終えている。

エドワルドにもアルベールが考えた作戦を伝えると、彼はすぐに国王に伝えて手紙をブレンダン将軍へ届けるように手はずを整えさせると言った。

アデルとともにテレビ電話越しに、エドワルドとアルベールの四人で今後の相談をする。と言っても、他国に進軍されたときの対応などシャーリーが知るはずもないから、基本的に聞き役だ。

「アルベール殿下の作戦通り足止めができたとして、その間にどう動くかが大事ですね。エドワルド、父上はなんて？」

「同盟国には引き続き要請を出してみるが、援軍が得られないことを想定して動いておいた方がいいだろうとのことでした。ただ、ローゼリア国内でもブロリア国に加勢するか、自国の防衛に徹するか意見が分かれているようで、もし加勢するとなっても、全軍は割けないと」

　アデルはテーブルの上に広げた地図を睨んだ。

「今回は完全に防衛戦で分が悪すぎるからね……。クレアド国は国を捨てて進軍しているのだから、回り込んでクレアド国を落としたところで相手は痛くもかゆくもないだろう。これだけの戦力差では、守るだけでもなかなかしんどい」

「和平交渉も無理だろうな。相手がほしいのはブロリア国そのものなのだから」

　アルベールが嘆息した。

　アルベールの作戦で時間稼ぎはできるが、そこから先も簡単にはいかないらしい。

「足止めしている間にあちらの戦力を少しでも割いておきたいところだが、かといって、半分にできても勝機は薄い」

「そんなに……？」

　シャーリーは茫然とした。戦力を半減させてもこちらが勝てる見込みの方が薄いなんて、クレアド国の軍事力はどれほど強大なのだろうか。

　アルベールはトントンとテーブルの上を叩いた。テレビ画面にははっきり映っていないが、彼の目の前にも地図が広げられているようだ。

「これだけ軍の人数が違うなら……むしろ軍の人数を削るより、直接軍を率いている頭——この場合クレアド国王か。それを撃ちに行く方がまだ勝機はあるかもしれないが。あれだけの軍勢の裏をかいて王の首を狙いに行けるほどの精鋭は、うちにはいない」

足止めができても、絶望的な状況には変わりないようだ。

しかし、アルベールの空色の瞳は、まだ諦めていない。エドワルドもアデルも、もちろんシャーリーだって、絶対に諦めたくはない。何かあるはずだ。

「この場合いっそ、足止めしている間に王都から父上や国民を避難させて、一度王都を明け渡して包囲した方が……いや、それができてもこの人数差ではやはりきついな……」

アルベールはぶつぶつと口の中でつぶやいて、ぐしゃりと頭をかきむしった。

「ダメだ、どの方法でも勝てる気がしない」

「アルベール殿下、時間はないですけど、焦ってもいい案は浮かびません。足止めできる分、時間も生まれるはずです。いろいろな方面から考えてみましょう」

「俺もじじい……教育係のラッセル老に訊いてみます」

「なんだ、エドワルドは今、ラッセル老から学んでるの？　ラッセル老は各国の軍事書物にも詳しいから、もしかしたらいい案が浮かぶかもね！」

アデルが明るい声を出す。まだこちらにも勝機は残っているのだと、まるで言い聞かせているようだとシャーリーは思った。

エドワルドが頷いて立ち上がった。

「また明日来ます。必ず打開策はあるはずですから」

アルベールが地図から顔をあげて、それからゆっくりと頭を下げた。

「ありがとう……アデル王女、エドワルド殿下」

その姿勢のままなかなか頭をあげないアルベールの心の中は、きっと多くの不安や恐怖が渦巻いているはずだ。

絶対に、ブロリア国を奪わせたりしない。

敗戦国の王族として、アルベールを、クレアド国の国王に処刑させたりしない。

（絶対方法はあるはずよ）

シャーリーは拳を握りしめて、自身を鼓舞するように何度も言い聞かせる。

――けれどもそれから二週間後、悪夢のような報せはもたらされた。


アルベールの作戦のおかげで、クレアド国の軍勢をガラドリアの町近辺でひとまず足止めすることに成功した。

しかしそこから先、クレアド国の軍勢を撃退するいい方法は思いつかず、時間ばかりがすぎて、全員が焦りを募らせていた時のことだった。

僅かな物音にいち早く気付いたのは、ダイニングテーブルで地図を睨むように見つめていたアデルだった。

シャーリーはキッチンで朝食の後片付けをしていて、テレビ画面の向こうでは、アデルと同じように難しい顔をしたアルベールの姿が映っている。

「……誰か来た」

アデルが小さな声でそう言って、ダイニングから飛び出していった。

シャーリーも気づいてアデルを追おうとしたけれど、手で制されて立ち止まる。

アデルがダイニングから出て行くと、すぐに「おお、アデル王女!」と声がした。

そっと扉まで近寄って玄関を確認すれば、いつぞやのドナルド王子と、もう一人、薄い金髪の男の姿がある。

「ドナルド殿下、それにミッチェル殿下も、どうされたんですか?」

アデルの声で、もう一人の薄い金髪がミッチェル王子だと判明した。ミッチェル・パット・ブロリア。ブロリア国の魔力持ちの第四王子だ。確か十六歳だったはず。

(なんであいつらが来たのよ)

シャーリーはつい拳を握り締めてファイティングポーズを取った。もしアデルに何かしようものなら、どんな手段を用いてでも目にもの見せてくれる。

「シャーリー」

小声で呼ばれたのでテレビ電話画面を見ると、アデルの声が聞こえていたらしいアルベールが難しい顔をしていた。どうしたのだろうとダイニングの扉を閉めてテレビに近寄れば、アルベールは声を落として言う。

「嫌な予感がする。あいつらがこのままここに居座りそうなら、今すぐシャーリーが出したものを片づけて、隙を見てアデル王女と地下二階の部屋に向かってくれ」

「どうしてですか？」

「この戦時中に、本当ならば軍を指揮しなければならない立場の王子が、二人もそろってここに来ることがおかしいということだ。いいから早く。私は地下でシャーリーとアデル王女の名前を呼び続けておくから、できるだけ急いで向かってくれ」

「わかりました」

確かに、アルベールの言う通り、今にも国を奪われそうなこの状況下で、のんびり世間話をしに来たわけでもあるまい。

シャーリーは頷いて、パチンと指を鳴らした。この塔にあるシャーリーが出したり改造したりしたすべての「異質」なものを消し去る。

テレビや冷蔵庫などが消えると、途端にダイニングの中はガランとした雰囲気になった。

シャーリーは再びダイニングの扉に近寄ると、小さく開けて外を確認する。

アデルとブロリア国の王子二人は、まだ話し込んでいた。

「どういうことですか？」

アデルの険しい声がする。

(どうしたのかしら……?)

アデルは温厚な性格をしているので、滅多なことでは怒らない。そのアデルが、声だけでもわかるほど、ひどく怒っている。

シャーリーは息を殺して、アデルたちの会話に聞き耳を立てた。

「だから、しばらくこちらで生活させていただきたいのです」

ドナルドがさも当然といった口ぶりで言った。

(え?)

シャーリーは驚きのあまり声を出しかけて、慌てて片手で口をふさぐ。

(ここで生活? 王子たちが? 塔に入るのが嫌でアルベール様に押し付けたくせに、なんで?)

解せない。ドナルドたちの目的は何だろうか。ただここで生活したいだけではないはずだ。

「なぜなのか理由をお訊ねしても?」

「理由が必要ですか?」

「ええ。ここにはわたしと侍女……女しかおりませんので、男性を招き入れるのは少々外聞が悪いですから。相応の理由がないと受け入れられません」

おそらく、アデルの本音は、この戦時中に何の用だと言いたいのだろうが、アデルとシャーリーが外の情報を仕入れていることを知られるのはまずい。そのため、遠回しに訊ねながら、二人の目的を探る作戦なのだろう。

シャーリーも二人が素直に本音を話すと思っていなかったけれど、ドナルドたちはほんの僅かな逡巡ののち、あっさり白状した。

「実は現在、我が国は他国に侵略されているのです」

「……なんですって？」

アデルがさもはじめて知ったと言わんばかりに驚いて見せた。役者だ。シャーリーではこうはいかない。間違いなく顔に出る。

「そして戦況はあまりよろしくない。先日、攻め入られている南に兵を率いて向かった兄――第一王子が殺されたと、今朝方報告が上がりました。見せしめに首がさらされ、南の兵士たちの士気は低下、ここまで攻め入られるのも時間の問題かと思われます。父は狼狽してまともな判断ができていない様子ですし、この国はもうじき落ちるでしょう」

（グレゴリー第一王子が殺された⁉）

それはまだシャーリーたちも知り得ていなかった情報だ。しかしそれよりも、この国が落ちると、さも当然のように語るドナルドが不気味だった。

（王子のくせに……なんでそう平然としていられるの？）

アルベールは塔に閉じ込められた状況でも、何とか打開策がないかと必死に頭を働かせている。

戦場で殺されたという第一王子グレゴリーも、国を守るために兵を率いたのではないのか。

それなのに、別に国が奪われてもいいと言わんばかりの態度の王子二人が信じられない。

「それと、あなた方がこちらで生活したいという申し出の、何が関係しているのですか？」

アデルの声が一段と硬質になった。アデルも、こんなところで暢気に無駄話をしていないで、王子ならば国のために働けと思っているのだろう。

「ここまで言ってもまだわからないんですか。察していただきたいんですけど」

ドナルドではなく、第四王子ミッチェルがうんざりと言った。

「国が落ちるんです。わが身を守るのが当然でしょう？　ここへは魔力持ちしか入れませんからね。話に聞くと、敵国――クレアド国にはもう魔力持ちはいないようですから、ここにいれば安全なんです」

シャーリーは啞然とした。

(何言ってるの、この人……)

つまりは、逃げてきたということだ。国も、国民も、父も母も捨てて、わが身可愛さに。

シャーリーの中に沸々と怒りがこみ上げる。

(塔に入りたくなくてアルベール様に押し付けて、今度は国を守る義務も放棄して、家族すら捨てて逃げてきた……？)

国が落ちれば、国王である父親や王妃である母親がどうなるかなど、わかりきっている。

国民たちも、国を追い出されるかはたまた奴隷のように扱われるかのどちらかだろう。

「……ここに逃げて……どうするつもりですか？」

冷ややかなアデルの声にも、王子二人は怯むこともなかった。

「どうするとは？　確か、八か国同盟が対応を検討中なんですよね。それならそのうち、同盟国が動くでしょう。国を取り返したときに王族がいなければ国が存続できませんから、まあ、言ってしまえば戦略的撤退と言うやつです」

何が戦略的撤退だ。ふざけるな。

（アデル様、追い返しましょう！）

扉の横の壁に、シャーリーは猫のように爪を立てた。腹が立って仕方がない。

アルベールはこの二週間、夜もまともに眠らず、必死でクレアド国を追い返す策を練っていたのに。エドワルドだって、軍の会議に父王の説得と、あちこち駆けずり回っていた。アデルだって毎日ずっと地図と睨めっこを続けて、どうにかしてブロリア国を守ろうと頭を悩ませていたのだ。

それなのに、一番の当事者である王子二人が、あっさりすべてを見捨てて逃げてきたなんて、許せない。

さらに、自分たちで何とかせず、同盟国が助けてくれるまでこのままここでのんびり暮らすつもりだなんて、こいつらには王族の義務や矜持と言うものが存在しないのだろうか。

アデルがはーっと長い息を吐いた。

「わかりました。少しの間こちらでお待ちください。せめて侍女が驚かないよう、先に説明させてください」

「おわかりいただけて嬉しいですよ」

アデルがダイニングへ戻って来ようとしたので、シャーリーは慌てて扉から離れた。

しかしアデルはシャーリーが聞き耳を立てていたことに気が付いていたようで、ダイニングの扉を後ろ手で閉めると、がらんとしたダイニングの中を見渡してから、いらだたしげに言う。

「聞いていた通りだよ。追い返したいのは山々だが、締め出す方法がないから何をしたって無駄だろう。あの二人がここにいたらアルベール殿下たちと作戦会議もできないし……困ったね」

アデルが唯一残っているダイニングテーブルの上の地図を小さくたたんで、ズボンの腰のところに挟んで隠した。ベストを着ているので、そこに挟んでおけば気づかれない。

「そのことですけど……」

シャーリーが先ほどアルベールに言われたことをアデルに伝えると、アデルは小さく頷く。

「……なるほど。それがいいかもね。ここにあの二人がいるなら、わたしたちがいなくなっても塔の維持は問題ない」

ドナルドとミッチェルは地下二階の部屋の秘密を知らないし、万が一気づかれたところで、ほかの塔から呼ばれない限り移動することはできない。

それに、遅かれ早かれ、ローゼリア国王はアデルとシャーリーをローゼリアの塔へ移動させる計画を立てていたそうだ。その計画が早まっただけである。

「一応歓迎しているそぶりだけ見せておいて、隙を見て地下の部屋へ向かおう」

「わかりました。じゃあ、お茶を用意します。……お菓子は、全部片づけたからないですけど、お茶なら支給品のものがあったはずですから」

シャーリーが指パッチン魔法で食べ物などを呼び出していることは誰も知らないので、相変わらずこの塔には食料などの支給品が届けられていた。

クレアド国がブロリア国を制圧した後はどうなるかわからないが、あちらもこの塔を維持しなければ、せっかく奪った国が滅びてしまうので、最低限のことは続けるだろう。ドナルドたちもおそらくそれを見越して、ここにいれば命だけは助かると踏んでいるのかもしれない。

アデルがドナルドたちを呼びに行ったので、シャーリーは急いでキッチンへ向かった。湯を沸かして、手早く茶を入れる。

アデルと王子二人の三人分の紅茶を持って戻ると、ドナルドたちはまるで我が家のようにくつろいでいた。……ムカつく。

シャーリーが紅茶を出しても、礼一つ言わない。シャーリーはアデルの侍女だがこの二人の侍女ではないのに、世話をされて当たり前だと思っている様子だ。

（紅茶に塩を入れてやればよかった！）

あまりの傲慢さに、エドワルドの我儘がすっごく可愛く思えてきた。エドワルドは我儘を言ってシャーリーを困らせることはあるけれど、きちんと分別をわきまえている。それに彼はきちんとお礼が言える王子だし、自分ができることは率先して手伝おうとする可愛らしい一面もあるのだ。

（アルベール様と比べて差が出るのは当然だけど、エドワルド様と比べても天と地ほども違うわ！）

苛立ちを顔に出すわけにもいかないので必死に耐えているが、そろそろ笑顔が引きつりそうだった。アデルもそれに気づいたようで、紅茶を一口飲んで立ち上がる。

「わたしと侍女は殿下たちのお部屋を準備してまいりますから、こちらでくつろいでいてください」

（ナイス！　アデル様！）

この傲慢な王子たちは、他国の姫が自分たちのために動いても、それが当然だと思っている。アデル相手には「ありがとうございます」と口先だけの礼を言うが、そこは礼ではなく「自分でします」ではないのか。馬鹿王子どもめ！

シャーリーとアデルはダイニングから出ると、顔を見合わせて頷き合った。

逃げるなら今だ。

もう、一秒たりともあの王子たちに関わっていたくない。

アデルとともに急いで地下へ向かうと、魔法陣に入った瞬間にぐにゃりと視界が揺れた。

本当に、アルベールはずっとアデルとシャーリーの名前を呼び続けてくれていたようだ。

歪んだ視界が元に戻ると、そこにはアルベールの姿がある。

シャーリーはホッと息をつくと、アルベールとアデルとともに一階へ向かいながら、何があったのかを手短に説明した。

「……そうか、グレゴリーは死んだのか」

ダイニングからアルベールの静かな声がする。

ドナルドたちへの怒りが収まらなかったシャーリーは、説明をアデルに任せて、キッチン台にパン生地を叩きつけていた。八つ当たりできそうなものは何かを考えたときに、真っ先にこれが思い浮かんだのだ。

ちょっと前にイリスがクリームパンが食べたいと言っていたしちょうどいい。ストレス発散もかねてたくさん作ろう。

アルベールはドナルドたちが塔に来た目的については予想通りだったそうで、特に言及しなかった。一言、あの二人が考えそうなことだと嘆息しただけだ。

「グレゴリーが死ぬとは思わなかったな。……父上が役に立たないから、実質、ブロリア国の軍の指揮権はグレゴリーが握っていたようなものだ。それなのに死んだなんて……ここから総崩れになるのは間違いないだろう」

シャーリーはピタリと手を止めた。パン生地の上に濡れ布巾をかけてダイニングへ向かう。

「そんなにまずいんですか？」

アルベールは粉だらけのシャーリーを見て小さく笑った後で、表情を引き締めて頷いた。

「ああ。父上に軍を率いるだけの度量はないよ。かわりに宰相が動くだろうが……、やはり士気の低下は避けられないだろう。グレゴリーは性格はともかく、あれで意外とリーダーシップがある男だったんだ」

「そんな……まだ、打開策が思いついてないのに……」

予定では、あと二か月程度は、ガラドリアの町付近でクレアド国の軍勢を足止めできるはずだった。その間に何か方法を見つけようと頑張っていたのだ。

「グレゴリーが自ら動くとは思っていなかった。足止めしつつ、地道に相手の数を減らしながら守りを固めて、一日でも長く足止めするのが目的だったんだ」

「焦りが出た、ということですか？」

「どうだろう。……この戦で手柄を立てれば、玉座は約束される……そんな思いがあったのかもしれないけど、私にはよくわからない」

「どの道、戦況はより芳しくないものになりましたね。エドワルドが来たら、急いで今の状況を伝えて父上に判断を仰がなくては……」

アデルも難しい顔をしている。

（そんな……）

ドナルドたちのことは正直どうでもいいけれど、この戦争をなんとか乗り切らないと、アルベールの命が危ない。

昨日のエドワルドの話では、八か国同盟の説得も難航しているという。

各国、自国の守りの強化には乗り出し、軍の一部をブロリア国の守りのために進軍させる準備だけはしているらしいのだが、そこで止まっているらしい。

何のための同盟国だと思ったけれど、アデルによれば、今回のように突然戦争が勃発した場合の対応について、明確な条例を決めていなかったらしいのだ。そのせいで、どの国がどれほどの軍勢を割くかが決まらない。

本来ならこういう場合、攻め入られている国の国王――この場合ブロリア国王が明確な救援要請を出すべきだとアルベールは言う。その救援要請に対して、各国がそれを全部飲むか一部飲むかは別として、軍を動かす。

けれども小心者で優柔不断なブロリア国王は、その明確な救援要請が出せていなかった。判断ができなかったと言い換えてもいい。救援を出してもらわなければならない側が、出す側にすべての判断をゆだねてしまったからこうなっているのだ。

「せめてここから出られれば……」

アルベールがうめいた。

ドナルドとミッチェルが自分可愛さに国を見捨ててしまったのだから、残る王子はアルベールしかいない。国王に変わって戦争を仕切る人間が必要だ。

「……父上に、アルベール殿下の塔の登録を解除できないか掛け合いましょう。ここにはわたしもシャーリーもいます。ローゼリアの王族がすでにあちらの塔を捨ててきた状況ですから、アルベール殿下がここにいる義務もないはずです」

アデルが静かに言った。

アルベールがハッと顔をあげる。

シャーリーはそっと胸の上を押さえた。

（……アルベール様が、ここから出る？）

その可能性を、シャーリーは考えていなかった。

アルベールがここから出て、軍を率いて戦う。

（そんな……、それでもし、第一王子みたいに命を落としたら……）

ドナルドやミッチェルに対しては、王子なのだから責任をもって国のために闘えと思った。国を見捨てて逃げて来るなんて何様だと思った。でも、アルベールがそれをするのは、どうしようもなく嫌だと……そう、思ってしまう。

（やだ……）

ここから出たら、戦争に行ったら、もう二度と会えないかもしれない。

シャーリーの胸の中が不安でいっぱいになったとき、小さな物音が聞こえてきた。ダイニングの扉が開いて、エドワルドが顔を出す。

そして、そこにいるアデルとシャーリーを見つけて、目を丸くした。

「姉上……シャーリーと二人ともがここにいるなんて、どういうことですか？」

アデルが手短に先ほどブロリア国の塔であったことを説明すると、エドワルドは眉間にしわを寄せてはーっと息を吐いた。

「なるほど、こちらも厄介なことになっていたんですか」

「こちらも、とは？」

エドワルドは手に握っていた一通の書状をダイニングテーブルの上に置いた。

「これは、ブロリア国王から父上……ローゼリア国王にあてた手紙です。ブレンダン将軍が持ってきました」

「ブレンダン将軍が？　なぜだ、彼まで国から離れたら――」

「説明するより、読んだ方が早いですよ」

エドワルドが困った表情を浮かべている。どうやら厄介なことが書かれているようだ。

アルベールは躊躇いながらも書状に手を伸ばして、中身を確認した後で、天井を仰いだ。

「……なるほど。父上も、国を諦めたんだな」

その声は、落胆とは少し違う、微妙な響きを持っていた。


読んでもいいよとアルベールがアデルに書状を渡したから、シャーリーはアデルが開いた書状を後ろから覗き見した。パン生地をこねたまま洗わないで来たから、手が汚れているのだ。

書状にさっと目を通したシャーリーは思わずアルベールを見やった。

アルベールは沈痛そうな面持ちで、何も置かれていないダイニングテーブルの端の方を見つめている。

読み終わったアデルも言葉がないようで、黙って書状を畳むとテーブルの上に置いた。

（……これは、複雑よね……）

ブロリア国王の書状には、二つのお願い事が書かれていた。

一つ目は、アルベールをローゼリアの塔から解放してほしいというもの。

そして二つ目は、ブレンダン将軍がアルベールの母――第二妃を連れていくから、アルベールとともに二人をどこか遠くへ逃がしてやってほしいというものだった。

援軍が得られるかどうかについてはまったく明記されておらず、ただそれだけが、丁寧な文章で書かれていた。

アルベールが「父上も、国を諦めたんだな」とつぶやいたのは、そう言うことだったのだ。

（せめてアルベール様と……アルベール様のお母様を逃がしてほしいって、ことよね……）

もしかしたら、ブロリア国王は、それが自分がアルベールと第二妃にできる精一杯のことだと判断したのかもしれない。

国はもう無理だろうが、せめて、と。

アルベールが複雑な表情をしているはずだ。王としての判断はこれが正しいのかどうかはシャーリーにはわからないけれど、そこには確かに、アルベールへの父親の愛が窺えた。

「……ここに書いてあることが本当なら、ブレンダン将軍は私の母を連れてきたというので間違いないのか？」

「ええ。少数の軍とともに、アルベール殿下の母君……フィリス様を連れてこられました。父上は、アルベール殿下が直接お会いになった方がいいだろうと、先ほど塔の登録を解除しています。俺がここに来たのはアルベール殿下のかわりに塔に入るためですけど……」

エドワルドがアデルとシャーリーに視線を向ける。まさか二人までここにいるとは思わなかったようだ。

「エドワルド、ここにはわたしもシャーリーもいるから、アルベール殿下とともに父上のところへ向かってくれ。先ほどわたしが話した件も一緒に伝えてほしい」

「わかりました」

「いや、だが私は……」

アルベールはまだ迷っているようだった。

先ほどここから出たいと言ったのは、軍を率いて戦争に向かうため。決して逃げるためではなかった。それなのに、父親から出たのは逃亡の指示。それもそこに自身の母親までついて来れば、アルベールが迷っても仕方がない。アルベールが父王の指示を無視すれば、もれなく母親まで巻き込むことになるのだから。

「アルベール様」

シャーリーはアルベールの顔を覗き込んだ。

「これからどうするかはともかくとして、お母様やブレンダン将軍にお会いになってきたらどうですか？」

父王の指示に従うかどうするかは、そこから考えても遅くはない。

ずっと会っていなかった母親にも会いたいだろうし、戦時中だ、その無事を自分の目で確かめたいだろう。

アルベールは困ったような顔で笑った。

「……わかった。一度行って、また戻ってくる」

「じゃあわたしは、美味しいクリームパンを焼いて待っておきますね」

アルベールはテーブルの上の書状を握りしめると、エドワルドとともに、三年近く出ていなかった塔の外へ、出て行った。

サイドストーリー　アルベールの決断

エドワルドとともに塔の外へ出た途端、アルベールは思わず足を止めてしまった。

上を見上げれば、木々の合間から青空が見える。塔の中にいると季節の感覚がなくなってしまうから気が付かなかったが、すっかり冬のようだった。

急いでいたとはいえ、上着を着て来ればよかったなと二の腕をこする。けれど首をすくめたくなるようなこの寒さが、心地いいとさえ感じるのは、外の世界から三年近くも隔絶されていたからだろうか。

（……出られた）

心の中では、もしかしたら二度と外へは出られないかもしれないと思っていた。

こんな状況でなければ、もっと喜べたのに。

遠くから微かに響く鳥の鳴き声や、風の音、土の香りに少し乾いた空気。塔の中に入らなければ、それらがこの上なく尊いものだったと、気づくことすらできなかっただろう。

「アルベール殿下、行きますよ」

エドワルドに急かされて、アルベールはようやく足を動かした。

外の世界に感動している暇はない。急ぎ母とブレンダン将軍に会わなくては。

（……しかし、あの人が私や母上を逃がそうとするとは、思わなかったな）

アルベールや母フィリスが、どれほどの不条理にあおうと、父は何もしなかった。目が合えばバツが悪そうに伏せられるだけで、それならばどうして妃の地位など望みもしなかった母を無理やり第二妃に据えたのかと、なじりたくなったことは数知れない。

父は弱い人だった。弱かったから、誰かに縋りたくて母を選んだのかもしれない。けれどもそうすることで、母がどのような目に遭うか、少し考えればわかっただろう。

アルベールは物心がつく頃には父に期待することはやめていたし、母は自分一人で守らなくてはならないのだと、自分に言い聞かせてきた。

その父が、どうにもならない状況になって、アルベールやフィリスを守ろうという姿勢を見せたのが不思議でならない。第二王子や第四王子のように、自分が逃げ出すのでもなく、二人を逃がしてくれと。まるで、今まで何もしてやらなかった息子と妻への、償いのように。

速足でエドワルドのあとを追いながら、アルベールはぐっと奥歯を嚙む。そんな弱い優しさなど、アルベールはほしくなかった。どうして一緒に戦ってくれと言う一言が、あの人は言えないのだろう。

（死ぬ気なんだろうな、父上は……）

城に残って、ただ静かに最後の時を待っているのだろう。そんな気がする。そうすることで、アルベールやフィリスが逃げる時間を稼ごうとでも言うのだろうか。

どうせ書簡をよこすなら、アルベールをそこから出して国に帰還させろと書いてほしかった。国を守るためにともに最後まであがこうと、そう言ってほしかった。

エドワルドとともにローゼリアの城に駆け込むと、そのままローゼリア国王の私室へ向かう。執務室でも謁見の間でもなく、王は私室に母たちを通したらしい。

王の部屋の扉の前に立っていた兵士が、アルベールの姿を見て驚いた顔をしたけれど、エドワルドはそれを無視して扉に手をかける。

「入りますよ！」

ノックもなしに、エドワルドが王の部屋の扉を開けた。

部屋の中にいたローゼリア国王が驚いたように立ち上がった。

王の前のソファには、三年前から痩せたように見える母が座っていた。アルベールを見て泣きそうな笑みを浮かべるから、アルベールの心がきゅっとなる。しかし、母と感動の再会をしている場合ではない。

母のうしろには、記憶より少し老けたブレンダン将軍の姿があった。前髪の一部に白髪が見える。三年と言う年月は、短いようで長いのかもしれなかった。

「エドワルド！　お前まで来てどうする！　塔の中が……」

「姉上とシャーリーが地下の部屋を使ってこちらの塔に来ています。今朝方、ブロリア国の塔に第二王子と第四王子が押し入って来たそうです」

エドワルドが手短に説明すると、ローゼリア国王は唖然とした。

母がわずかに目を伏せて、ブレンダン将軍が怒りのあまり顔を赤く染め上げる。

「……国を捨てて逃げたんですか、あのお二人は……！」

押し殺した声が震えていた。ブレンダン将軍は昔から正義感の強い男だった。王の命令に従ってフィリスをローゼリア国に逃がすのも、本当は嫌だったはずだ。逃げるくらいなら前線で戦って死ぬことを選ぶような男だから。

地下の部屋のことは、どうやらブレンダン将軍と母にはすでに説明済みだったようだ。エドワルドを塔に行かせる段階で話していたようである。おそらく、状況によってはアデルたちをローゼリアの塔に避難させるため、ブロリア国の塔が空になる可能性を含めて伝えておいた方がいいと判断したようだった。

「ブレンダン将軍、グレゴリーが死んだそうだ」

エドワルドが説明していなかった第一王子の死を告げると、母が小さく息を呑んだ。

ブレンダン将軍が眉をあげ、それからぐっと眉間に皺を刻む。

「……私が王都にいたときより、状況は悪化したということですね」

「そうなるな」

アルベールは一つ頷いて、ローゼリア国王に向きなおった。

「父からの書簡は読みました。正直戸惑っています」

ローゼリア国王は微苦笑を浮かべて頷いた。

「こちらもだ。……アルベール殿下や妃殿下を逃がしてやることはもちろんできるが、こちらから護衛に人員を割くことはできぬし、保証してやれるのは国境までだ。そこから先は、そこにいる将軍と、彼が連れてきた兵たちで、自力で逃げてもらうしかない」

「殿下」

ブレンダン将軍が咎めるような声を出した。わかっている、とアルベールは頷く。

「ブレンダン将軍、連れてきた兵の数は？」

「……三十二です」

予想していたよりは多かった。だが、ブロリア国に戻って戦況が覆せる人数には程遠い。

「……陛下。無理を承知で頼みます。母だけ、どうにか逃がしてやることはできませんか？」

「アルベール！」

それを聞いて、母が悲鳴のような声をあげる。

ローゼリア国王が目を見張って、それから顎を撫でた。

「アルベール殿下はどうなさるおつもりかな？」

「私は国に戻ります」

「死にに行くようなものだと思うが」

「そうだとしても、自分だけ逃げるなんてできませんよ」

アルベールは王子だ。王子に生まれた身の上を恨んだことは数知れないが、それでも王子だから、国を捨てて逃げるわけにはいかない。けれども母だけは、できれば安全なところまで逃がしてやりたかった。

「なりません、アルベール」

真っ青な顔で、母が言った。

一緒に逃げようと言われるだろうか。言われたが、自分はその手を撥ねのけることができるだろうか。母の泣き顔はもう見たくない。これ以上、アルベールのために泣かせたくなかった。

「母上、私は――」

「わかっています。……止めません。でも、わたくしだって、息子を信じてその帰りを待つくらいの我儘は、許されると思いませんか？」

アルベールは驚いた。行くなと、言われると思った。塔に入ることが決まった日のように、お願いだから行かないでと泣きつかれると思ったのに。

三年前と、母は少し変わったのかもしれない。今にも泣きそうな顔をしながら、それでも息子を送り出すと言った母は、アルベールの知る母より、ずっと強かった。

ローゼリア国王がふーっと息を吐いた。

「アルベール殿下の意思は尊重しよう。けれど、無策で突っ込んでいくのは無謀と言うものだ」

「それも、わかっています」

二週間考えたけれど、まだ戦況を覆せるだけの策を見つけられていない。ブレンダン将軍が率いてきた兵を率いて向かったとしても、何もできずに終わるのがおちだった。

「父上、うちの兵はどれだけ割けるんでしたっけ？」

それまで黙って聞いていたエドワルドが口を挟んだ。

ローゼリア国王はじろりとエドワルドを睨んだあと、ため息を吐きつつ答える。

「レンバード将軍の軍が出ると言っている」

「ヘンドリックのところか……、本隊ですか？　それとも小、中隊含め、全部？」

「全部だ。逆を言えば、それ以上は出せぬ」

「……なるほど、だったら数は五千と少しってところか」

アルベールは驚いた。五千と少しの軍勢を動かすということは、ローゼリア国内全体の兵の数を考えると、三分の一は動かすことになる。

そこまでの軍勢を出してくれるとは思わなかったアルベールは、何度も瞬きをくり返しつつ、ローゼリア国王を見やった。

王はアルベールの視線に気が付いて苦笑した。

「アデルがあちらの塔にいるからな。……行かせないと言ったら、レンバード将軍は辞表を出してでも単騎で突っ込んで行きそうだったのだ」

「ああ、ヘンドリックは姉上の護衛騎士でしたからね」

エドワルドが一つ頷いて、アルベールを見た。

「ラッセル老が軍師として立つと言い出したから、この数ならやり方によってはひっくり返せるかもしれません」

「ラッセルが動くと言ったのか？」

「口説くのに苦労しましたけどね。耄碌《もうろく》じじい呼ばわりして煽ったら、最終的に若造に負けるかとすっかり張り切っていますよ」

「……なるほど、それは多少なりとも有利に働きそうだな」

確か、ラッセルと言うのはエドワルドの教育係だったはずだ。そのラッセルという老人は、エドワルドからもローゼリア国王からも随分信頼されているらしい。

「あのじじいは性格は悪いけど、頭がいいのは確かですからね。戦は力ではなく頭で勝つものだって昨日からずっと地図にしるしをつけて回っていますから、そろそろ名案でも浮かぶんじゃないですか？」

「わかった。……ラッセル老まで引きずり出したのならば、エドワルド、お前が我が軍の総指揮を執るんだな？」

「そうなりますね」

エドワルドがあっさり頷いたから、アルベールはギョッとした。

「エドワルド殿!?」

エドワルドはニッと笑った。

「悲観するにはまだ早いですよ、アルベール殿。実は昨日、とんでもない名案を思い付いたんです。正直俺は、その名案を試したくて試したくて、うずうずしているんですよ」

まるで悪戯を思いついた子供のような顔だった。

ローゼリア軍やエドワルドが動いてくれるのは非常に心強いのだが、アルベールはどうしてか、エドワルドのその「名案」とやらが、ろくでもないもののような気がして、不安を覚えたのだった。

3　戦争はRPGではありません！……よね？

夜になって、アルベールとエドワルドが戻ってきた。

二人が夕食をどうするのかわからなかったが、念のため四人分の食事を作って待っていたシャーリーは、アルベールの顔色がよかったことにホッとし、そして妙に機嫌のよさそうなエドワルドに小さな警戒心を覚えた。

経験上、悪戯っ子のような顔をしたエドワルドは、ろくでもないことを考えていることが多い。

「シャーリー、腹が減った」

エドワルドがお腹を押さえて言った。

「お城で食べてこなかったんですか？」

「父上はアルベール殿下たちと晩餐を取りたがったんだが、城で出される料理は不味いから、姉上に報告を急ぐと言って逃げてきた」

いいのだろうか。アルベールだって久しぶりに会った母親と積もる話もあったはずなのに。

するとアルベールは、母からは自分がすべきことを優先するようにと言われたと言った。悠長に再会を喜んでいる状況ではないからなと、彼は苦笑した。

「それで、今後の方針について父上は?」

アデルが不安そうに訊ねる。

「姉上、それについては夕食を食べながら話しませんか?」

エドワルドは本当にお腹がすいているらしい。

シャーリーはダイニングに駆け込んで、テーブルの上に急いで夕食を並べた。四人分作っておいて正解だった。これで食べるものがないと言えば、エドワルドは相当機嫌が悪くなっただろうから。

テーブルの上にサラダを並べている間に、スープと煮込みハンバーグを火にかけて温めなおす。

ガーリックバターを塗って焼いたバゲットを並べて、温まったスープと煮込みハンバーグを並べていると、アデルがお茶を入れてくれた。

アルベールとエドワルドがハンバーグを前に嬉しそうにしている。

料理が揃うと、エドワルドが、サラダそっちのけですごい勢いでハンバーグを食べはじめた。

(……これ、足りないかなあ)

いつもならば充分な量なのだが、エドワルドは相当お腹を空かせていたようだ。緊急事態だったから、昼食も取らずに対応していたのかもしれない。そう思うと可哀そうになってきて、シャーリーは席を立つ。

エドワルドは食べながら話をすると言っていたが、腹が膨れるまで食事に夢中になっているだろう。今のうちに、手早く作れるものをもう一品用意してあげた方がいい気がした。

シャーリーは冷蔵庫を開けて、低温発酵させていたパン生地を取り出した。

（このくらいの発酵具合なら、ピザ生地に応用できそうね）

シャーリーはパン生地をガス抜きすると、円形に薄く伸ばして、一番手早く作れるマルゲリータを作ることにした。トマトソースは難しくないのでささっと作れるし、なおかつお腹にもたまるのでちょうどいい。

伸ばしたピザ生地の上にトマトソースを敷いて、バジルとチーズを散らして予熱したオーブンに入れる。

焼けるのを待っている間、食事の続きをしようとダイニングに戻れば、すでにエドワルドが何か期待したようなキラキラした目をしていた。

シャーリーがピザを焼いていると言えば嬉しそうに頷く。やはり足りなかったらしい。

「それで、父上はなんと？」

アデルが訊ねると、エドワルドは一つ頷いて、ブロリア国のブレンダン将軍が率いてきた軍とローゼリア国の軍の連合軍の出撃準備を整えていると答えた。指揮を執るのはアルベールとエドワルドだという。

こうなることは予想していたけれど、実際に聞かされると目の前が真っ黒に塗りつぶされるような気がした。

クレアド国の軍は強大だ。勝算だって低いと言っていたし、ろくな作戦だって思いついていないのに、本当に大丈夫なのだろうか。

シャーリーが心配のあまり視線を落とすと、ガチャンと大きな音がした。隣を見れば、アデルが青い顔をしてナイフを取り落としていた。

「ヘンドリックが……出陣するのか？」

ヘンドリックとは誰だろう。

エドワルドが頷いた。

「レンバード将軍自ら志願したとのことですよ。レンバード将軍は姉上の元護衛官ですからね、ブロリア国の塔にいる姉上のことを心配したのではないでしょうか？」

「……そう、か」

アデルは取り落としたナイフを拾って、小さく首を横に振った。そして大きく息を吐きだすと、エドワルドに続きを促す。

「それで、勝算はあるのか」

「ラッセル老が作戦を考えていますが、名案が思い付かなくてイライラしています。……そこで」

エドワルドはニヤリと笑った。

緑の塔に帰って来たときと同じ、悪戯を思いついた子供の顔。

エドワルドの視線がシャーリーに向いた瞬間、シャーリーは警戒した。

(何を考えているのかしら……)

シャーリーはアルベールを見たが、彼は何も聞かされていないようで、首を横に振った。いよいよ怪しい。

「シャーリー、頼みたいことがあるんだ」

シャーリーは身構えた。

エドワルドはにこやかに言った。

「俺は、イフリートがほしい！」


マルゲリータが焼き上がる時間になったので、シャーリーはわけがわからないままいったん話を中断してキッチンへ向かった。

オーブンを開けると、焼き立てのピザの香りが漂ってくる。

(イフリートって言ったわよね?……そんな食べ物は知らないから、もしかしなくても、アレのことを言っているのよね?)

ピザを持ってダイニングに戻ると、エドワルドとアルベールが何やら盛り上がっていた。

一方アデルは困惑した顔をして、盛り上がる二人を遠巻きに見ている。

「ピザが焼き上がりましたよ」

エドワルドのみならず、どうしてアルベールまでキラキラと瞳を輝かせているのだろう。

アデルを見れば、「何を言っているのか理解できない」と言って首を横に振っていた。

あまり続きを聞きたくないような気がしたけれど、話したくてうずうずしているエドワルドの口を封じる手段はないだろう。

アルベールまでそわそわとシャーリーを見ているから、これはどうしようもない。

「…………それで、イフリートってなんですか？」

まさかと思いつつ訊ねてみると、エドワルドが大きく胸を張った。

「『げーむ』の火の大精霊だ」

予感的中。やはりろくでもないことを言い出した。

「なにをわけのわからないことを言っているんですか？」

確かにアルベールがはまっていて、たまにエドワルドも遊んでいるシャーリーが呼び出したロールプレイングゲームには、イフリートという火の大精霊が登場する。

アルベールが可愛くないと言って仲間にしなかったあれだが、エドワルドはあの筋肉の塊をものすごく気に入っていた。

可愛いもの好きで、見た目が可愛らしい精霊ばかり仲間にするアルベールと違って、エドワルドはいかにも強そうな見た目の精霊を好んで仲間にしているのだ。

だが、それが何だというのだろう。

「イフリートがほしいって、人形でもほしいんですか？」

前世の友人にフィギュア好きがいたなと思い出しながら訊ねれば、エドワルドが不満そうに口を尖らせた。

「違う！」

「じゃあ、何がほしいんですか」

「だからイフリートだ！　シャーリーの変な力でイフリートを呼び出してくれ！」

「はい!?」

シャーリーは素っ頓狂な声を上げた。

エドワルドはマルゲリータに舌鼓を打ちながら続ける。

「次々変なものが呼び出せるんだ。イフリートだって呼び出せるだろう?」

いやいや待て待て。エドワルドは知らないだろうが、シャーリーが呼び出しているものは一応、シャーリーが前世で知っているもの――実在しているものばかりだ。エドワルドにとっては見たこともないものだから、ゲーム世界のイフリートと同列に見えてしまうのかもしれないけれど、いくら何でも無理がある。

だというのに、アルベールまで期待のまなざしでこちらを見ていた。

(いやいや、現実世界にゲームのキャラクターとか無理だから!　あれは映像だけのものだから!　実在していないからね!)

二人とも何を考えているのだろう。しかし、シャーリーが転生者だと知っているアルベールはともかくとして、エドワルドとアデルにはさすがにその説明はできない。

「む、無理ですよ」

「やってみないとわからないじゃないか」

いやいや。リアムを呼び出せるか試した時点で無理だったのだから、基本的に生き物は呼び出すことはできないはず。――いや?

(ゲームの登場キャラクターってそもそも生き物なのかしら?)

ふと気になったけれど、それを考えはじめるときりがない気がする。とにかく無理。そう突っぱねようと思ったのだが、エドワルドのみならず、アルベールまで真剣な顔でこちらを見ている。

「頼むシャーリー！　クレアド国との戦争に勝てるかどうかは、シャーリーにかかっているんだ！」

「わたしがイフリートを呼び出せなかったら戦争に負けるような言い方しないでくださいぃ！」

すごいプレッシャーをかけてくる。

まさか、ゲームのように精霊を使って軍隊を各個撃破するつもりではあるまいか。

（いくらなんでも無理があるわ！　そんなことをすれば大パニックよ!!）

けれど、期待に満ちた二人に向かって、頭ごなしに否定するようなことは言いにくい。

アデルまでびっくりして、すがるようにシャーリーに視線を向けてきた。

ここで断ったら完全にシャーリーが悪者だ。

（どうしろって言うのよー！）

シャーリーが頭を抱えていると、ピザを口にくわえたエドワルドが、席を立ってゲームをつけた。

まったく、王子様だというのに行儀が悪い。

ゲームをつけると、キャラクター一覧画面を開く。

その中のイフリートを選択したエドワルドは、テレビ画面いっぱいに映し出された上半身裸のマッチョなイフリートを指さした。

「これだ！　これがほしい！」

「…………」

シャーリーは諦めた。エドワルドは言い出したら聞かないのだ。

「できなくても知りませんからね！」

これでイフリートが呼び出せなかったから戦争に負けたとか言われてはたまらない。念押しすると、エドワルドが「わかっている」と頷いたが、その表情はできると確信しているようだった。

（なんなのかしら、あの自信……）

プレゼントを心待ちにしている子供のような顔をされると、できるだけのことをしてあげないと悪い気がしてくる。

シャーリーはダイニングチェアから立ち上がると、ソファに移動して、じーっとテレビ画面のイフリートに見入った。

このゲームは前世でやりこんでいるから、ある程度のことは頭に入っているけれど、さすがに細部までは覚えていない。

シャーリーはコントローラーを使ってイフリートのステータスを確認する。

シャーリーが前世のものを呼び出すときはほしいものを思い浮かべながら呼び出すから、できる限りイメージを膨らませなくてはならない。

テレビ画面に映し出されているイフリートは、赤い肌をしていて鬼のようにつり上がった目をしている。アルベールではないが、ちっとも可愛くない。性格は少しお調子者で、暴走気質。ウンディーネが好きだが、彼女にアプローチしてはいつも邪険にされている。

精霊の中では一番攻撃力が高いが、防御を考えず突っ込んでいく猪突猛進型。得意技は口から火を吐くファイアブレス。それ以外にもファイアボールにはじまって、いろいろ炎系の魔法が使えるが、どちらかと言えば魔法よりも拳で殴る方が攻撃力が高い。

シャーリーのうしろにはエドワルドとアルベールの二人が立って、手に汗を握りしめている。

（……どこの世界でも、男の人って、ねえ……）

気が散るから後ろに張り付いて期待のまなざしを向けないでいただきたい。

最大HPは三千、MPは千五百。このゲームの精霊にはレベルという概念はないからステータスは最初からマックス。

身長二メートル、体重九十八キロ。……ダメだ、イメージつかない。

「エドワルド様、身長って何センチですか？」

「百八十五だ」

シャーリーはパチンと指を鳴らした。期待のまなざしを向けていただいたところ申し訳ないが、呼び出したのはイフリートではなく十五センチの定規である。

シャーリーはダイニングチェアを抱えて持ってくると、エドワルドの隣において、その上によじ登った。

エドワルドの頭のてっぺんに定規を当てる。

「シャーリー、何をしているんだ？」

アルベールが不思議そうな顔をした。

「イフリートの大きさをはかっているんです」

　エドワルドは、イフリートが呼び出せれば、この戦争に勝てると確信しているようだ。正直呼び出せる気はしないが、できるだけ頑張るしかない。だからしっかりとイメージを膨らませるのだ。

　アデルも不安そうにしている。

（ええい、ままよ！）

　シャーリーができないと諦めていてはできるものもできなくなってしまう。女は度胸。できると信じてやるしかない。

　シャーリーは椅子から降りると、大きく息を吸い込んで、パチンと指を鳴らした。――直後。

「おおおおおおお――――!!」

　エドワルドとアルベールの興奮した叫び声が、ダイニングいっぱいに響き渡った。

（信じられない。本当にできちゃったわ……）

　宙をぷかぷか浮いている二メートルの巨体。赤い肌に鬼のようないかつい顔立ちの、マッチョなイフリートが、太い腕を組んで偉そうにふんぞり返っている。

「我を呼んだのはお前たちか」

（うわー、ないわー）

　セリフまでゲームの登場シーンと一緒だった。

ドン引きしているシャーリーをよそに、エドワルドが興奮して飛び上がった。

アルベールは最初こそ感動していたが、しばらくすると嫌そうな表情を浮かべて首を横に振る。

「……可愛くない」

ぼそりとつぶやいたアルベールには大いに同意したいところだが、本人を目の前にして言わないでほしかった。イフリートが赤い顔をさらに真っ赤にして怒りだしてしまったからだ。

「なんだと！　我のどこが可愛くないというのだ！」

「そうですよアルベール様！　こんなにかっこいいじゃないですか！」

「む？　話がわかるな。名前は？」

「エドワルドだ！」

（やばい、エドワルド様とイフリートは一緒にしてはいけないやつだった……）

この二人を一緒にさせると、ろくでもないことをしでかしそうで怖い。何もしなくても存在自体が暑苦しい。

アデルがぽかんと口を開いて、細い指でイフリートを指さした。

「シャーリー………あれはなんだ？」

「あれがエドワルド様がほしがっていたイフリートです……」

「は⁉」

アデルは声をひっくり返して固まってしまった。

（そうですよねー。まさかテレビ画面に映っているイフリートが現実世界に出てくるとは思いませ

んもんね。わたしも思いませんでした)

アデルはきっと、シャーリーがいつぞやリアムを呼び出そうとしてリアムのフィギュアを呼び出してしまったように、同じようなものが出てくると思っていたに違いない。

それでどうしてクレアド国の戦争に勝てるのかは甚だ疑問だが、そこはきっと何か秘策があるのだと、好意的に解釈していたに違いない。……まさか「コレ」が出てくるとは、想像だにしていなかったはず。

アデルの脳の処理能力が限界に来てしまったようで、彼女は完全にフリーズしてしまった。

シャーリーも、自分で呼び出しておいてなんだが、さてこれはどう収拾をつけるべきかと、すっかり意気投合しているイフリートとエドワルドを見てため息を吐く。

「……って、アルベール様、何をしているんですか?」

途方に暮れていたシャーリーの隣で、アルベールがゲームのコントローラーを操作しはじめた。

自分のゲームデータを呼び出して、なぜか、コロンと丸いゆるキャラ風のノームのステータスを出している。

「シャーリー、私はこれがいい。あとフェンリルもほしい」

アルベールが期待に満ち溢れた顔でシャーリーを見る。そんなに純粋な目を向けないでほしい。エドワルドが出してもらえたなら自分ももらえるはずだと、ハロウィンのキャンディーを待つような子供の顔をしないで。ペットショップで子犬がほしいと訴える子供の顔をしないで!

(これ、ダメって言えないやつ……)

エドワルドだけイフリートを出してあげて、アルベールのほしいキャラクターを出さなかったら、きっとものすごくがっかりさせてしまうだろう。しょんぼりと空色の瞳を陰らせて、「そうか、仕方ないな」とものすごく悲しい声でつぶやくのだ。

「…………………わ、わかりました」

シャーリーは諦めた。これはもう、諦めるしかないからだ。

シャーリーは再びテレビ画面と睨めっこをはじめて、かなり時間をかけて、アルベールが望んだノームとフェンリルを呼び出す。

アルベールはぱあっと顔を輝かせて、もふもふのフェンリルに飛びついて、それからノームを抱きしめた。

「ありがとう、シャーリー!!」

今までで一番感謝されたかもしれない。

(ああ……どうしよう。塔の中にペットが増えた……)

しかしこれで、どうやってクレアド国の戦争に勝てるというのだろうか。

シャーリーがフェンリルを呼び出したころには、アデルもようやく落ち着いて来たらしく、複雑そうな顔をしてイフリートに視線を向けている。

クレアド国との戦時中だというのに、エドワルドは緊張感の欠片もない様子で、イフリートの太い二の腕を触って「おおっ」と歓声を上げている。

アデルがどうしていいのかわからない顔をしている以上、ここはシャーリーが頑張るしかあるまい。

シャーリーは腰に手を当てて、エドワルドを睨みつけた。

「エドワルド様。これでどうやってクレアド国に勝てると?」

さあ説明しろと迫れば、エドワルドはにやりと人の悪い笑みを浮かべた。

「それについてはもちろん説明する。その前に試したいことがあるんだがかまわないか?」

「それはかまいませんけど……」

いったい何をするつもりなのかと思えば、エドワルドは至極真面目な顔でイフリートを見上げた。

「ここにいる四人以外の前では姿を消すことはできるか?」

なんか無茶苦茶なことを言い出した。

ゲーム世界では、イフリートたち精霊は人前では姿を消している。しかしいくら何でも——

「我にできないことはない」

(……まじですか)

シャーリーは自分の想像力が恐ろしくなってきた。イフリートやノーム、フェンリルを呼び出したときに、細かい設定までしっかりと想像したけれど、現実世界でそれができると言われるとなんというか、ひどく脱力してしまう。

「よし！　これでうまくいく！」

エドワルドは嬉々としてダイニングテーブルにブロリア国の地図を広げた。

「じじいが言っていたんだ。ここを封鎖して、この谷底にクレアド国の軍隊を誘導できれば、戦況は覆せるって！」

じじいとはラッセル老のことだ。仮にも自分の教師を「じじい」呼ばわりするのはどうかと思うが、そこは突っ込むまい。

「これがじじいが思いつく限り最高の作戦だって言うんだけど、残念ながら兵力がたりずに断念せざるを得ないらしい。それに、クレアド軍の軍勢がこの地域一帯を抜けるまでに叩かなければならないから時間が足りないと言っていた。だがその点、イフリートならば高速で移動できるうえに、ここの森とここの村、そしてここの山に一斉に火をつけることで自然と軍を谷底まで誘導できるはずだ。火攻めにしたときに多少戦力も減少するだろうから一石二鳥だろう？　さらにシャーリーがノームとフェンリルを呼び出してくれたから、道の封鎖も簡単にできそうだ！　どうだ！　素晴らしい作戦だろう!!」

（クレアド国との戦争に勝てるかどうかはわたしにかかってるって、こういうことだったのね……）

よくもまあそのような突拍子もないことを思いついたものだ。

アルベールも感心して頷いている。

「イフリート、今言ったことはできそうか？」

「造作もない」

自信家イフリートが大きく頷いた。

「よし！　じゃあ俺はこれから、じじいにこの谷底作戦について詳しく聞いてみる！」

「ま、待ちなさいエドワルド。ラッセル老にシャーリーの力について言うのは……」

「大丈夫ですよ姉上。それは言いません。ただ単に作戦を聞くだけです。後学のために教えてくれと言ったら、じじいは教えてくれるはずですからね！　そして作戦を聞いた後で、イフリートとノーム、フェンリルを使ってその作戦をどう展開していくか考えるんですよ！」

エドワルドはそう言って緑の塔から飛び出して行った。

イフリートの姿が見えなくなったので、どうやら姿を消してエドワルドにくっついていったようだ。短い時間にずいぶんと仲良くなったらしい。

（まあいっか、暑苦しいのがいなくなったから……）

アルベールではないが、イフリートにいつまでも居座られたら面倒くさくて仕方がない。

アデルは地図を覗き込んで頷いた。

「もしラッセル老の作戦が本当にうまくいくなら、これでかなりの軍勢を減らせるはずだ。ラッセル老が最高の作戦だというほどの作戦だからね。形勢が逆転できるかもしれない」

「ああ。エドワルド殿下の話を聞いた時は驚いたが、私には到底思いつかないいい作戦だ！」

それはそうだろう。ゲームのキャラクターを現実世界に呼び出して使おうなんて、普通は思いつかない。きっとエドワルド以外では閃かない作戦だ。

「混乱に乗じて軍を動かせば、減少したクレアド軍を包囲することもたやすい！　ノーム、フェンリル、協力してくれるか？」

アルベールが肩に乗っているノームと足元で寝そべっているフェンリルにそれぞれ話しかける。

「どうしてもって言うなら聞いてあげなくもないよ」

「まあいいだろう」

ノームがツンデレに言って、フェンリルが頷く。

(なんかちょっとズルをしている気がしないでもないけど……勝てば官軍って言うもんね?)

考え方によっては、シャーリーが指パッチン魔法でダイナマイトを呼び出すのと同じだろう。

負け戦などこりごりだ。それでアルベールが処刑されるくらいならば、ズルだってなんだってかまわない。もとはと言えばあちらが一方的に攻めてきたのだから。

すでにローゼリアの緑の塔の登録を解除されているアルベールはローゼリア城に一室用意されたそうで、また明日ここに来ると言って帰って行った。

ちゃっかりノームとフェンリルも連れて帰ったけれど、姿を消すそうなので問題はない。

(それにしても……なんか急にＲＰＧっぽくなっちゃったと思うのはわたしだけかしら……)

シャーリーは食べた食器を片づけながら、やれやれと息を吐きだした。


その夜。

風呂から上がったシャーリーは、ダイニングの灯りがまだついていることに気が付いた。

ダイニングにはアデルがいて、ソファに座ってぼんやりしている。

アデルはいつも、お風呂から上がったらすぐに寝てしまうのに、今日は湿った銀髪をタオルでくるんだままぼーっとしていた。

「アデル様、きちんと髪を乾かさないと風邪ひいちゃいますよ」

「あ、ああ……そうだね」

アデルはハッとして、それから微苦笑を浮かべたけれど、やはりまだぼんやりしている。

シャーリーは一度バスルームに戻って、指パッチン魔法で出していたドライヤーを持ってくると、アデルの背後に回った。

アデルの艶やかな銀髪をタオルで拭いてドライヤーをかけると、アデルはされるがままになって、またぼんやりしはじめた。

(どうしたのかしら?)

思えば、エドワルドとアルベールが帰ってからおかしかった気がする。

口数が減った気がするし、ふとした時に思い悩むような表情を浮かべて俯いて、時折重たいため息をついていた。

ドライヤーの温風でアデルの髪を乾かしながら、シャーリーは思い切って訊ねてみることにした。

「アデル様、どうかしたんですか?　元気がないみたいですけど」

「ん?……そうかな?」

「はい。あ、もちろん言いたくなければ話さなくて大丈夫ですよ」

誰しも悩みの一つや二つはあるものだ。それを人に打ち明けるのか、心の中に秘めておくのかは人それぞれで、なんとなく、アデルは後者な気がした。シャーリーが知る限り、アデルはいつも前向きで、めそめそしたところは見たことがない。

アデルはしばらく黙っていたけれど、ちらりと肩越しに振り返って、ぽつりと言った。

「シャーリーは、アルベール殿下のことが好きなんだよね？」

「へ!?」

危うく、ドライヤーを取り落とすところだった。

慌ててドライヤーを持ち直すと、シャーリーはあわあわしながら答える。

「な、何を言っているんですかアデル様！　わたしとアルベール様は、そんな関係では――」

「ああ、勘違いしないで。恋人同士だとかそう言うことを言っているのではなくて……ああ、なるほど。シャーリーは無自覚だったんだね」

「はい!?」

シャーリーは声を裏返した。

（わたしってアルベール様が好きだったの!?）

確かにアルベールのことは大切だし、今まで可哀そうな思いをたくさんしてきたのだからと、ついつい甘くなってしまうのは自覚していたけれど――

「わたしが言うのもなんだけど、多分間違いないと思うよ」

なぜ自分の感情をアデルに教えられているのだろうか？

（いやいや、いくらなんでも、好きならちゃんと自覚できるわよ。わたし、そこまで鈍くな……、あれ……？）

シャーリーはふとアルベールの顔を思い浮かべて、ボッと顔を赤く染めた。

アデルが変なことを言うから、動悸がしはじめた。心臓がドクドクいっている。

(あれ？　あれ?)

いやいや、冷静になって考えてみよう。シャーリーは今世ではまだ十五歳だけど、前世の佐和子の享年は三十二歳。アルベールは二十歳。十二歳差。今世の年齢をたすと二十七歳差。ない。ないはずだ。きっとない。……ああ。

シャーリーはドライヤーを置いて顔を覆った。

絶対違うと否定したいのに、否定できないかもしれない。アルベールの側はホッとするし、顔が見えないと不安になるし、毎晩テレビ電話で話をする時間がとても楽しかった。

(……そう言えばわたし、前世でも色恋沙汰が苦手だったわ)

誰かのことが好きだと気づくまでに時間がかかって、気が付いた時には人のものになっていたパターンがものすごく多かった気がする。

明日からいったいどんな顔をしてアルベールに会えばいいのだろうか。

シャーリーが赤い顔のまま、再びアデルの髪にドライヤーをあてはじめると、アデルが目を閉じてぽつりと言った。

「シャーリー、わたしにも好きな男がいるんだ」

「はい!?」

あまりの驚きに、シャーリーは再び声を裏返した。今日のアデルは爆弾発言が多すぎる。

（アデル様に好きな人!?）

ローゼリア城にいるときも、アデルにそんなそぶりはなかった。というか、女性人気の高いアデルに恋人なんていたら、それこそ国中の噂になっていてもおかしくない。

「ああ、違うよ、その男とは恋人関係じゃない」

シャーリーの思考を読んだようにアデルが言って、自嘲するように笑う。

「というか……好意を伝えられたけれど、わたしから断ってしまったからね」

「どういうことですか？」

ドライヤーの風を温風から冷風に切り替えて、乾いた髪に当てていく。最後に冷風を当てることで髪に艶が生まれるのだと教えてくれたのは前世の行きつけの美容師だった。

アデルの銀髪が艶々になると、シャーリーはドライヤーを切ってアデルの隣に座った。

アデルが突然色恋話をはじめたので不思議に思ってはいたけれど、どうやらアデルが思い悩むような顔をしていたのは、その好きな男のせいだろう。

ここまで話したならきっと教えてくれるはずだと、さあ話してくださいと続きを促せば、アデルは困ったような顔をする。

「聞いても面白い話じゃないと思うけど……少しだけ聞いてくれる？」

むしろアデルの恋バナなんて超レアだ。率先して聞きたい。

「もちろんです。あっ、ちょっと待ってください」

シャーリーは急いで立ち上がると、冷蔵庫を開けてアルベールのお菓子ストックの中からチョコレートと、ジュースを二本持って来た。恋バナと言えばお菓子だ。

「さあどうぞ」

いつでもカモンと両手を広げると、アデルはくすくすと笑った。

シャーリーが差し出したオレンジジュースを開けて一口飲んでから口を開く。

「その男はね……わたしの護衛官だったんだ。ちょっぴり堅物で、心配症で、真っ直ぐな男だよ。わたしは気が付いた時にはその男のことが好きになっていて……その男もわたしのことを好きになってくれたけれど、わたしは緑の塔に入ることが決まっていたから、だから待っていてくれなんて言えなくて……断ってしまったけれど…………今頃になってそれを後悔しているなんて、どうかしているよね」

「……護衛官って」

シャーリーはふと、今日の昼にエドワルドが言ったことを思い出した。確かブロリア国に進軍する連合軍のうち、ローゼリアの軍は――

（レンバード将軍）

あまり記憶には残っていないが、レンバード将軍なら何度か見かけたことがある。いつもアデルと親しそうに話していた。

黒髪で、背が高かった。覚えているのはその程度だけれど、アデルとレンバード将軍が並んでいるところを見たとき、妙に絵になる二人だなと思った。あれは、互いに想いあっていたからだったのかもしれない。

「彼には……ヘンドリックには幸せになってほしい。わたしのような面倒くさい女じゃなくて、普通の、優しくて可愛らしい女性と一緒になって、幸せでいてほしいんだ。それは本心のはずなのに、塔の中に入ったら諦めがつくと思っていたのに、なんだろうね……絶対に会えないんだって思うせいなのか、いっそうヘンドリックのことを考えてしまう」

「アデル様……」

アデルは泣いているわけではない。口元には薄い笑みを貼り付けている。けれどもどうしてか、アデルが泣きそうに見えて、シャーリーはそっとアデルの手を握りしめた。

「ねえ、シャーリー。……クレアド国には勝てるだろうか」

アデルは進軍するレンバード将軍のことを心配しているのだ。だからずっと思いつめたような顔をしていたのだ。

エドワルドの秘策――ゲームの精霊を呼び出すというびっくり箱のような作戦を用いても、戦争なのだ、勝てる保証はどこにもない。ましてや死人が一人も出ない保証なんてどこにもなかった。

「わたしも一緒に行ければいいのに。訓練を受けた兵に比べたらわたしなんて足手まといだろうけど……、でも」

アデルは塔の中から出ることはできない。アデルが緑の塔から出るには、ブロリア国の緑の塔の登録を解除しなければならないからだ。

「大丈夫ですよ」

シャーリーだって、本音を言えば怖い。

アルベールもエドワルドも連合軍を率いて進軍するという。アルベールもエドワルドも王子だから前線には立たないだろうが、それでも命の危険があることには変わりない。

シャーリーができることがあれば何だってするつもりだけれど、シャーリーだってアデル同様、彼らとともにブロリア国へ向かうことはできない。アルベールたちが戦っているとき、塔の中で祈ることしかできないのだ。

だから、大丈夫だと、そう信じることしかできない。

「いざとなれば戦車だって呼び出して見せますから！　イフリートが出せたんですから、きっとがんばればなんとかなるはずです！」

「戦車って何?」

「すっごい強い秘密兵器です」

「ふふ、それはいいね」

アデルは笑うと、チョコレートをひとかけら口に入れて立ち上がる。

「そうだね。シャーリーのすごい力もあるから、きっと大丈夫だね」

「はい。クレアド国を追い出したっていい知らせを持って帰ってくれるはずです」

「うん。……ありがとう。話したら少し落ち着いたよ。もう寝るね」

「はい、おやすみなさい。……あ、歯磨きしないと虫歯になりますよ！」

チョコレートとジュースを飲んだからと言えば、アデルは笑って、歯を磨いて上がるよとダイニングを出ていく。

シャーリーはジュースとチョコレートを片づけながら、ふと、いつもの癖でテレビに視線を向けてしまった。

いつもなら、夜はアルベールとテレビ電話をしていた。

(アルベール様……この戦争が終わったら、どうするのかしら)

アルベールはもう、ローゼリア国の緑の塔に登録されていない。いつでも好きにどこへでも行くことができる。

ブロリア国に帰ることも、ローゼリア国に逃れてきた母の第二妃を連れてどこか遠くへ行くことも。

もしかしたら、もう二度と、このソファに並んで座って、ゲームをしながら笑いあうことはないのかもしれない。

そう思うと、ずきりと胸の奥が痛くなった気がして、シャーリーはそっと胸を押さえた。

サイドストーリー　エドワルドとラッセル老

シャーリーにイフリートを出してもらった翌朝、エドワルドはラッセルの部屋の扉を叩いていた。ラッセルは普段は城で生活をしていないのだが、クレアド国との戦争が終結するまでは城に住むことにしたらしい。

「邪魔するぞ！」

するとラッセル老はソファの前のローテーブルの上に広げていた地図から顔をあげて、あからさまに眉をひそめた。

「こんな朝っぱらからいったい何のようですかな」

「じじいが昨日言っていた最高の作戦とやらを教えろ！」

「何を言い出すかと思えば、それは無理だと言ったではございませんか」

少し苛立ったような口調。見ればラッセル老の目の下にはくっきりと隈があった。年よりのくせに睡眠時間を削ってまでこの戦に勝てる策を考えていたのだろう。

ブロリア国のために軍を動かすと決めた時点で、ローゼリア国はクレアド国の敵となる。

もし戦争に負ければ、かなり苦しい立場に追いやられるだろう。自衛ばかりに必死の同盟国はあてにならない。自分の作戦で味方が死ぬかもしれない。

エドワルドはラッセル老を軍師に据えたことを後悔していないけれど、老人の肩にかなりの重しを載せてしまったことは少しばかり悔やんだ。

これは何が何でも勝たなければならない。もちろんエドワルドには負けるつもりは毛頭ないが、もしクレアド国に負けるようなことがあれば、ラッセル老は自分を責めるだろう。

「後学のために教えてくれ」

「後にしなされ。今はそのようなときではございません」

学ぶ姿勢を見せればあっさり教えてくれるかと思ったのに、ばさりと断られてしまった。

エドワルドはむーっと眉を寄せて、大きく息を吐きだした。

「……詳しくは言えない。だが、もしかしたら、その最善の作戦とやらを実行できるかもしれないんだ」

「何を寝ぼけたことを」

「本当だ。信じてくれ。俺にも考えがある」

エドワルドはラッセルの対面に座って、地図を指さした。

「この谷間だろう？　ここに追い込めばいいんだろう？　追い込んだ後は何をすればいい」

「これは遊びではございませんぞ」

「わかっている！　俺だって真剣なんだ！」

遊びで戦争の総指揮など買って出るはずがない。

エドワルドは確かに、生まれてからこの方、戦争を知らずに生きてきた。若造が調子に乗ってと思われているのかもしれないが、もし敗戦するようなことがあればどうなるかくらい想像はつく。

「そんなに隈ができるほどに考えてもあれ以上の作戦は思いつかないんだろう？　だったら俺に賭けてくれ。俺には作戦は思いつかないけど、それを実行する手段を持っている」

ラッセル老ははーっと息を吐きだすと、「まあいいでしょう」と頷いた。

「聞けば不可能だとわかるはずでしょうからな。よいですか、まず、昨日も言った通り、夜のうちにこの三カ所に火をつけて敵を混乱させます。この時期は北風が吹きますので、自然とブロリア国とクレアド国の国境に向かって火が回るでしょう。空気も乾燥しておりますから火は簡単に勢いを増すはずです。あれだけの軍です。逃げるには時間がかかりますので、火をつけた時点である程度クレアド軍の軍勢を削ることができるはずです。そして、クレアド国も馬鹿ではございませんから、火の手が回らない方――この谷底へ逃げていくでしょう。ここまではよろしいですか？」

「ああ」

「この谷を抜けようとすれば、北西街道と北北西街道に二つの道がございます。そのうち道が広いのが北西街道。大勢の軍を率いているクレアド軍なら北西街道を抜けようとするはずです。そのため、北西街道の途中……この、一番道幅が細くなっているところを岩や土、木でも何でもかまいませんので積み上げて通行止めにします。するとクレアド軍は混乱し引き返そうとするでしょう。自然とクレアド軍は道幅の細い北北西街道へやってきます。そこにわが軍を待ち伏せさせます。大勢の軍相手でも、細い道に誘い込めば、それほど不利な状況にはなりません。さらに崖の上には弓兵を待機させ、崖下のクレアド軍を狙い撃ちにします。北北西街道は左右を垂直に高い崖に覆われていて、崖を上ることは不可能に近い。背後には火が回っておりますから引き返すこともできますまい。もちろん、すべての軍勢を撃ち滅ぼすには時間がかかりますから、この作戦だけでは対象の首は狙えませんでしょうがな」

「その口ぶりだと、大将の首まで取る方法を知っているみたいに聞こえるぞ」

「……到底不可能な作戦です」

「いいから言え！　どうせ、今言った方法も無理だって思っているんだろうから一緒だろう？」

ラッセル老はやれやれと肩をすくめて、寝不足で目がかすむのか、目頭を押さえてから言った。

「火災により移動を余儀なくされた場合、総大将は――クレアド国王は、火から一番遠い軍の先頭にいると考えていいでしょう。北西街道から引き返す場合も同等です。しかし北北西街道に敵兵がいるとわかれば、おそらくそのまま軍の中央部に移動すると思われます。しんがりに回ればいつ火の手が迫るともわかりませんし、前方と崖上に敵兵がいたならば、もしかしたら後方にもと考えてしまうのは人間の心理です」

「それで？」

「クレアド軍は大軍です。先頭の軍を倒しながらクレアド国王のいる中央まで突っ切っていくことは不可能。ならばどうすればいいと思いますか？」

「まさかこの垂直の壁を下って降りろと？」

「半分正解です」

「半分？」

「先ほども申した通り、敵は大軍。崖を下って降りて奇襲をかけることができたとしても、大軍を蹴散らすことは不可能です」

「じゃあどうする」

「投擲します」

ラッセル老は、作戦を練るのに使っていたのだろう。チェスの駒を二つ地図の上に置いた。

「ここから岩を落とし、軍を分割します」

「……分割？」

「一番理想的な形は、クレアド軍の軍隊の前方と後方それぞれに岩を落とし、総大将を中央に閉じ込めることです。落とした岩が総大将に当たればなおよし。当たらずともそれでかなりの人数を減らせるうえに、左右を落とした岩で囲ってしまうためにそう簡単に援軍が入って来られません。あとはさきほど殿下がおっしゃったように崖を下って降りてそのまま敵総大将の首を狙いに行きます」

「…………」

ぞくりとした。よくこの短い時間でここまでの作戦を思いつくものだ。

「ラッセル老……お前、天才か？」

時代が時代なら、名軍師として名をはせていたかもしれない。そんな気がする。

ラッセルは首を左右に振った。

「いいえ。作戦は思いつけども、実行する術を思いつかないのは二流のすることとです」

ラッセル老によれば、この作戦を実行するための時間と装置が足りないのだそうだ。

北北西街道に軍を配備することはぎりぎり間に合うかもしれないが、南側に回り火をつける部隊を回す時間も、北西街道を封鎖する時間も、投擲機を作成する時間もないという。

急いだところで準備が整う前にクレアド軍が進軍してしまうだろうとのことだった。アルベールの水攻め作戦で、いくらか時間が稼げているとはいえ、それでも時間が足りないのだという。

「北北西街道に軍を回す時間はあるんだな。その場合、どのタイミングで火をつければいい？」

「わが軍がこのあたりに差しかかったころですな。……何度も言いますが、これは不可能ですぞ」

「できる」

「殿下」

「できるんだ。する方法がある。ラッセル老、俺に賭けてほしい。火攻めも、投擲も、北西街道の封鎖もすべて俺が何とかする」

「いったいどうやって……」

「頼む」

エドワルドはがばりと頭を下げた。

「説明できないんだ。だが、方法はある。確実にできる。だからこの作戦で進めてくれ」

「この戦争には全国民の命がかかっております。殿下はその命を背負ってなお、できると言い切れますか」

「できる」

エドワルドは顔をあげて、真剣な顔でラッセル老を見つめた。

ラッセル老は睨むようにエドワルドの琥珀色の瞳を見返し、やがて、長い息をついた。

「……よいでしょう。実を言うと、ほかにはろくな作戦を思いつきませんでしたからの。そこまで言うなら、わしも殿下に賭けて見ましょうかの」

「じじい！」

「だれがじじいですじゃ！」

「ふふん、寝不足で迫力がないぞ。……俺はアルベール殿下にこの作戦について話してくるから、じじいはその間、少しくらい横になってろ」

「馬鹿を言いなされ。この策で動くならば、より綿密に計画を練らねばなりませんからの、寝ている暇などありはせん。……本当に、任せていいのですな？」

「ああ。じじいは軍を動かし、行き場をなくして右往左往するクレアド軍を叩くことだけ考えていろ！」

エドワルドは立ち上がると、「少しは寝ろよ！」とラッセル老に言って、部屋から飛び出すと、緑の塔へ向う。アルベールは一足先に緑の塔へ向かっているはずだ。

（シャーリー、お前は勝利の女神だ!!）

これで勝てる。

エドワルドははやる気持ちそのままに、猛然と緑の塔へ向けて駆け出した。

4　反撃開始

「なるほどね、さすがラッセル老と言うべきか……、大胆な作戦を思いつくものだな」

緑の塔へ飛び込んできたエドワルドが、興奮したようにラッセル老から聞き出した作戦を告げると、アデルは感心したように頷いた。

エドワルドを待っていたので、四人は少し遅い朝食を取っている。

今日のメニューは厚焼き玉子のサンドイッチに、キャベツを豚の薄切り肉で巻いてトマトとブイヨンで煮込んだ、ロールキャベツもどき。ひき肉をこねる手間がいらない分パパッとできて、これがまた美味しい。そしてコーンスープに、食後はブルーベリーソースのレアチーズケーキだ。エドワルドとアルベール向けのボリューミーなメニューである。

コーンスープを見たときにエドワルドががっかりした顔をしたから、彼のお気に入りの味噌汁は別で作ってあとでお持ち帰りできるようにポットに詰めておいてあげることにする。イリスも飲みたいだろうし。

「シャーリー、この卵サンドは美味いな」

そうだろう。卵焼きの中に刻んだハムを混ぜているから、それがいいアクセントになるのだ。エドワルドの大好きなマヨネーズも使ってある。エドワルドは絶対気に入ると思った。

「我も食べたいのだが」

四人で食事を取っていると、エドワルドが塔に入った瞬間に姿を現したイフリートが言った。

（……え？　イフリートってご飯食べるの？）

イフリートはゲームの中のキャラクターで、なおかつ精霊。それなのに羨ましそうに食卓を見つめている。

アルベールの肩の上のノームと、足元のフェンリルもじーっと食卓の上に視線を注いでいた。

「……食べられるんですか？」

シャーリーが半信半疑で訊ねると、イフリートは当然だと胸を張った。分厚い胸板が暑苦しい。というか、服を着てくれないだろうか。ゲームの設定の通りイフリートは上半身裸なのだ。

「食べなくても問題ないが美味そうだからな！」

（まあいいけど……）

エドワルドたちがおかわりするかもしれないと思って、それぞれ多めに作ってある。

シャーリーは席を立って、キッチンから余っていた朝食を持って来た。

空いている席に置くと、イフリートが我先にと椅子に座る。イフリートは巨体なので、椅子が壊れそうで怖い。

アルベールの肩の上のノームも飛び降りて、フェンリルがテーブルの上に飛び乗った。

三人（？）そろって、がっつくように朝食を食べはじめる。

「不思議な見た目をしているのに、普通にご飯を食べるんだね。面白いな」

アデルが感心しているが、そこは感心するポイントではない気がする。

「それで、ラッセル老の作戦を遂行するとして、どうするつもりだ？」

アデルが訊ねると、エドワルドは口の中の食べ物をごくんと飲みこんで答えた。

「火攻めについては昨日話しましたよね？　それ以外に、北西街道を岩で埋めたり、投擲する役目をノームに任せようと思います」

「崖からの奇襲はどうする？」

「それは私が出る」

「え!?」

アルベールの言葉にシャーリーは目を見開いたが、それはアデルもエドワルドも一緒だった。

「何をおっしゃっているんですか!?　アルベール殿下は指揮を執る立場のはずです」

アデルの言う通りだった。アルベールもエドワルドも軍の指揮を執る立場だ。前線で戦う役目ではない。だというのに、アルベールは首を横に振った。

「この崖は垂直に切り立っていて、ここから降りるのは相当難しいだろう？　馬も使えない。もたもたしていたら逆に狙いうちだ。その点、私ならフェンリルの補助で降りることができる。姿を消していても、周囲に見えないだけで特技は使うことができるんだろう？」

「だからって単身で突っ込むつもりですか？」

「無謀かもしれないな。だが、私が一番勝率が高い。……それに、ブロリア国は私の国だ。ローゼリアの王子や軍にばかり頼るわけにはいかない」

「そんな！」

「大丈夫だ。フェンリルの特技に防御結界があったはず……そうだろう、フェンリル」

「ふぐっ」

フェンリルが口いっぱいにロールキャベツもどきを頬張って首を縦に振った。口の周りがトマトソースで赤くなっている。

「でも……」

「大丈夫だ、ブレンダン将軍が率いている軍とともに崖上に回る。私が軍を掻きまわしている間に、ブレンダン将軍たちも追いつくことができるだろう。絶対に負けない。敵総大将の首は私がとる」

フェンリルの補助があればアルベールが怪我をすることはないのかもしれない。

フェンリルの特技の防御結界は、ゲームの設定では物理攻撃を完全に無効化できる。この世界に魔法攻撃は存在しないから、敵軍の攻撃はアルベールに傷一つつけることはできないだろう。

それはわかっているけれど、これはゲームではなくて――現実世界だから不安なのだ。

「本当はイフリートやノーム、フェンリルの特技でクレアド軍を壊滅させられれば一番いいんだがな、あまり派手にやるとさすがに怪しまれるだろう?」

すでに人力ではどうしようもないところを精霊に任せているくせに、エドワルドがもっともらしく言った。

だが逆にそれでシャーリーの肩の力が抜ける。……そうだ。どうしようもなくなれば、精霊たちの力で何とでもなる。そう信じよう。この戦いは絶対に負けない。

アデルがコーンスープを飲んでいた手を止めた。

「大丈夫……なんだよね？」

「大丈夫です姉上。勝機は我らにあり！　派手に勝鬨《かちどき》を上げてやりましょう！」

エドワルドはカッコよく宣言したけれども、すぐ後に「これ一度言ってみたかったんだよな」と余計な一言をつけ加えて、がっくりとシャーリーを脱力させた。

（……信じよう）

つい先日までの暗い雰囲気が一掃されている。エドワルドもアルベールも、もはや負けるとは思っていない。ならばきっと大丈夫。アルベールとエドワルドは、絶対笑顔で帰って来てくれるのだ。

「出立は明日だ。弁当を頼むな、シャーリー」

持って行けたとしても一日分が精一杯なのに、エドワルドがそう言って笑うから、シャーリーも思わず笑い返した。

（日持ちがするビスケットをたくさん焼かないとね）

見送りには行けないけれど、精一杯の気持ちを込めて準備をしよう。だから女神イクシュナーゼでも何でもいい。二人を——みんなを守ってくださいと、シャーリーは祈った。

アルベールとエドワルドが出発して三日が経った。

緑の塔のダイニングテーブルの端っこには常にブロリア国の地図が置かれていて、アデルもシャーリーも暇さえあれば地図と睨めっこしている。

連合軍は、エドワルドとアデルの元護衛官であるヘンドリック・ビル・レンバード将軍が率いる本隊と、アルベールとブレンダン将軍が率いる奇襲隊に別れて行動しているようだ。

奇襲隊はアルベールとともに崖上に回り、クレアド軍が本隊と衝突したのちに弓で攻撃する役割も担う。

エドワルドにはイフリート、アルベールにはノームとフェンリルがそれぞれともに行動していて、ラッセル老の計画通り、本隊が北北西街道に近づいたところで、北西街道の道を封鎖し、三カ所に火をつける。

北西街道の封鎖はノーム、火をつけて敵を追い込む役目はイフリートが担っている。

アルベールは崖上で待機しつつ、北西街道を封鎖したノームと合流。

ノームはクレアド軍が北北西街道に回り込み、本隊と衝突、敵総大将であるクレアド国王イーサン・ジェフ・クレアドが戦闘から中ほどに移動してくるのを確認後、投擲を開始して中央部分を孤立させる。そのまま投擲を続け、敵中央部分の隊の数が削れたところでアルベールが崖をフェンリルの力で下り降りて、イーサンの首を狙うという寸法だ。

エドワルドは何日後に作戦が開始されるとは言わなかったけれど、軍が到着するのは三週間はかかるとアデルは言う。

クレアド軍が北へ向けて北上を続け、ブロリア軍もそれを阻もうと善戦してくれている今、三週間の時間は優に稼げるはずだ。

あとは味方であるブロリア国軍を火攻めに巻き込まないかだが、それについてはブレンダン将軍が鷹文で連絡を取ってくれるという。

クレアド軍の進軍を止めるべく前線に向かった中に、ブレンダン将軍の戦友である将軍が二名いるそうで、彼らと連携し、作戦に巻き込まれないようにうまくブロリア軍を誘導してもらうそうだ。

ラッセル老も、なんとエドワルドとともに戦場へ向かうと言ったらしい。

もちろんラッセル老は剣を持って戦うわけではないが、それでも危ないことには変わりないので、エドワルドもローゼリア国王も止めたらしいが、自分のかわりに刻々と状況が変化する戦場で、最善の策を出せる人間が他にいるのかと逆に詰め寄られてあえなく撃沈したという。

「ラッセル老の体力は心配だが……、正直、彼が同行してくれたのはありがたいね」

アデルが作戦の場所である谷底に、白い石をおいた。

この作戦には、現在クレアド軍の進軍を押さえようと奮戦しているブロリア軍は数に入れていないという。どのくらいの戦力が残っているか不明瞭なため組み込めなかったらしい。

ブロリア軍の戦力が想定外に残っていたらその分戦況は有利に働くし、そうでなくても勝てるようにラッセル老は策を練っている。

「彼ならきっと、その場で最善の方法を導き出してくれる。勝てるよ。大丈夫。……きっとみんな、無事に帰って来てくれるよ」

アデルは自分に言い聞かせるように言う。思い切りズルをした分こちらに勝算があるとわかっていても、不安なのはシャーリーも一緒だった。これは戦争だ。勝てたとしても無傷とはいかない。一人でも多くの兵が無事に帰ってきますようにと、願うことしかできない。

（みんな帰ってくる。……だから、わたしはわたしのできることをしないとね）

エドワルドに渡した緑の蔦の鉢植えは、おそらく彼が不在にしている間に枯れてしまうだろう。クレアド軍が侵略してきたのも、元はと言えば緑の塔が枯れて国が滅びへ向かいはじめたからに他ならない。

ならば、やはり緑の蔦の研究は急ぐべきで、リアムが考えるとおりに、蔦を外へ持ち出して、そこから大地に魔力供給が行えるようになれば、再び同じようなことがおこることもないだろう。

（蔦の鉢植えはブロリア国の塔に置いてきたままだし……ドナルド王子たちがいるあの塔には戻れないから、新しく作るしかないもんね）

そうなると、塔の最上階である三十三階まで、えっちらおっちらと上って行かないといけないわけで。

（よし。みんな頑張っているときに、階段を上るのがつらいとか言ってられないよね！）

三十三階で、リアムがしたように高枝ばさみで蔦を切り取って、地下の泉で成長させたあとで鉢植えを作る。今からすれば、アルベールたちが帰ってくるころには、鉢植えが完成しているだろう。

シャーリーはダイニングから出ると、上へ上へと伸びている階段を見上げて、ぐっと拳を握りしめた。

サイドストーリー　エドワルドの戦い

クレアド軍を待ち伏せる北北西街道のポイントに向けて進軍を開始してから二十日。

野営のために張ったテントの中で、エドワルドとラッセル老はひざを突き合わせていた。

「予定のポイントに火をつけるのは今から三日後ですじゃ……本当に、できるのですよな？」

「ああ」

ラッセル老によれば明日、明後日ごろに雨が降りそうだという。下手をしたら三日後にもその雨の影響が続くかもしれないというが、問題ない。何せ火付け役はイフリートだ。生半可な火力ではない。

前線でクレアド軍を押さえているブロリア軍には、すでにブレンダン将軍が通達をしているだろう。

準備は整った。

「俺は絶対に負けない。じじいを英雄にしてやるよ。帰ったら凱旋パレードだな」

エドワルドはすでに、ラッセル老を英雄だと思っていた。圧倒的に不利だったこの戦況を覆せるだけの作戦は、ラッセル老以外には思いつかなかっただろう。

「老体をこれ以上いじめないでほしいものですな」

ラッセル老はふっと小さく口元を緩めて、それから表情を引き締めた。

「殿下。わかっておると思いますが、これは戦争です。作戦がうまくいき、こちらに有利に転んだとしても、犠牲者を一人も出さずに終わることはできませぬ。総指揮者として、殿下はその命を一生背負わなければなりませんことを、きちんと理解しておりますか？」

エドワルドはきゅっと口を引き結んだ。

戦死者を一人も出さなくて済むとは思っていない。戦死者だけではなく、あとあと後遺症が残るような大怪我をするものも出るだろう。彼らの背後にはそれぞれ家族がいて、必ず慟哭《どうこく》の声は上がる。

彼らの家族に、恨まれ、憎まれ、そして犠牲になる者たちの輝かしい未来を摘んでしまうことへの重責に耐えられるのかと、ラッセル老は訊いている。

エドワルドは一度目を閉じて、それから真っ直ぐにラッセル老を見た。

「覚悟している」

この戦争のことを、エドワルドは生涯忘れないだろう。勝てればいいというものではないことを、エドワルドはきちんと理解している。……理解したうえで、アルベールを助けると決めた。

「ならばよろしい」

ラッセル老人は一つ頷いた。

「この作戦の鍵は、早めに総大将の首を討ち取ることです。大将が落ちれば、戦意は自然と消えゆ

「そちらも問題ない。俺はアルベール殿下を信じているからな」

アルベールならばうまくやるはずだ。

(王になればいいのに)

ふと、エドワルドはそんなことを思った。

塔の中へ閉じ込められてなお、国のために考え、動くことができる王子。迷うことなく、自ら総大将の首を狙いに行くと宣言したアルベール。

自身可愛さに戦うこともせずブロリア国の緑の塔の中に避難した、第二王子ドナルドや第四王子ミッチェルとは格が違う。

第一王子グレゴリーが戦死した今、ブロリア国の王子はアルベールを含めて三人。王になる器は、アルベール以外いないと思うのに。

アルベールが第二妃の子であるということくらいしか知らないエドワルドだが、正妃が母でないからなんだという。優秀なものが上に立って何が悪い。

もし、アルベールが本気で玉座を狙いに行くのならば、エドワルドはいくらでも力を貸すつもりでいるというのに。

「じじい、明日も早い。早く寝ろよ」

エドワルドは立ち上がると、昨日も夜遅くまで地図と睨めっこを続けていたラッセル老に釘を刺してテントを出る。

空を見上げれば、薄雲が覆っているようで、星はあまり見えなかった。

自分のテントに向けて歩き出すと、見張りのために火のそばに座っているヘンドリック・ビル・レンバードを見つけて目を丸くする。

「将軍自ら見張りか？」

声をかけると、ヘンドリックは顔をあげて、小さく笑った。左目の下にある傷は、数年前にアデルをかばって負った傷だという。たぶん一生消えない傷だろうが、二十六歳の若き将軍は、その傷をまるで勲章のように大切にしているという話を聞いたことがあった。

（レンバード将軍は姉上が好きなんだよな）

ヘンドリックがアデルを見つめるとき、青紫色の瞳に熱が宿ることをエドワルドは知っている。

緑の塔の秘密を外部に漏らすわけにはいかないから、実はアデルがローゼリアの塔に移動したことを教えることはできない。だから彼は、いまだにアデルはブロリア国の塔の中にいると信じているはずだ。

だから――、ブロリア国が落ちれば塔の中のアデルにまで被害が及ぶ。そう思っているから、ヘンドリックは、クレアド軍の進軍の知らせを聞いてからすぐに援軍に向かいたいと言い出した。

たとえ部下がついて来なくても、単身で向かいたいとすら言ったヘンドリックだったが、そのような我儘が許されるはずもなく、ずっと待たせてしまっていた。

ようやく援軍を向かわせると決めたときに、何が何でも自分が行くと言ったヘンドリックを止めることは、誰もできなかったと聞く。

エドワルドは少し間を開けてヘンドリックの隣に座る。冬の夜は冷えるから、火の側は暖かくていい。

「殿下こそ、お休みになった方がよろしいですよ」

「俺はいいんだ。見張り当番をしていないから、お前たちほど疲れていないしな」

「我々は鍛えております」

「俺が鍛えていないみたいに言うなよ」

エドワルドがムッとすると、ヘンドリックがぷっと吹き出す。

どうしたのかと思えば、エドワルドのその顔が、アデルが拗ねたときの顔にそっくりだと彼は言った。

アデルが拗ねたところなど一度も見たことがないエドワルドは驚き、それから自然と合点した。

（なんだ、姉上もか）

どうやらヘンドリックとアデルは両想いらしい。色恋沙汰には全く興味が無さそうに見えた姉だが、人並みに異性を好きになることがあるようだ。

アデルは自分の感情――特に、怒りや悲しみと言った負の感情を殺すことが得意だから、できれば気を張らなくてもすむ相手がそばにいてほしいと思っていた。その点、ヘンドリックなら安心できる。

「ヘンドリックは姉上と結婚するのか？」

アデルはブロリア国の第二王子ドナルドに求婚されたが、彼がわが身可愛さに緑の塔に逃げた時点で、その話は流れたと考えてよかった。

ローゼリア国王が、国を見捨てて自分だけ助かろうとするような王子に、アデルを嫁がせるはずがないからだ。

ヘンドリックは子爵家の出身で、数年前に武勲とともに準男爵を賜った。王女と結婚するには身分が低すぎるけれど、この戦争に勝利した暁には褒章が与えられるだろう。その時に爵位が上がってもおかしくない。エドワルドがうまく口利きすれば、何かと理由をつけて伯爵まで上げることができるかもしれないし、無理でもこの男は放っておけばどんどん昇進していくだろう。そのついでに爵位が上がることは充分に考えられる。

だからアデルと結婚することも将来的には充分可能。だから訊ねたのに、ヘンドリックは驚いたように目を丸くした後で、悲しそうに眉尻を下げた。

「それは……どうでしょう。俺はすでにアデル様にフラれていますからね」

「は!?」

エドワルドは唖然とした。

(何を考えているんだ姉上は!?)

ヘンドリック以上に、アデルにあう男はいないだろう。

ヘンドリックは左目の下の傷を撫でつつ、火の中に薪を投げる。小さな火の粉が舞った。

「アデル様は無事でしょうか」

炎を見つめて、独り言のようにつぶやくヘンドリックに、アデルが無事だと伝えられて安心させてやることができたら、どんなにかいいだろう。もしアデルが、生涯の伴侶に彼を選んでいたら、塔の秘密についても話すことができるのに。

「殿下、そろそろお休みください。総指揮者に倒れられては困ります」

「……そうだな」

エドワルドは立ち上がった。

明日も早い。エドワルドが寝不足でふらふらしていたら軍の士気にも関わる。

テントに戻ったエドワルドは、布を敷いただけの固い地面に寝転ぶ。

「……覚悟、か」

この軍にいるすべての兵の命をエドワルドが背負っている。ラッセル老に言った通り、その覚悟はしているし、無血で勝利を収められるとは思っていないけれど、できることなら一人の犠牲者も出さずに終わらせたいと思う自分がいた。

ラッセル老が聞いたら、甘いと怒るだろう。わかっている。——わかっているが、エドワルドはそう思わずにはいられなかった。

「総員、ここで待機せよ」

ヘンドリックの指示により、兵の足が止まる。

止まった場所は、ちょうど北北西街道の中腹あたりだった。

北北西街道は緩やかにカーブしている細い道なので、この位置からは、北西街道と北北西街道の分かれ道は確認できない。それは逆も然りで、火攻めに遭い逃げてきたクレアド軍は、北北西街道で敵が待ち伏せしているとは気づかないだろう。

エドワルドは懐中時計を確認する。作戦決行まであと一時間。イフリートにはすでに指示を出している。イフリートによると、ノームはすでに北西街道の中腹を封鎖済みとのことだった。ノームだからこそできる、一つの巨大な岩で塞いだので、どうやってもクレアド軍はその先へ進むことはできない。

アルベールもすでに崖の上に待機している。準備は整った。

「殿下、そろそろ時間のようですぞ」

「大丈夫だ、指示を出している」

アルベールが奇襲隊として突撃するのだ、エドワルドだって先陣のあたりに向かいたかったが、それはラッセル老とヘンドリックの二人の許可が下りなかった。エドワルドは後方に待機し、ヘンドリックが先陣に向かい指揮を執っている。

エドワルドが自信たっぷりに頷いた時だった。

前方の空に灰色の煙が上がり、ラッセル老が息を呑んだ。

(よし、はじまった。作戦通りだな！)

煙はもくもくと広がり、このあたりまで焦げた匂いを運んでくる。クレアド軍の叫び声が響いてきて、それは間違いなく彼らが逃げまどっていることを伝えていた。

「殿下……いったいどんな手品を使われたんですかの」

「手品か……いや、これはもっとすごいぞ。教えないけどな」

何せ、エドワルドが知る限りこの世でたった一人しか使えない特別な魔法だ。シャーリーがいなかったら、そして、彼女がエドワルドの希望通りイフリートを呼び出すことができなかったら、この作戦は実行できなかったのだから。

ただ、誰かが火をつけただけでは、火の勢いが増すまで時間がかかる。しかしイフリートの火力であたり一帯を燃やし尽くしたら、その勢いは計り知れない。クレアド軍はどうあっても南に逃げることはできなくなる。

シャーリーの指パッチン魔法は、たとえ国王相手でも言えない秘密だ。だからこの作戦が成功しても、功労者としてシャーリーの名前が上がることはないだろう。それがどうしようもなく悔しいけれど、きっとシャーリーは褒章もなにも望まずにただエドワルドの望みをかなえてくれたのだと思うとおかしくなった。

（あいつは本当に無欲だ）

ただ料理ができればそれでいいという。シャーリーのおかげで、イリスも、アルベールも、そしてアデルも救われた。そして今日、シャーリーはこの戦場に出て何千人もの兵士をも救うのだ。

それを無頓着に、何の見返りも求めずに、仕方がないですねと笑いながらやってのけるシャーリーは、アルベールではないが女神イクシュナーゼの遣いだと――いや、女神そのものではないのかとエドワルドは思っている。

最初はただ、美味しくて珍しい料理を作るシャーリーが気になってほしくなっただけだった。だが断言できる。たとえ料理がなくても、あの不可思議な魔法がなくても、エドワルドはシャーリーがほしい。あんなに優しい女を、エドワルドはほかに知らない。

勢いで求婚して、シャーリーを困らせたのがわかったから、彼女が有耶無耶にしようとしているのをわかったうえで黙っていた。けれど、もう無理だ。本気でほしい。本気で取りに行きたい。

(恋敵がアルベール殿下だからな、相当手ごわいだろうが)

シャーリーもしかしたら、アルベールのことが好きなのかもしれない。しかしエドワルドは諦めるつもりはない。可能性がゼロになるまで、絶対に諦めない。

(だから必ず勝って帰る。お帰りと笑うお前の顔が見たいからな)

地響きのような足音が聞こえてくる。

クレアド軍が北西街道へ逃れているのだろう。途中が封鎖されていると気づき、こちらに迂回してくるまでもうすぐだ。

「そろそろ開戦になる。旗を高く掲げろ！　全員で迎え撃つぞ！　俺たちの力を存分に思い知らせてやれ!!」

この軍には、前線でクレアド軍の進軍を押さえていたブロリア国の軍二千人も加わっている。だから、旗は二つ。ローゼリア国とブロリア国の旗。

エドワルドは腰に佩《は》いていた剣を抜き、空に向かって高く突き上げた。

サイドストーリー　アルベールの戦い

「殿下、塔の中でお過ごしになられた割には、それほど体はなまっていないようですな」

野営に張ったテントの脇で、ブレンダン将軍に頼んで剣の稽古をつけてもらっていたアルベールは、肩で息をしながら苦笑した。

「馬鹿いえ。前ならこのくらいで息が上がったりしなかった、よ！」

上段から打ち下ろし、あっさり受け止められて舌打ちする。

シャーリーが塔の中に体を鍛えることができる部屋を作ってくれたおかげで、トレーニングはしていたけれど、やはり塔に入る前に比べると幾分も劣っている。

（フェンリルの補助がなかったら、たぶん、崖を降りた途端に打ち取られるレベルだな）

ブレンダン将軍にも止められることがわかっているので、崖を下り降りて敵総大将クレアド国王イーサンの首を取りに行くことは秘密にしてある。下手に打ち明けると、戦場にすら連れていってもらえなくなるような気がしたからだ。

進軍中だ。あまり体力を消耗しない方がいいのはわかっているけれど、多少でも昔の勘は取り戻しておきたい。

小一時間ほどブレンダン将軍相手に剣を振るい、終わったあとは思わずその場に座り込んだ。

剣を握っていた手が少ししびれている。ぜーぜーと肩で息をしているとブレンダンが水の入った革の水筒を渡してくれたので、遠慮なくいただくことにした。

少し息が追い付いてきたので、ポケットからビスケットの入った小袋を取り出すと、隣に座ったブレンダン将軍が不思議そうな顔をする。

「そう言えば殿下、よくそのビスケットを召し上がっていますね」

「ああ。大切な人にもらったんだ」

ビスケットを一つ口に入れて、アルベールはふにゃりと頬を緩ませる。

保存のきくビスケットは、軍の荷物にも入っているが、これは一味違う。なにせシャーリーのお手製だからだ。保存がきくように考えられているけれど、シャーリーは味も妥協しない。だからほかの保存ビスケットよりも何倍も美味い。

ブレンダン将軍が興味津々な顔をしていたので、アルベールはビスケットを一枚差し出した。

「食べるか？」

「よろしいのですか？」

「ああ。たくさんあるんだ」

アルベールのテントに置いてある荷物の中に、ビスケットがたくさん詰まっている。そのほかにも、外で簡単にミソスープが飲めるミソ玉というものも作ってくれた。シャーリーは短い時間で最大限の準備を整えてくれたのだ。

ちなみにブレンダン将軍が数日前に、ミソ玉を溶いて作ったミソスープを物珍しそうに見ていたから、一度渡してみたところ、何やら大興奮された。美味くて簡単で塩分が取れて画期的だとかなんとか言って、作り方をしつこく訊かれたけれど、アルベールが知らないと言えば残念そうに肩をすくませていた。

ブレンダン将軍はアルベールが差し出したビスケットを口に入れて、目を丸くした。

「美味い、ですな」

「だろう？　硬いのはほかの保存用のビスケットと同じなんだが、これは美味いんだ。味も、バターとチョコレートの二種類がある」

「ほほう」

「だが、保存を考えて作ったこのビスケットよりも、いつも作ってくれるクッキーの方が美味いんだ。ほかにもいろいろな菓子があって、菓子以外にも彼女が作るものは全部美味いんだが、その中でも私は――」

饒舌に語りはじめたアルベールだが、ブレンダン将軍が微苦笑を浮かべたので、ハッとして口をつぐんだ。

「興奮してすまない。その……忘れてくれ」

食べ物について熱く語るなど、ブロリア国にいたころのアルベールには考えられないことだった。王族の食事がまずいのはブロリア国も同じだったから、食に対してさほど興味がなかったのだ。

「いえ、忘れませんよ。……塔に入れられることになって、どれほど苦痛だろうかと思っておりましたが、殿下はいい方々と出会われたようですね」

「……ああ」

アルベールは頷きながら、それもこれもすべてシャーリーに出会うことができたあの奇跡のおかげだと思った。

あの日、シャーリーに出会うことができなければ、シャーリーがいなければ起こり得なかった奇跡。

シャーリーに出会わなければ、アルベールは今もローゼリア国の緑の塔の中に一人ぼっちで、クレアド国が戦争を起こしたことも知らなければ、こうして国を守るために立ち上がることもなかっただろう。

あの奇跡の日から、アルベールの世界は一変したのだ。

「これを作ってくれた彼女のためにも、私は必ず勝って帰る」

「そこは国民のためと言っていただきたいところですな」

「もちろん、国民のために戦っている。だが、私は勝って、一番に彼女の顔が見たい」

ローゼリア国の塔の中で勝利を祈ってくれているシャーリーを安心させてやりたいのだ。

ビスケットを食べてアルベールが立ち上がると、同じように立ち上がったブレンダン将軍が、剣を片づけながら、ふと真面目な顔で訊ねてきた。

「殿下。……この戦争が終わったら、殿下はどうされるおつもりですか？」

アルベールは虚を突かれたような顔をして、それから言った。

「そうだな……、希望としては、ローゼリア国の塔に戻りたいな」

「は？」

「ああ、でも、母上が心配するか。……ならばできれば、母上とともにローゼリアに住みたいな」

「殿下」

ブレンダン将軍が、突然アルベールの腕をつかんだ。

「ブロリア国に戻られないのですか？　今のあの国にはグレゴリー殿下はおられません。殿下が戻られなければ――」

「国王も王妃もいる。ドナルドやミッチェルだって、戦争が終われば塔から出てくるだろう。私が出る幕はどこにもないよ」

「………」

沈黙したブレンダン将軍に、アルベールは小さく笑った。

正妃の子だったグレゴリーとアルベールはそれほど接点はなかった。グレゴリーはアルベールに興味がなかったし、アルベールももちろんそうだったからだ。だが、正義感が強く、どこか人をひきつける魅力があったグレゴリーは、王に向いていたのかもしれないと、今では思う。そのグレゴリーが戦死した以上、父王のあとを継ぐのはおそらくドナルドになるだろう。ブレンダン将軍には悪いが、ドナルドを王にいただいた国に戻りたいとはこれっぽっちも思わない。

もちろんそれは、アルベールの一存ではどうしようもないだろう。

だがこの戦争で、もし父王がアルベールに褒章を与える気になったなら、アルベールはローゼリア国への移住を申し出たい。正妃だって、目障りなアルベールが消えてせいせいするはずだ。

ブレンダン将軍の手が緩んだので、アルベールは汗を拭いてくると言ってテントへ向かう。

ブレンダン将軍が、アルベールの後ろ姿が見えなくなるまで見つめ続けていたことには、気が付かなかった。


北北西街道の崖の上に到着したアルベールたち一行は、崖下から見えない位置にテントを張ると、そこで待機することにした。

作戦決行まであと一日ある。エドワルドが率いるローゼリア軍はこちらへ向かってきていることだろう。

前線でクレアド軍の進軍を押さえていたブロリア軍には、ブレンダン将軍が機を見て今日中に撤退するように連絡を入れていた。彼らはそののち、ローゼリア軍と合流し、北北西街道で敵を迎え撃つことになる。

目立たないところにテントを張り、小雨が降っていることもあって、アルベールたちは開戦までそこで休むことにした。

ノームにはすでに北西街道の封鎖を頼んでいる。できるだけ音を立てないようにお願いしてみたところ、そんなことはお安い御用だと彼（？）は言った。頼りになるモグラ様だ。

作戦決行日が近くなればなるほど、緊張のせいか眠りが浅くなっていたアルベールは、まだ昼間だけれど、テントの中で横になって、少しでも体を休めようとした。

しかし一向に眠れそうもなく、一時間ほどごろごろしていたアルベールのもとに、ブレンダン将軍がやってきた。

招き入れると、ブレンダン将軍は強張った顔をしていた。小さな文を握りしめている。

もしかして、想定外の何かが起きたのだろうか。アルベールは不安になったが、テントに入ってきた彼が言うには、鷹文でブロリア国王からの知らせが入ったとのことだった。

「父上から？」

ローゼリア国軍とともにクレアド軍を討ちに行くことは、ブロリア国王にも知らせてあった。父王はアルベールが母とともに逃げなかったことを責めなかった。鷹文で短く、命を無駄にするなと だけ書かれた手紙が届けられた。

アルベールとしては戦意を喪失するようなことを言わないでほしかったけれど、父なりに心配してくれていることだけは伝わった。長子であるグレゴリーの死が相当応えている父王は、勝機があると伝えたのに、この戦をすでに諦めてしまっているのかもしれない。

弱気な父らしいといえばらしいが、少しくらい息子を信じて激励の言葉をくれたっていいだろうに。

そんな父からの手紙だという。作戦決行日を前に、いったい何の用だろうか。もしかしなくてもまた逃げろと言い出すのではないかと眉を寄せて、アルベールはブレンダン将軍から文を受け取った。

そこには短く、こうあった。

――王妃が死んだ。私も進軍する。

「……は？」

アルベールの目が点になった。

いやいやちょっと待ってほしい。鷹文だ。もちろん長い手紙は送れないが、これはあんまりではなかろうか。まったく内容が理解できない。

「ブレンダン将軍。王妃が死んだというのは本当か？」

「わかりませんが、陛下が嘘をおっしゃるとも思えませんし、陛下の進軍は王妃様が止められていましたので、進軍なさるということは真実ではないでしょうか」

「……ばかな」

殺しても死なないような図太い女だ。にわかには信じがたい。

だがブレンダン将軍が言うには、戦場に向かわず自分を守れと、王妃は自身の周りを多くの兵で固め、グレゴリーが死んで息子の敵を討とうと死ぬ気で立ち上がろうとした国王を止めていたらしい。王妃は国を捨てて逃げる準備も進めていたそうだ。

「しかし今から進軍したところで……」

王都からここまではどんなに急いでも十日ほどかかる。

（……あの人は本当に間が悪いな）

正直、突然ブロリア国王が現れたら、エドワルドが困惑するだろう。逆に戦場を混乱させるだけだ。弱気な父が、それでも国を守ろうと奮起したのは評価するけれど、ちょっと迷惑である。

（まあ、父上が到着するころには、あらかた片づいているだろうがな）

アルベールは文を持ってブレンダン将軍とともに外へ出ると、焚火の中に文を入れた。国王の進軍はともかくとして、王妃の死は今この場では兵に知られてはならない。士気にかかわるからだ。

ブレンダン将軍に、鷹文でブロリア国王が軍を率いて向かっていると、エドワルドに伝えてもらうように頼み、すっかり眠気の覚めたアルベールは、火の側の、雨よけに布を張っている下に座った。

火を焚くついでに湯が沸かしてあるので、シャーリーが持たせてくれたミソ玉を木製のカップで溶いて即席ミソスープを作る。

それをちびりちびり飲んでいると、エドワルドに連絡を取り終えたブレンダン将軍が隣に座った。

無言でブレンダン将軍にミソ玉を一つ手渡すと、彼もアルベールと同じようにカップにミソ玉を溶いた。

「緊張していらっしゃいますか、殿下」

「まあ、それなりにな」

アルベールにとって、戦場ははじめての経験だ。覚悟を決めているとはいえ、この手で人の命を刈り取ったことは一度もないアルベールには、自分がうまく役割を全うできるかという不安が付きまとう。

クレアド国王の首を討ち取ることは、この作戦の鍵だ。躊躇ってはいけない。

「大丈夫です、殿下。敵はこの崖を登ってくることはできませんから」

「ああ……そうだな」

まさかアルベールが崖を降りてクレアド国王イーサンの首を取りに行くつもりだとは知らないブレンダン将軍が、アルベールの肩を励ますように叩いた。

「将軍は緊張しないのか？」

アルベールが訊ねると、彼は目尻に皺を寄せて笑った。

「私ですか？　私はむしろ嬉しくて仕方がありませんね。あ、勘違いなさらないでください。戦が嬉しいと言っているのではないのです。嬉しいのは殿下、あなたが国のために立ち上がってくださったことです。……本当のところ、殿下は陛下の書状にあった通り、第二妃様を連れてお逃げになるのではないかと思っていました」

アルベールはミソスープを飲むことで、ブレンダン将軍の言葉には何も返さなかった。

もし、アルベールがシャーリーと出会っておらず、一人きりで塔の中に閉じ込められたままだったら、父王に言われた通り国を捨てて母とともに逃げていたかもしれないと思ったからだ。

シャーリーに出会うまで、アルベールは緑の塔の中で、母のことだけを心残りに生きていた。父王や王妃、異母兄弟たちのことなどどうでもよかったし、不条理な扱いを受けてなお、王子としての責務を全うしようなどと考えなかったかもしれない。

そう思うと、ブレンダン将軍に称賛される価値などどこにもないような気がして、何も言うことができなかった。

シャーリーに出会って、アルベールは変わったのだろう。生きることを、楽しいと思えるようになったのだから。

「ブレンダン将軍……いつだったか、将軍が言ったことは本当だったよ」

アルベールはぐっとミソスープを飲み干して、きょとんとするブレンダン将軍に微笑みかけると、テントに戻ると告げて立ち上がる。

――殿下。あなたが思っている以上に、あなたは多くの人に愛されているんですよ。

それを言われた十三の時。アルベールは何を馬鹿なことを言っているのかと嗤った。

アルベールを愛してくれるのは母だけ――母以外の人間は全員敵だと、今よりも尖っていたアルベールはそう言って一笑にふした。

でも、今ならばわかる。

国を守りたいと言ったアルベールに力を貸してくれたエドワルド。

アルベールが逃げずに嬉しいと笑うブレンダン将軍。

そして――

（シャーリー、勝って帰るよ）

大切に思われることの心地よさを、シャーリーが教えてくれた。

（君が帰りを待ってくれていると思えば、どんなことだって頑張れる気がするよ、シャーリー）

「はじまったな」

まだ薄暗い早朝の空にもくもくと灰色の煙が上がりはじめたのを確認して、アルベールは独り言ちた。

クレアド軍の叫び声や怒号が地響きのように聞こえてくる。

「全員、クレアド軍がローゼリア軍と衝突するまで持ち場で待機！　弓の準備を怠るなよ！」

ブレンダン将軍の号令を聞きながら、アルベールはそっと自分の右肩を見た。一瞬だけ、ころんと可愛らしいノームが姿を現し、すぐに消える。ノームも準備万全のようだ。ノームは可愛らしい見た目に反して好戦的なので、自分の出番を今か今かとうずうずしながら待っている。

ブレンダン将軍の提案で、矢には毒を塗ることにしたらしい。万が一、流れ矢が味方にあたっては危険なので、毒は手足がしびれる程度の、即死には至らないもので、解毒剤が手に入りやすいものにしているそうだ。

「殿下は後方で――」

「いや、ここにいる」

アルベールは崖を確認しながら、一番下りやすそうなポイントを見つけて、その近くに待機することにした。

「ブレンダン将軍、この先何があろうとも――たとえ、私に何があろうとも、作戦の遂行が第一だ。

何があっても取り乱さないでくれ」

ブレンダン将軍は苦笑した。

「何を言うかと思えば。私が何年将軍職にいると思っているのですか。当然のことですが……しかし縁起でもないことをおっしゃってはいけませんよ」

「別に死ぬと言っているわけじゃない。……それなら安心した」

ブレンダン将軍は冷静だ。アルベールの行動に慌てるかもしれないが、取り乱して指揮を放り投げたりはしない。

しばらくすると、クレアド軍が慌ただしく移動をはじめるのが見えた。

慌てている彼らは上など見ないだろうが、アルベールたちは念のため腰を落として、彼らの視界に入らないようにする。

先頭の軍が、北西街道が封鎖されていることに気づいてこちらへ引き返してくるまで、どんなに早くても数時間はかかる。

（ノーム、頼むな）

投擲機は用意していない。何もないところから石や岩が降れば、敵も味方も驚くだろうが、これぱっかりは、知らぬ存ぜぬで押し通すしかない。

（しかし高いな。フェンリルがいなかったら、ここから飛び降りるなんてよほどの手練れでないと無理だぞ）

ラッセル老も乱暴な作戦を思いつくものだ。彼も、机上の空論だと思っていたはずのこの作戦を、まさか実行することになるなど思いもよらなかっただろう。できないからこそ誰も考えない。クレアド軍もまさか、切り立った崖の上からアルベールが降りて来るとは思うまい。

空を見上げれば、灰色だった煙がほとんど黒に近い色に変わっていた。まるで雨雲がかかったみたいに、煙が空を覆いつくしている。

イフリートは派手にやったようだ。このあたり一帯を焼け野原にされると、ブロリア国としても多大な痛手だが致し方ない。これだけ火が回っていたら、クレアド軍が南側に逃げることは不可能。どうあっても、北北西街道へやってくる。

アルベールは両手をこすり合わせた。手のひらに汗をかいていたからだ。

どのくらい、待っただろうか。

緊張で時間の感覚がなくなっていて、何時間そうしていたのかはわからない。

だが、まだ正午にもならないあたりで、北西街道に回ったクレアド軍が引き返していると、偵察に行っていたノームが姿を消したままこっそり教えてくれた。

あと二時間もしないうちに、クレアド軍とローゼリア軍が衝突することになるだろう。

微かな焦りが生まれてくる。しかし、焦ってはいけない。引き付けて、クレアド軍とローゼリア軍が衝突するのを待って、敵総大将が先頭から中ほどに引き返してくるまで待たなくては。

地鳴りのような足音と叫び声とともに、クレアド軍がやってくる。

（いた）

北北西街道は道幅が狭いので、大人数のクレアド軍の歩みは自然と遅くなる。その中に、一人だけ赤いマントを羽織った男を見つけ、アルベールはぐっと拳を握りしめた。褐色の肌に、赤銅色の髪。間違いない、彼がクレアド国王イーサン・ジェフ・クレアドだ。

早朝、寝ていたところに火の手が回り、慌てて逃げてきた彼らは、きちんと鎧を着こんでいない。これだけでもクレアド軍の戦力は大分削がれているだろう。これも読んでいたのだと思うと、早朝を狙えと言ったラッセル老には舌を巻く。

ブレンダン将軍が「まだだ」と言うように兵たちを手で制しているのが見える。

そう、まだだ。まだ――

「敵兵だ!!」

クレアド軍の先頭から声が上がった。待ち構えているローゼリア軍に気が付いたのだろう。「かかれ！」という号令とともに、ローゼリア軍がクレアド軍に向かって攻撃を仕掛けた。

「いまだ！　撃て!!」

クレアド軍とローゼリア軍がぶつかったのを確認し、ブレンダン将軍が号令をかけた。

「まだだ、ノーム」

アルベールは、赤いマントのイーサンを目で追いながら、小声でノームを制す。

「あの赤いのを中心に左右を岩で覆う。あいつが私のすぐ下に来たときを狙え。囲い込めたらあとは好きなだけ岩で攻撃していい」

「真ん中の兵たちをある程度潰したら、後ろの兵たちを狙ってもいい？」

「ああ。好きにしろ。派手に暴れてかまわない。ただし、姿は見せるなよ」

「もちろんだよ！」

アルベールは頷いた。あとはノームがうまくやるだろう。ノームが落とした岩は、フェンリルの防御でアルベールには当たらない。

（早く、早く来い！）

戦場の熱気にあてられてか、アルベールは自分が興奮しているのがわかった。ドクドクと血が逆流しているかのように熱い。

兵の間を縫って、イーサンがアルベールのすぐ下まで移動してくる。その直後。

──空から、大量の岩が降り注いだ。

「────!?」

下のクレアド軍の兵たちから絶叫が響き、崖上にいるブレンダン将軍も息を呑む。

「い……いったい、なにが……」

「ブレンダン将軍、気を逸らすな！」

アルベールの声に、ブレンダン将軍がハッと我に返った。空から降ってくる岩の雨は気になるが、こちらに被害がないと判断すると、すぐに兵たちの指揮に戻る。

ブレンダン将軍の意識が弓兵の指揮に向かったところで、アルベールは剣の柄に手をかけて、崖から勢いよく飛び降りた。

「殿下!?」

ブレンダン将軍の悲鳴のような叫び声が聞こえたけれど、聞こえないふりをする。

事前に言った通り、何があってもブレンダン将軍は軍の指揮を全うしてくれるはず。そう信じているからだ。

何も見えないけれど、空中で、アルベールは自分の体が何かの上に乗ったのがわかった。フェンリルだろう。

アルベールはフェンリルの背に乗ったまま、勢いよく崖下に飛び降りて、剣を抜いた。

空から降ってくる岩に慌てふためいている兵士の間を縫いながら、イーサンを目指す。

途中、岩をものともせずに切りつけてくる敵兵の剣を受け止め、跳ね返しながら、こんな無謀なこと、それこそフェンリルの防御がなければできなかったなと自嘲した。

ノームもアルベールの近くの敵を集中的に狙って補助してくれている。

敵兵を一人、二人と切り伏せて進むアルベールは、視界に赤が舞ったのが見えてハッとした。

ガキッ！

咄嗟に剣を上に構えると、上から振り下ろされたそれを受け止める。

切りつけてきたのは、イーサン・ジェフ・クレアド国王だった。

黒い瞳をギラギラした怒りに染めて、彼はアルベールを睨んでいる。

「卑怯な真似を！」

「どちらが!!」

剣をはじき返し、アルベールは叫ぶ。

「突然戦を仕掛けておいて、どの口で卑怯と言うんだ!!」

アルベールが斜めに切りつけるが、イーサンはそれを難なく受け止める。

軍事大国だけあって、国王イーサンも相当な手練れのようだ。

剣戟が響き、アルベールは舌打ちする。打ち込んでも打ち込んでもすべて受け止められる。甲冑も何も身に着けていない分、イーサンは身軽だった。

「殿下!!」

「来るな!!」

崖上からブレンダン将軍の怒号が聞こえて、アルベールも負けじと怒鳴り返した。

「絶対に来るな！　これは私の仕事だ!!　信じて待ってろ!!」

アルベールがイーサンの首を取るまで、ノームの投擲は続くだろう。アルベールはフェンリルの防御があるからいいが、ブレンダン将軍たちにはそれがない。崖から飛び降りてきたときに運よく敵の攻撃を退けられたとしても、いつ岩に当たるかわからないのだ。

「なるほど、ブロリア国の王子か」

「だったらなんだ」

イーサンはニヤリと笑って、剣を構えなおした。頭上からは岩が降り注いでくるというのに、随分と余裕である。

イーサンはぺろりと唇を舐めて、先ほどとは比べ物にならない速さで斬りつけてきた。

「っ！」

間一髪、何とか剣を受け止めたが、すぐに次が来る。

（くそっ！）

先ほどまで攻撃するのはアルベールの方だったのに、完全に防戦一方だった。

「お前を仕留めれば、士気もいくらか下がろう！」

そう言って、イーサンが一際重たい攻撃を落としてくる。

アルベールはそれを受け止め跳ね返して、後ろに飛びすさった。

このままでは時間がかかるだけで、いつまでたってもイーサンの首が狙えない。

（仕方ない……）

フェンリルの防御を信じよう。

アルベールは両手で剣を構えなおした。

イーサンの攻撃は捨てる。正直恐ろしいには恐ろしいが、この身に攻撃を受けても、フェンリルの防御が阻むはずだ。

アルベールは大きく息を吸った。

イーサンが剣を打ち下ろしてくる。

その瞬間、アルベールは地を蹴った。

イーサンの降り下ろした剣がアルベールの肩を斬りつけるが、それにかまわず下から上へ切り上げる。

「っ！」

咄嗟にイーサンが背後に飛んで致命傷を避けたが、その隙を逃さず、アルベールは渾身の力で剣を横に薙ぎ払った。

イーサンが、大きく目を見開く。

アルベールの剣は、イーサンの首に深く入って、中ほどで止まった。

剣を引き抜けば、吹き出した鮮血で視界が赤く染まる。

どさり、とイーサンの体が地に倒れ、アルベールは赤く染まった剣を地面に突き立てて肩で息をくり返した。

周囲を見れば、ノームの投擲でほとんどの兵が地にふしている。

「殿下!!」

ブレンダン将軍が、ほぼ垂直の崖をものともせずに駆け下りてきた。

（……あの人は本当にすごいな）

フェンリルの補助なしで余裕で駆け下りて来るとは、どうなっているのだろう。

「剣を置いてはなりません！」

ブレンダン将軍の声に、アルベールは頷いて地面から剣を抜いた。

フェンリルの防御があるとはいえ、戦場で気を抜いてしまった。

アルベールは駆けつけてきたブレンダン将軍と背中を合わせて、剣を構え、そして叫ぶ。

「総大将の首は討ち取った!!　降伏せよ!!」

アルベールの声が、高らかに響き渡った。

5　帰還

アルベールが、クレアド国イーサン・ジェフ・クレアドを討ち取ったという知らせは、早馬の伝令をもってローゼリア国へもたらされた。

ローゼリア国の緑の塔の中にいたシャーリーとアデルへも、アルベールに遣わされたノームによって知らせられて、アデルとともに気が気でない毎日を送っていたシャーリーはホッと安堵の息をつく。

ノームによると、イーサンを討ち取ったあと、残党処理のときに負傷者は出たものの、ローゼリア国の軍には大きな被害は出ていないそうだ。ただ、ローゼリア軍が駆けつける前まで必死に戦っていたブロリア軍には大勢の死傷者が出ているという。

「ブロリア国は立て直しが大変だろうな」

クレアド国に攻め入られた南の地域は甚大な被害が出ている。その上、第一王子は戦の最中に死に、第二王子のドナルドと第四王子のミッチェルは我が身可愛さにブロリア国の塔の中だ。

ドナルドたちのことを国民が知れば、反感も大きいだろう。下手をすればクレアド国を退けたはいいが内乱が起きましたということになりかねないと、アデルは顔を曇らせる。

「シャーリー、おかわり」

ダイニングテーブルの上にちょこんと座ってクッキーを食べていたノームが、突然おかわりを要求して来た。

「え!? 全部食べちゃったの!?」

皿の上には十枚ほどクッキーがあったはずだ。この小さなモグラの胃はどうなっているんだろう。

……いや、考えるだけ無駄だった。これは普通の生物ではなく精霊だ。しかもゲーム設定そのままのとんでもスキルの地の精霊王である。常識は通用しない。

ノームは口髭についたクッキーかすを小さな前足でぬぐいながら、「当然だよ!」と笑う。

「もちろんまだまだ食べられる。それとも何？ 先の戦では大活躍だった僕を、シャーリーはねぎらってくれないわけ？」

「そう言うわけじゃないけど……」

というか、ノームはいつまでここにいるのだろう。アルベールのところに帰らなくていいのだろうか。

（さっき焼いていたやつはノームが全部食べちゃったから……はあ、もう一回焼かなきゃ）

どういうわけかノームは、シャーリーが指パッチン魔法で呼び出したお菓子には目もくれず、手作りのお菓子ばかりを要求する。作るのは嫌いではないが、今はアデルとブロリア国の今後の話をしたかったのに。

（まあいっか、わたしが聞いたところで、国政とかよくわかんないし）

ともかく、アルベールやエドワルドたちが無事だとわかったので良しとしよう。

シャーリーはノームに「焼き上がるまで待っていて」と言ってキッチンへ向かった。

アデルとノームを二人きりにすることになるが、アデルはノームを気に入っているようなので大丈夫だろう。

指パッチン魔法でノームを呼び出した直後は驚愕していたが、アデルはもともと動物好きで、まん丸なモグラにしか見えないノームを可愛がっている。

キッチンでクッキー生地をこねていると、ダイニングから「くるしゅうない、くるしゅうないよ！」という変な笑い声が聞こえてきて、シャーリーはため息だ。

おそらくだが、アデルにお腹あたりを撫でられて、ノームが悦に浸っているのだと思う。

（というか、戦争終わったのに、ノームたちはこのままなのかな？）

イフリートは暑苦しいし、ノームは我儘でうるさい。フェンリルは比較的おとなしいが、さすがにいつまでもこのままと言うわけにはいかない気がする。しかし、彼らを消すと言うと、アルベールもエドワルドも悲しむ気がして、シャーリーはどうしたものかと考える。

（ゲームの中のキャラとはいえ、現実に動いて喋ってるんだよね。消すのはさすがに、忍びないかなあ。でもずっとこのままなのもなー……）

クッキー生地を型抜きしてオーブンへ投入する。残った生地はひとまとめにして冷凍保存し、今度メロンパンを焼くときに使うことにした。

（ノームがこのまま居座る気なら、あとでアイスボックスクッキーの生地、たくさん作っておかなきゃ。アルベール様たちが帰ってきたら食べたがるだろうし、イフリートがいるから大量に消費されそうだし……。それから帰ってきたアルベール様たちのためのごちそうも……）

　クッキーが焼き上がるのを待つ間、洗い物を片づけながら「やることがいっぱいで大変だわ」とぼやく。しかし、シャーリーの口元には、穏やかな笑みが広がっていた。


　アルベールたちが戻ってきたのは、それから一か月後のことだった。

　その間ノームは、ずっとローゼリア国の緑の塔の中で、食べて寝て遊んでのぐうたら生活を送っていて、アルベールたちが戻って来たときには、以前よりも丸さ加減が増して風船のようになっていた。精霊も太るらしい。

（食べなくても生きていけるらしいのに、食べすぎたら太るとか、謎……）

　もしかして、シャーリーの想像力の問題だろうか。

　ノームたちを呼び出すときに、ゲームのステータスはしっかり確認したけれど、食事のことなどはちっとも考えていなかった。真実は闇の中だが、余計なことを言ってノームに文句を言われても嫌なので、このことは胸の中に秘めておこう。

　ローゼリア国王との話を終えて緑の塔へやってきたアルベールの顔には疲労の色が濃く表れていた。同じように軍の指揮を執っていたエドワルドは、どういうわけか元気いっぱいだが、彼はいつも元気いっぱいなので、あまり気にする必要はない。

「シャーリー、何か食べさせてくれ」

　塔に入って開口一番に食事を要求したエドワルドに、思わず苦笑が漏れてしまう。戦争に出ていたのに、相変わらずすぎだ。ただいまの一言もない。

「おかえりエドワルド。元気そうでよかった」

　アデルが久しぶりに見る弟の元気な姿にホッと安堵している。

「シャーリー、ただいま」

「おかえりなさい、アルベール様。お疲れみたいですね」

「いろいろあったからね」

　二人をダイニングに案内すると、アルベールはダイニングテーブルの上でお腹を出して寝ているノームに目を丸くする。

「……いつまでも戻ってこないと思ったら、ぐうたらしていたみたいだね」

「そうですよ。クッキーとかケーキとか毎日毎日要求するんで、すごく困りました」

　今回の戦の作戦には、ノームの力が不可欠だったとはいえ、すっかり王様気取りのノームには困ったものだった。

「いつこちらに戻ってこられるかわからなかったから、食事の準備はできてないんです。お菓子はあるんで、つまんでいてもらえますか？　すぐに何か作りますね」

「ありがとう。でも、簡単なものでいいよ。もう夕食の時間もすぎているし、大変だろう？」

ローゼリア国に帰って、汚れを落とした後で国王と謁見し、母の顔を見て、それから緑の塔へ来たから、今はすっかり夜だ。シャーリーとアデルは夕食も入浴も終わっている。

本当は食事を終えて顔だけ見せにやってくるつもりだったらしいが、エドワルドがシャーリーが作ったものがいいと言い出したため、急遽こちらで食事をとることにしたらしい。

「シャーリー、ミソスープだ」

「はいはい」

ミソ玉を渡していたから、移動中でも味噌汁を飲んでいたはずなのに、帰ってもやはり味噌汁がほしいらしい。やれやれだ。

「ああ、そうだ。レンバード将軍がミソ玉を気に入っていたぞ。それからビスケットも。できればレシピがほしいと言っていた」

（え⁉）

ビスケットはいいが、ミソ玉はまずい。この世界に味噌がないからだ。これは困ったことになったと思っていると、レンバード将軍と聞いたアデルが、不安そうな表情を浮かべてエドワルドを見上げた。

「エドワルド、ヘンドリックは……」

「レンバード将軍なら元気ですよ。また詳しいことが決まれば報告があると思いますけど、今回の功績で陞爵《しょうしゃく》すると思います。一番活躍したのはクレアド国王を討ち取ったアルベール殿下ですけど、王弟の首を取ったのはレンバード将軍ですからね」

「ヘンドリックが？」

「はい。でも、詳しい話は食事のときに。今話しはじめるとシャーリーが夕食を作ってくれなそうなので」

「すぐ作ります」

ついつい興味津々に聞いていたシャーリーは、慌ててキッチンへ急いだ。

エドワルドのリクエストの味噌汁と、それから何を作ろう。

（疲れているだろうから……ウナギ？）

ウナギに多く含まれるビタミンBは疲労回復に役立つが、さて、この世界の人たちにウナギは受け入れられるだろうか。

「んー、うな重じゃなくて、細かくしてひつまぶしにすればいけるかな？　あとは、キュウリとタコで酢の物に、アボカドとマグロのサラダでしょ。それから茶碗蒸し？　これならすぐできるよね」

味噌汁の具材は、オクラとメカブでどうだろう。ともにねばねば食材で相性もいい。

メニューが決まると、シャーリーは急いで料理に取り掛かった。

大急ぎで作っていると、ダイニングの方から「おおおおお!!」という雄たけびが聞こえてきて、げっと顔を引きつらせる。この声はイフリートだ。失念していた。大食漢がもう一人いた。

（量を増やさないとまずい。フェンリルも食べるだろうし……）

二人が顔を出したときに見ないと思っていたが、姿を消していただけだったらしい。イフリートの大声でノームも起きたようで「うるさいよ！」と文句を言っている声がする。

戦争が終わって緊張が緩んだからか、ダイニングからは賑やかな声が聞こえてくる。

シャーリーも話に混ざりたいが、お腹を空かせているアルベールとエドワルドを待たせるのも忍びないので、聞き耳を立てつつ作業を急いだ。

すぐにできたキュウリとタコの酢の物と、アボカドとマグロのサラダをダイニングテーブルに運べば、なぜかアデルがフェンリルの上に乗っていた。

アデルのうしろでは、エドワルドが「次は俺です」と騒いでいる。

「アデル様はなにをしているんですか？」

少し離れたところで二人を見守っていたアルベールに訊ねると、彼は苦笑して「乗り心地の確認だそうだ」と言った。

アルベールがフェンリルに乗ってほぼ垂直の崖を駆け下りたと聞いたアデルが、フェンリルの背中に乗りたがったらしい。フェンリルがアデルを背中に乗せることを許せば、今度はエドワルドが騒ぎ出したと言うわけだ。

（まあ、全部作り終えるのにもう少しかかるから、時間を潰してくれているのは嬉しいけど……、酢の物とサラダがなくならないといいわね）

シャーリーがダイニングテーブルの上に並べていくのを、ノームがよだれを垂らしながら見ている。イフリートも当然のように椅子に座っていた。早くしないと、胃袋が底なし沼のこの二人の精霊にすべて食べられる気がする。

シャーリーがキッチンへ戻ると、ややして、エドワルドの「全部食べるな！」という悲鳴が聞こえてきたから、やはりイフリートたちが遠慮なく食事を平らげているに違いない。

（ノームはまだしも、マッチョで巨体なイフリートが太ったらどうなるのかしら？……あまり、想像したくないわね）

茶碗蒸しの火加減を見ながら、シャーリーはやれやれと息を吐いた。


「クレアド国の残党は全員捕縛した。もっとも、クレアド国を潰したわけではないから安心もしていられないだろうが、クレアド国王の長子はまだ赤子だったはずだからな。さすがにそれを王に立てて、再び攻め入って来るとは考えられないし、クレアド国内に残る戦力を考えると、次に攻め入られたとしても充分に太刀打ちできるはずだ」

食後のデザートのリンゴを満足そうな顔をして食べながら、エドワルドが言った。

腹が膨れたからか、ノームはテレビの前のローテーブルの上、イフリートはソファの上、フェンリルは床に寝そべって熟睡している。

皿洗いを終えて、人数分のお茶を入れながら、シャーリーはエドワルドに訊ねた。

「それじゃあ、ブロリア国は大丈夫なんですね？」

エドワルドはちらりとアルベールに視線を向けて、「まあ、一応はな」と答える。

一応、という単語が気になったが、勝利を収めて凱旋帰国した二人に余計な口をはさむべきではないだろう。それよりも、どのようにして勝利を収めたのかを聞きたい。ラッセル老の作戦についてはエドワルドから教えられて聞いていたけれど、作戦通りにことが進んだのかも気になった。

アデルも二人の武勇伝が聞きたいようで、穏やかな笑顔でエドワルドに戦場のことを訊ねる。

「ラッセル老の作戦のおかげで、こちらの被害はほとんど出なかったんだろう？」

「そうですね。じゃあ……」

エドワルドは食べかけていたリンゴを口の中に放り込むと、言葉を探すように顎を撫でながら話しはじめた。

「予定通り、俺とアルベール殿下は軍を二つに分け、俺は北西街道の出口へ向かいました。途中、クレアド軍と戦っていたブロリア軍と合流し、北西街道の出口に陣を張り、クレアド軍を迎え撃つべく待ち構えていました」

もともとクレアド軍と戦っていたブロリア軍は疲弊していたので後方支援を、前線指揮者にはヘンドリックが立ったそうだ。エドワルドは総大将なので前線へ出る許可は出ず、後方で指揮を執っていたという。

ヘンドリックの名前が出ると、アデルがきゅっと唇を引き結んだ。戦争が終わり、ヘンドリックが無事だとわかっているのに、琥珀色の瞳が不安そうに揺れている。

「作戦通り、ノームが北西街道を封鎖し、イフリートが森に火をつけました。南からは脱出できないほど、圧倒的な火力をもって森を燃やしてくれたおかげで、クレアド軍はすべて北西街道から迂回し北北西街道へ集まってきました。そして、クレアド軍がアルベール殿下が待機している崖のあたりを通過したとき、ヘンドリックたちは街道から、アルベール殿下たちは崖の上からクレアド軍に攻めかかりました」

ノームの投擲でクレアド軍を分断し、中央にクレアド国王イーサンと一部の兵を閉じ込める。

アルベールはフェンリルに乗って、ほぼ垂直の崖を駆け下り、イーサンと剣を交えたと言う。

エドワルドがちらりとアルベールに視線を向けると、ゆっくりとお茶を飲んでいた彼が小さく笑った。

「手こずったけど、ノームとフェンリルがいたおかげで、私はなんとかイーサンの首を落とした。イーサンの首を取ったことを宣言すると、クレアド軍が動揺し、結束が崩れ、その隙を突いてブレンダン将軍率いる軍が畳みかけた」

「しかしそれほど経たないうちに、イーサン国王の弟がクレアド軍を鼓舞して形勢を立て直そうとしてきました。その時には俺とラッセル老も戦況確認のために比較的前の方に出ていて、ラッセル老がこのままではまずいと言い出した。イーサンの弟まで出てきているのは誤算だったらしい。クレアド軍は多い。軍を立て直す時間くらい、いくらでも稼げるだろう。ラッセル老は、急いで王弟の首を落とせと言った。それを聞いたレンバード将軍が、隙を見て単騎で突っ込んでいきました」

「単騎で!?」

アデルが悲鳴のような声を上げる。気持ちはわかる。巨大な軍勢に、いくら将軍でも一人で立ち向かえるはずがない。

「クレアド軍の人数が多すぎて、王弟の首を狙うには単身の方が動きやすかったとは言え、さすがに俺も焦りました。俺は急いでイフリートを呼び戻して、姿を消したままレンバード将軍の援護に回るように頼みました。と言っても、イフリートはほぼ出番がなかったようです。レンバード将軍は大勢の中から王弟を見つけると、あっという間にその首を取って見せました。一瞬でしたよ。レンバード将軍が戦っているのをはじめてみましたが、驚くほど強かったです」

イーサン国王に続いて王弟まで討たれたクレアド軍が崩壊するのは、早かったそうだ。

そのころには、アルベールやブレンダン将軍たちの手によって、クレアド国の将軍クラスの人間はかなり討ち取られていたらしい。

いくら軍事力が上でも、指揮者が誰もいなくなれば瓦解は早い。人数が多ければ多いほど統率できなくなってしまう。

「逃げようとして燃えている森の中に向かった者たちもいましたね。イフリートに確認させましたが、誰も生きてクレアド国には戻れなかったようです。投降してきたものたちは全員捕縛、抗った者たちは全員討ち取られました。捕縛や後処理に数日かかり、ほぼ終わりが見えてきたころに、軍を率いてブロリア国王がやってきました」

「ブロリア国王が？」

シャーリーが驚いてアルベールを見ると、彼は肩をすくめて見せた。

「グレゴリーが討ち取られて、その敵討ちがしたかったんだと思う」

「それだけではないですよ。アルベール殿下が前線に立つと聞いて、加勢しに来てくれたんです」

「……そう、かもしれないけど」

アルベールの声に戸惑いがにじむ。

気弱で王妃の尻に敷かれて、王妃や異母兄弟たちに理不尽な目にあわされるアルベールに救いの手を差し伸べることもできなかった国王が、まさか自分の援護のために奮起するとは思わなかったのだろう。

しかし、国王が前線へ向かうことを、よく王妃が許したものだと思えば、アルベールによると、なんと、王妃は死んだらしい。

「ブロリア国王が合流し、捕縛したクレアド軍を王都へ移送することになりました。礼もしたいとおっしゃられて、俺たちもブロリア国の王都へ向かいました。そうそう、ブロリア国王陛下が姉上とシャーリーの塔の登録を解除したので、もう外へ出られますよ。ただ、二人とも出ると無人になるので、父上の判断が必要かとは思いますが」

シャーリーは目を丸くした。

「解除してよかったんですか？」

「ああ。父上には、ドナルドとミッチェルがブロリアの緑の塔へ逃げ込んだことを伝えたんだ。そして、説明が難しかったため、地下二階の部屋のことも説明した。アデル王女やシャーリーがローゼリア国の緑の塔にいることも知っている。父上は、グレゴリーが討ち死にし、国が制圧されそうになっている状況で、自身の保身に走った二人にひどく落胆して、そんなに塔の中がいいなら、一生塔の中で生活すればいいだろうと言って、シャーリーたちの代わりにドナルドとミッチェルを緑の塔に登録したんだ」

なんと、そんなことになっていたとは。気弱だと聞いていたが、さすがは国王と言うべきか、決断するときはするようだ。

「クレアド国をどうするかは、八か国会議で話し合うそうです。今なら攻め入れば国を奪うこともできると思いますが、緑の塔が枯れ始めているのなら、砂漠化するのを待つだけの土地です。奪ったところで無意味ですから、国境付近に監視を置いて、亡びるまで放置するかもしれませんね」

自分勝手な理由で他国に攻め入ったクレアド国に残る人々に、手を差し伸べる国はないだろうとエドワルドは言った。

つまり、国に残っている国民は、砂漠化していく国に取り残されて、死を待つのみということだろうか。さすがにそれはひどすぎるのではないだろうかとシャーリーは青くなったが、政治的な問題にシャーリーが口を挟んでいいはずがない。

どこか納得できないまま口をつぐんでいると、アデルが顔を上げた。

「サリタ王女はどうなる？」

「それは……」

エドワルドが困ったように眉を寄せる。

「クレアド国の動きを報告してくれたこともありますし、彼女が今回の戦に関わっていないのは明白ですが……王女ですからね」

「だが……サリタ王女を国に戻せば、待っているのは処刑になるかもしれないよ」

「処刑？　アデル様、どういうことですか？」

シャーリーがギョッと目を見開くと、アデルが悲しそうに目を伏せる。

「サリタ王女はこちら側にとってはクレアド国の状況を教えてくれた恩人だ。だが、クレアド国にとっては、国を裏切った裏切り者だということだよ。サリタ王女のせいで戦争に負けたと、そう考える人間も少なくはないだろうと言うことだ」

「そんな……！　エドワルド様、それはさすがにひどすぎます！」

「わかってる。だが、これればかりは父上に判断をゆだねるしかない。クレアド国は戦を起こし、ブロリア国を陥れた国だ。戦に出たローゼリア軍も、死者こそいなかったが、怪我をしたものも多い。戦を起こしたクレアド国の王女がこの国に残ったところで、周囲の目は厳しいだろう。下手にかばえば、父上に反発するものが出ないとも限らない」

難しい問題なんだ、とエドワルドが唇をかむ。

「それにサリタ王女も、わかってのことだと思う」

覚悟してローゼリア国に来たはずだと、エドワルドは言う。だが、そんなの納得がいかない。

「父上に口添えはする。だが、あまり期待はしないでくれ」

「アデル様！」

「シャーリー……これればかりは父上にしか決められないんだ。わたしもエドワルドも、父上の決定には逆らえない。……ローゼリア国においてやれなくても、秘密裏に逃がしてやることはできるかもしれない。だけど、ずっと王宮の中で生活してきて外の世界を知らない王女が、一人で生きていけるだろうか？　ならば修道院に押し込める？　それは幸せなのか？」

そうかもしれない。でも……。

シャーリーが俯くと、アルベールがシャーリーの肩を叩いた。

「もしサリタ王女が魔力を失っていなければ、緑の塔の中に匿うこともできただろうけど……魔力を失ってしまったというのだから、それもできない」

アルベールの言葉に、シャーリーは顔を上げた。

「その魔力ですけど、サリタ王女はどうして失ってしまったんですか？　失った魔力は元には戻らないんですか？」

「前例がないことだから……私もわからない」

「そう、ですよね……」

シャーリーが再び俯くと、エドワルドが気を取り直したように言った。

「そう落ち込むな。サリタ王女も、さすがに今すぐに追い出すようなことにはならないだろう。戦の事後処理でばたばたしているから、サリタ王女の問題は先送りされる可能性が高い。しばらくは城にいるはずだ」

ならば、サリタ王女が城にいる間に彼女の魔力を取り戻す方法を思いつけば、塔の中に避難させてあげられるだろうか。

もしそれでクレアド国の塔の中に入ることが可能になれば、クレアド国も滅びない。

ブロリア国とローゼリア国以外も、地下の魔法陣でつながっているかどうか調べることもできるようになるかもしれない。

クレアド国の塔の中を、シャーリーがローゼリア国の塔のように快適に改造すれば、塔での生活もそれほど苦ではなくなるだろう。処刑されるよりよほどいいはずだ。

シャーリーがぐっと拳を握りしめていると、エドワルドが大きな欠伸をした。

「話はこのくらいにして、そろそろ休んでもいいですか？」

そうだった。エドワルドもアルベールも帰って来たばかりで疲れているのだ。二人は今日は塔の中で休むらしい。城よりも塔の中の方が落ち着くのだそうだ。

「ああ、それから」

おやすみと言いながらダイニングを出ようとしたエドワルドが、思い出したように振り返った。

「姉上。父上に話を通しておきますから、レンバード将軍に会いに行ってください。レンバード将軍はブロリア国の緑の塔の中に姉上がいると思っていて、無事を確認させろと言って大変だったんです。入れ違いでローゼリア国に戻ったことにしておいたんで、姉上が会いに行かなければ、緑の塔の周囲を徘徊しはじめそうです。帰って来て城の中を探しはじめたんで、塔の中にいることにしてあるんですよ」

何故ローゼリア国に戻って来たのに塔の中にいるんだとか、いろいろ問い詰めてくるので面倒くさかったとエドワルドが顔をしかめた。

アデルは目を丸くして、それから困ったように微笑んだ。

エドワルドとアルベールがそれぞれ部屋に上がって、シャーリーも自分の部屋で就寝の準備をしていると、コンコンと控えめに扉が叩かれる音がした。

アデルだろうかと扉を開けると、そこにはアルベールが立っていた。

「少し話せるか？」

所在無げに視線を彷徨わせながら、アルベールが訊ねる。

どうぞ、と部屋の中に招き入れたが、アルベールは立ち尽くしたまま動かない。座る場所に困っているようなので、シャーリーは指パッチン魔法で二人掛けのソファを出した。

ソファにちょこんと座ったアルベールの表情は、どこか浮かない。

（そう言えば……ちょっと元気がなかったような……）

アルベールはもともと口数が多い方ではないが、先ほどのダイニングでの報告時、ほとんどの説明をエドワルドに任せていた。

アルベールが大活躍したことは間違いないし、クレアド軍の脅威から国を守った彼は、もっと話に混ざってもよかったはずだ。

「何かあったんですか？」

もしかして、ブロリア国にいた彼の親しい人が大怪我をしたり命を落としたりしたのだろうか。

心配になっていると、アルベールは無理に笑顔を作って、それから俯いた。

「実は……私は近く、ブロリア国に戻ることになるんだ」

「え!?」

シャーリーが目を見開くと、アルベールが「仕方がないことなんだが」と前置きして、ぽつりぽつりと話し出す。

「シャーリーも知っている通り、グレゴリーは死んだ。ドナルドとミッチェルのことも、国を見捨てたと父上が怒って切り捨てた。そして王妃も死んだ。……王妃は、国を捨てて逃げようとしていたらしい。戦で物資が回収され、国民たちの生活が圧迫されている中で贅沢三昧を続けていた王妃はただでさえ強い反感を買っていた。父上は母上の言いなりだったが、大臣たちはあれでも、王妃に行動を改めるように進言していたらしい。だが王妃は自分のことしか考えておらず、グレゴリーが死んだと知った王妃は次は我が身と狼狽えて逃げる準備をはじめたらしい。しかも、自分の身を守るために、戦場に行かなければならない大勢の兵たちに自分の護衛につくように命じて、多くの金品や食料まで持ち出そうとした。結果——王妃は逃げ出した際に、護衛としてついていた兵の一人に殺害された」

そこでアルベールは一度口を閉ざした。抑揚のない声で淡々と語っているが、不安そうに揺れている空色の瞳が、彼の動揺を物語っているようだった。

シャーリーは指を鳴らして、ペットボトルの水を二本取り出した。アルベールに一本渡すと、彼は無言でキャップを開けて、三分の一ほどの量を一度に飲み干した。

「王妃が死んだことで、結果的に、父上は自分の行動を制限する人間がいなくなったため戦場に立った。王妃の言いなりだった父上は臣下からの信頼も、国民からの支持率もあまり高くなかったんだが、国を守ろうと動いたことでいくらか支持者が増えたようだ。だが、世継ぎ一人を失い、二人を断罪した以上、父上の子は私しか残らなくなった。別に私が継がなくても、従兄弟たちが継げばいいんだが……私は、今回下手に功績を立ててしまったから……。父上も、私があとを継ぐことを望んでいると言った。おかしいだろう？　不要だからと緑の塔に押し込められたのに、今度は必要だから帰って来いと言われるんだ」

「アルベール様……」

「わかっている。別に父上を恨んでいるわけじゃない。あの人は私や母上を守ってはくれなかったけれど、私たちを疎んでいたわけではないし。王妃に隠れて、会いに来てくれたことだってあるし……、我が父親ながら情けないなと思ったことはあったけど、父親なのは変わりないから……」

ペットボトルのキャップを意味なく開け閉めしながら、アルベールが息をつく。

「戦争が終わって、王都に帰って、父上と話をしたんだ。たくさん。あんなに父上と話をしたのは……はじめてかもしれない。父上は、今度のことがあったから、引退を考えていると言った。これ以上自分が玉座に居座るのは、国のためにはならないと言った」

アルベールは一度目を閉じると、ゆっくりと開く。

真っ直ぐにシャーリーを見つめて、そして、どこか泣きそうな顔で言った。

「だから私は帰ることにした。私はこれでも、王子だから。父上のあとを継いで、ブロリア国王になる。シャーリーとは……お別れだ」

シャーリーは息を吞んで、手の中のペットボトルをぎゅっと握った。

ぺこんと、ちっぽけな音を立てて、ペットボトルが少し潰れた。

サイドストーリー　アルベールの決意

「これで全員か？」

クレアド軍の最後の兵士が移送馬車に押し込められると、アルベールは重たい鎧のせいで凝り固まった肩を回しながらブレンダン将軍に訊ねた。

アルベールがクレアド国王、次いでヘンドリックが王弟を討ち取ったあとも、統率が乱れたとはいえそれなりの抵抗が続いた。数日かけてどうにか片付けたが、戦地となった街道には鉄の錆びた匂いや腐臭が充満して気分のいいものではない。

これだけの戦死者をクレアド国へ送り返すこともできないので、彼らはこのあたりにまとめて葬ることになるだろう。さすがに遺体をこのままにはしておけない。

ブロリア国は土葬だが、クレアド国は火葬の文化だ。千人を超える人数を土葬にするのも大変なので、彼らはクレアド国の文化に則ったという建前で火葬されることになった。

「殿下はあちらでお休みください。お疲れでしょう？」

「そう言っても……」

戦地の街道から少し離れたところに幕が張ってある。

一部のブロリア国の兵士たちは、ブロリア国王が大半の兵士たちを率いてきてしまったがために国が手薄なので、将軍を数名つけて先に王都へ戻ってもらっていた。

ついでにブロリア国王も戻ってくれればよかったのに、到着したときには戦が終わっていた国王は、最後まで居残ると言って聞かなかった。よって父は今、天幕の中にいる。

戦場でバタバタしていたので、父とはろくに会話もしていない。

到着したと人づてに報告を受け、あいさつ程度はかわしたがそれだけだ。

(私がいつまでもここをうろうろしていたら、兵士たちも気が抜けないか……)

あらかたの指示は終わった。あとは戦死者の弔いをすれば、今この場ですべきことはすべて終わる。イフリートが焼き尽くした森は無残なことになっているが、それを考えるのはアルベールの仕事ではなく王である父の仕事だ。

天幕のある方へ向かうと、酒がふるまわれてかなり盛り上がっている。

戦が終われば、酒や食べ物で兵士たちをねぎらうのも、軍を率いるものの仕事だ。

クレアド軍に勝利したと言う知らせを聞いた近くの町や村から次々に酒や食べ物が運ばれてきて、開いた酒樽がたくさん転がっている。

戦場の街道で後始末をしているブレンダン将軍たちも、交代で宴会に参加していた。だがアルベールはどうにも父王と顔を合わせにくくて、天幕へは寝に帰っていただけだった。数日続いている宴会に参加するのはこれがはじめてだ。

アルベールが歩いていると、酔っぱらった兵士たちから次々と声をかけられる。ローゼリア国、ブロリア国問わず、兵士みんながアルベールをねぎらってくれるのが少しくすぐったい。

ブロリア国にいたとき、表にほとんど顔を出さなかった第三王子は今や、敵総大将を討ち取った英雄扱いだ。

真実はノームとフェンリルの力を使ってズルをしたようなものだが、彼らにとっては勇敢にも単身で崖を駆け下りて、刺し違える覚悟でクレアド国王の首を落とした猛者である。

本当のことを知ったら彼らはどう思うのか——後ろめたく思いつつ、アルベールはエドワルドの姿を探した。

奥へ進んでいくと、一番大きな天幕の前にエドワルドの姿がある。

エドワルドの側には圧倒的不利な戦況を逆転させた天才軍師ラッセル老とヘンドリック・ビル・レンバード将軍、そして父ブロリア国王がいた。

(数日前も思ったが……父上も年を取ったな)

三年会っていなければこんなものかもしれない。だが、いつも申し訳なさそうな表情を浮かべていた父の顔は、どこかすっきりしているようにも見えた。

アルベールが近づくと、ラッセル老とヘンドリックが立ち上がろうとしたので手を上げて止める。

「きちんとお礼を言うのが遅れました。お二人とも、この度は我が国の戦に加勢いただき、誠にありがとうございました」

アルベールが頭を下げると、ヘンドリックは困った顔を浮かべ、ラッセル老は「なんのなんの」と笑う。そして、エドワルド王子の方を向くと「殿下も謙虚さと言うものを学ぶべきですなあ」と軽口をたたいた。エドワルドが憮然とした顔つきになり、ヘンドリックが苦笑する。

(ああ、いいな、この雰囲気)

信頼し、信頼されている者たちだから出せる雰囲気だ。

エドワルドにどれだけ人望があるのかがわかる。

戦死した長兄グレゴリーもこうだった。兄はアルベールやその母に対して無関心だったし、アルベールもグレゴリーに興味はなかったが、愛国心が強く人望が厚かったことだけは知っている。

無言で父の方を向くと、父もまた無言でアルベールを見上げていた。

なんとなく、父の隣に腰を下ろす。

エドワルドが盃を渡してきたので受け取ると、父が無言で酒の入った瓶を持った。

驚いている間に盃に酒が注がれる。

(父上が私に酒を注ぐなんて……)

驚きのあまり言葉もないアルベールの盃に、父がこつんと自分のそれを当てた。

「……戻って来てくれて、感謝する。アルベール。よくやった」

ちょっぴり眉尻を下げて、困ったように、けれどもどこか誇らしげに父が言う。

(よくやった、なんて……この人、そんな言葉を知っていたんだな)

すまない。悪かった。申し訳ない。

思い返す限り、アルベールが父にかけてもらった言葉なんて、こんなものばかりだった。

ほとんど会話らしい会話をしたことがなく、口を開けばいつも謝ってばかりだった父王。

謝るくらいなら母を第二妃にしなければよかったのに、アルベールを産ませなければよかったのにと、何度思ったか知れない。

「お前が元気そうでよかった」

前線に立って敵総大将を討ち取り、戦地の後始末の指示を出していたアルベールははっきり言ってへとへとだ。今のアルベールの何を見て元気そうだなどと言えるのだとおかしくなる。

だがアルベールも、王都からここまで急いで駆けつけて疲労の色の濃い顔をしている父親に、なぜか同じ言葉を返していた。

「父上も、お元気そうでよかったです」

酒を飲み干し、今度はアルベールから父の盃に酒を注ぐ。

思うところはたくさんある。言いたいこともたくさんある。でもどうしてだろう、何の言葉も出てこない。

第二妃とともにアルベールを逃がそうとした父。

よくやったと、褒めてくれた父。

この人はどこまでも不器用で優しくて弱くて——でも最後の最後で、国のために戦場へ駆けつけようとした。

父に対する思いはすごく複雑なのに、こうして隣で酒を飲んでいる今の状況に、どうしてか満足している自分がいる。

ブロリア国で怨嗟に近い何かを抱えながら生きて、塔に入れられて絶望して——そんな自分が、遠い昔のことのようだ。

いつの間にかエドワルドたちは席を立って、この場にはアルベールと父の二人だけになっていた。

日が傾き、薄闇が落ちてくると、焚いている炎の赤が際立っていく。

酒が入っているからか、炎の近くにいるからか、冬なのにちっとも寒くない。

何杯目かの酒をあおり、目の前にある肉をつまむ。

シャーリーの作る料理の方が断然美味しいが、我儘は言っていられない。

そんなことを思っていたら、隣の父が、戦場の食事は美味しいなと言い出した。なるほど、普段から味気のない美味しくないものを食べているから、この食事でも美味しく感じられるのだ。

シャーリーの作るものを知らなかった頃のアルベールだったら、父と同じ感想を抱いただろう。

「長い間塔の中に閉じ込めて悪かったな」

悔恨を含んだ声で父が言う。罵られるのを覚悟しているのか、肩を落として小さくなっていた。

「いえ、ここ数か月は、なかなか快適でしたよ」

「馬鹿なことを言うな」

「本当ですよ。だって、塔の中には女神がいたんです」

父が目を丸くするが、アルベールもこれ以上を話す気はない。それよりも話さなくてはならないことがあるからだ。

「父上。緑の塔の件ですが」

「ドナルドとミッチェルのことだろう？　エドワルド殿下から聞いている。緑の塔同士が行き来できるというのは信じ難いが、アデル王女がこちらの塔の中にいないと言うのは本当なのか？」

「はい。今ブロリア国の塔の中にはドナルドとミッチェルの二人しかいません。ですが、こんなことがあった以上、アデル王女たちを再びこちらの塔へ閉じ込めるのは……」

「わかっている。その件だが、ドナルドとミッチェルをこちらの塔へ登録することにした。正式なことはローゼリア国王と話し合って決めることになるが、緑の塔へ入れる王族の交換は、これを機に取りやめようと思う」

王子という立場でありながら、国を捨てて自分たちだけ助かろうとしたドナルドとミッチェルに対する、父の強い憤りを感じる。王妃が死んだ今、彼ら二人をかばうものは誰もいないだろう。

王都に帰り次第、アデルとシャーリーの二人の登録を解除すると言う父の言葉を聞いて、アルベールはホッとした。

「それで、そなたはどうするつもりだ？」

「どう、とは？」

アルベールが首を傾げると、父が真剣な顔をした。

「グレゴリーはいない。ドナルドとミッチェルは国を見捨てて塔の中だ。言いたいことはわかるか？」

父が言いたいことはよくわかる。一人は死に、二人は国を見捨てた大罪人。

王位を継げるのは、父の子の中ではアルベールただ一人だ。

叔父やその息子を引っ張り出すことも可能だが、アルベールには今や「国を救った英雄」という称号がくっついている。アルベールを担ぎ上げようとする勢力は多いだろう。

アルベールがもしここで王位を望まないのならば、国内の混乱を避けるためにも、ブロリア国から出て行くのが好ましい。だが父は、それは嫌だと、そう言いたいのだ。

「そなたは今更だと思うだろう。だが、考えてほしい」

「考えて……断ったらどうなりますか？」

「……そなたの母とともに、国外で生活してもらうことになる」

予想していた通りの答えに、アルベールは口元をゆがめて嗤った。情けなくとも国王は国王。みすみす国が荒れるのを放置するはずがない。

アルベールは盃に映り込んだ月をぼんやりと見下ろす。

王になる決意をしてブロリア国へ戻れば、もうシャーリーとは会えなくなるだろう。

だが、国外で生活することになっても同じことだ。

運よくローゼリア国へ居場所が作れたとしても、緑の塔の中にいたときのように気楽にシャーリーに会うことはできない。

どちらに転んだところで、アルベールを取り巻く環境は大きく変わるのだ。

クレアド国が攻め込んでこなければ、今も緑の塔の中で生活できていたかもしれない。

どうしようもないことなのはわかっているけれど、突然訪れた終わりに、アルベールは信じられないほどの虚無感を感じた。

「すぐには決められないだろう。だが、できればローゼリア国へ帰国するまでに決めてくれ」

ローゼリア軍を借りた以上、アルベールはどうあってもローゼリア国へ戻ることになる。それまでに決めろと言われても、残された時間は短い。

父は盃の酒をぐいっと飲み干して、少しだけ淋しそうに笑った。

「そなたがどんな答えを出しても……私はそれを受け入れるよ」

それはまるで、迷っているアルベールの心を見透かしたような言葉だった。


それから数日かけて戦死者の弔いを終え、ブロリア国王の希望で、ローゼリア国へ帰る前に王都へ立ち寄ることになった。

アルベールの目には、王都の様子は数年前とさほど変わっていないように見えた。

クレアド軍に攻め入られたのは南のあたりで、彼らが王都まで攻め入る前に討ち取れたので、目に見える被害はないように思う。

だが、戦では多くの物資が必要になる。物資不足による値段の高騰、それによる貧民の増加――目に見えないところでの被害は大きい。救いは、戦が長期化する前に終結したことだろう。さすがにすぐに元通りとはいかないだろうが、徐々に平常に戻っていくはずだ。

クレアド軍を討ち取ったローゼリア国とブロリア国の連合軍は、すっかり英雄視されていて、大通りを城へ向けて進む彼らの両脇には大勢の国民の姿があった。

彼らはブロリア国とローゼリア国の旗を振り、大きな歓声を上げている。

「アルベール殿下!!」

馬にまたがり、周囲を護衛のための兵士に取り囲まれたアルベールが進むたびに、国民たちが呼びかけてくれた。

それは不思議な感覚だった。

ずっと表舞台に立たず生きてきたアルベールのことを、国民たちは知っていたらしい。

「殿下、手を振り返して差し上げたらどうです?」

同じく馬にまたがって隣を進んでいたブレンダン将軍が笑って言った。

アルベールがぎこちなく手を振り返すと、ちょうど近くにいた子供たちが嬉しそうにぶんぶんと手を大きく振る。

ここへ来るまでに聞かされたことには、王妃の亡骸は、戦時中と言うこともあって大きな葬儀は執り行わず、ひっそりと王家の墓地に埋葬されたらしい。

王妃に仕えていた人間たちは解雇され、戦場に行くと譲らなかったブロリア国王に代わって宰相が城の中のことを取り仕切っているそうだ。

城に到着すると、エドワルドたちに部屋が用意される。疲れを癒すようにと言われ、アルベールも、およそ三年ぶりになる自室に足を踏み入れた。

「殿下!」

扉を開けた途端、中から薄灰色の髪をした六十歳ほどの女性が飛び出してきた。

「驚いた。ばあや、ここにいたの？」

それはアルベールの乳母を務めたモリンだった。夫は元将軍で、今は国王の身辺護衛の指揮官をしているはずだ。戦地で姿を見なかったので、王の進軍には随行しなかったのだろう。

「お元気そうで何よりでございます。夫が受け取った伝令に、殿下が単身で敵総大将の首を討ち取りに行ったと書かれていたと聞いたときは気が気ではございませんでしたよ」

「心配をかけてすまない。だが、この通り怪我はしていないよ。ローゼリア国王やエドワルド殿下に味方いただけて、本当に助かった」

「そうですわねえ。でもそれは殿下を助けたいと皆様が思ってくださったからでございます。殿下の人望でございますよ。戦場で敵総大将を討ち取られたことと言い、ばあやは本当に鼻が高うございます。フィリス様もお聞きになればさぞ誇らしく思われることでしょう」

母フィリスの名を出されて、アルベールは苦笑した。

アルベールを思い、いつも悲嘆に暮れていた母だったのに、ローゼリア国で約三年ぶりに見た彼女はびっくりするほど強くなっていた。思うところはあったろうに、戦地へ送り出してくれた母の顔を思い出し、今の母ならば危険なことをするなと叱るよりも褒めてくれるかもしれないと思う。

アルベールがいなくなっても、部屋を整え続けてくれたのだろう、塵一つ見当たらない部屋を見まわして、モリンに勧められるままにソファに腰を下ろす。

「お疲れでございましょう？　お茶をお入れいたしましょうね。浴室の準備もできております」

モリンがそう言って、手際よくお茶の準備をはじめる。

モリンの手つきをぼんやりと見るでもなく見ていると、コンコンと扉が叩かれる音がした。

「ああ、いい、私が開ける」

モリンが手を止めようとしたのを制して、アルベールが扉を開ける。

扉の外にいたのは、モリンの夫、グレンヴィルだった。

「グレンヴィル将軍……いや、今は元帥になるのか」

「将軍で結構ですよ。元帥なんて椅子に座っているだけの仕事、性にあわんのですわ。槍を持って戦地を駆け回る一兵卒の方がよほどいい」

グレンヴィルがカラカラと豪快に笑うと、それを聞いたモリンが顔をしかめる。「まったく、いくつになっても軍人馬鹿」とモリンがつぶやいたのが聞こえてきた。

「それで、何の御用ですか。殿下はお体を休めなくてはなりません。ろくでもない用事だったら叩き出しますよ」

「そう言うな。陛下がお呼びなのだ」

「父上が？」

父も長距離の移動で疲れているはずだ。それなのに帰って早々アルベールを呼びつけるとは、よほどのことがあったに違いない。

さすがに国王の呼び出しを無視するわけにもいかないので、モリンに断ってグレンヴィルとともに部屋を出た。

クレアド軍との戦争、王妃の近親者が城を追われたりと、城内は閑散としている。兵士の大半は戦に取られ、護衛兵士の数も足りないという理由で、グレンヴィルが王の部屋までの護衛としてついてきてくれることになった。

「殿下は、こちらにお戻りになるんですか？」

メイドたちも戦地から帰ったエドワルドやローゼリア軍の世話のために取られているので、廊下はびっくりするほど閑散としている。

人気の少ない廊下を歩きながらグレンヴィルに訊ねられて、アルベールは言葉に詰まった。

まだ、自分がどうしたいのか、答えが出せていない。

王子としての正解は、ブロリア国に戻り、ゆくゆくは父のあとを継いで王になることだろう。

だが、急激に立場が変わって——変わりすぎて、アルベールの心がついて行かなかった。

（シャーリーに……会えなくなる）

思えば、二十年生きてきた中で、僅か数か月の、シャーリーと出会ってからの緑の塔の中の生活が、アルベールには一番楽しくて幸せな時間だった。

できることならもっとずっとそうしていたかったし、今も、もしも選び取れるならそうしていたいと思う自分がいる。

アルベールが答えられないでいると、グレンヴィルが微かに笑った気配がした。

「殿下にこの国に戻って来ていただく……それは虫のいい話でしょうな。殿下がどんな立場でいらっしゃったのか、私もよくわかっております」

「将軍……」

「殿下。今から申すことは、ただの爺のたわごとだとお思いになってください。……殿下がローゼリア国に赴かれ、しばらくして、グレゴリー殿下とドナルド殿下の王位争いが本格化しました。貴族たちはグレゴリー殿下派とドナルド殿下派に分かれ、国としてのまとまりを徐々に失っていった。そんなさなか、グレゴリー殿下が戦死され、ドナルド殿下がミッチェル殿下とともに国を捨てて姿をくらました。王妃様は国を捨てて逃げようとし……兵に殺められた。アルベール殿下もご存知の通り、この国の勢力は大きく、王妃様の派閥、グレゴリー殿下の派閥、そしてドナルド殿下の派閥の三つがありました。陛下にお仕えしている臣下も多いですが、彼らのほとんどが、その三つの派閥のどこかに属していたと言ってもいいでしょう。その三つの派閥が、僅かの間にすべてなくなったのです。今はまだ、クレアド国という強敵を討ち取った直後で盛り上がっているからいいでしょう。しかしその盛り上がりが沈静化しはじめたとき、この国はどうなるでしょうか。陛下は穏やかな方です。戦地に出向かれたことで、臣下たちの間では陛下に対する評価も上がっております。しかし、長い間王妃様の言いなりになっていた過去は消えません。……この国には、国を導く新しい旗が必要です」

「その旗が、ずっと日陰の中で生きてきた、第三王子の私？」

「ご納得はいただけないかもしれません。でも、殿下もご存知の通り、今の殿下は国を救った英雄です。殿下が立てば、多くの臣下が……民が、殿下につきましょう」

「…………」

グレンヴィルの言いたいことはわかる。わかるからこそ、アルベールは是とも否とも答えられなかった。

「爺が偉そうなことを、大変失礼しました。こうは言いましたが、私は先ほども申した通り、殿下がどんなお立場でいらっしゃったのか、重々承知しております。殿下がどんなご選択をされても、私は何も申しません。殿下に無理強いしようものなら、家内に怒られますからな」

グレンヴィルはそう言って足を止めた。アルベールは気が付かなかったが、王の部屋の前に到着していたようだ。

グレンヴィルが扉を叩き、アルベールを連れてきたことを告げると、中から「入れ」と父の声がした。

部屋に入ると、ゆったりとした部屋着に着替えた父の姿があった。甲冑を脱いだだけのアルベールに、呼びつけるのが早かったかと申し訳なさそうな顔をする。

「今から塔の登録の書き換えに行こうと思ってな。そなたも一緒の方がいいだろうと思って……」

ドナルドたちが戦の終結に気づいて塔から出てくる前に登録してしまいたいらしい。

緑の塔への登録の方法は、代々王にしか知らされていない。アルベールもはじめてだ。

玉座の間に向かうと言うので、グレンヴィルを護衛に、アルベールは父のあとをついていく。

グレンヴィルを玉座の間の扉の前に待機させて、アルベールは父とともに室内へ入った。

玉座の間は使用する時以外は王しか入れないので、室内には当然誰もいない。

「こっちだ」

父は入口から玉座のある数段高い上座まで真っ直ぐに伸びている緋色の絨毯の上を進んでいく。

玉座の裏には絨毯と同じく緋色のカーテンがかけられていて、父がそのカーテンを開いた。

カーテンの奥の壁に、何やら不思議な模様が描かれていた。

（これ……地下二階にあった模様と似ているな）

見比べていないので定かではないが、まったく同じでもなさそうだ。だが、シャーリーがときどき「魔法陣」と呼ぶ模様に似ていた。

模様の中央には丸い石がはめ込まれていて、父が左手の中指にはまっている指輪の青い石を、模様の中央の石に押し当てる。

すると壁の模様が強く光り輝いて、視界がぐにゃりと歪んだ。

驚いていると、次の瞬間、アルベールたちが立っている場所がかわっていた。

青白い光に包まれた何もない空間に、青い球体の石が浮いている。

「……ここは？」

「塔に入る人間を登録する石だ」

父は壁の石にしたのと同じように、青い球体の石にも指輪を押し当てる。

「アデル・コンスタンス・ローゼリア。シャーリー・リラ・フォンティヌス」

父が二人の名前を口にすると、石の色が赤く変わった。父によると、今、登録の解除を行ったらしい。登録者が一人もいなくなると、石は赤くなるのだそうだ。

続いて、父は一度ぐっと眉を寄せたあとで、再び口を開く。

「ドナルド・ポールウィン・ブロリア。ミッチェル・パット・ブロリア」

二人の名前を告げると、石は再び青色に戻った。これで登録完了らしい。

登録自体は難しくないが、この部屋へは王族の血を引いた人間しか入れないそうだ。入る鍵は、父が指にはめている、代々受け継がれてきた青い石の指輪だという。

父は青い球体の石から指輪を離し、口元をゆがめて自嘲した。

「何度やっても、あまり気分のいいものではないな」

父に魔力はない。だから、緑の塔の中がどのような場所か、親兄弟に聞かされた内容でしか知らない。父の中で、緑の塔は牢獄のような場所で、そんな場所に誰かを閉じ込めるのは、人の良い父にはさぞ心苦しいことだろう。

「……父上は……、父上にとって、玉座は重いですか?」

こんな時でないと聞く機会もないと思うと、自然とそんな問いかけをしていた。

父は訊ねられたことが不思議だったのか、目を丸くして、それから眉尻を下げる。

「重いか。そうだな、重いかもしれない。だがどちらかと言うと私には……苦しいと言う言葉の方がしっくり来る」

「苦しい?」

父は中指にはまった指輪を無造作にいじりながら続けた。

「そなたも知るように、私は魔力持ちではない。魔力を持って、塔に閉じ込められたのは、私ではなく弟だった。弟は七年塔の中にいたよ。私は……できることなら、弟に玉座についてほしかった。しかしそうなる前に……弟が塔の中にいる間に、父が病に倒れた。私は仕方なく王になった。そして弟が緑の塔から出てきたとき、私は弟に玉座を譲ろうとした。しかし弟は、七年も一人きりで耐えたのだから、残りの人生はゆっくりさせてくれと言った。弟の方が王の器なのに、私は器ではないのに、そんなことを思いながら今日まで玉座に座り続けた」

だから苦しい、と父はつぶやく。

「人は……臣下は、国民は、私を見てどう思うだろう。情けない国王だと思っているに違いない。王妃は私に威厳を求めた。臣下は私に賢さを、強さを求めた。しかしそのどれも、私は持っていないのだ。求められて、必死に取り繕おうとするうちに、だんだんと苦しくなった。だけど、玉座を放り出すわけにはいかなかった。玉座に座ると言うことは苦しいことだ。その重圧が息子たちに圧し掛かるのを、できる限り先延ばしにしてやりたい。ただそれだけの理由で、私は玉座に座っている。臣下や国民が聞いたら怒るだろうな。だから……」

ブロリア国王はアルベールを見た。それは、父が息子を見る目だった。

「無理強いをしようとは思っていない。そなたが選びたい道を、選んでほしいと思っている」

アルベールは何かを言おうとして、結局何も言えずに口を閉ざした。

ずっと情けない父親だと思っていた。

でも、本音を口にし、逃げたくても逃げずに玉座に座り続けた父を、どうしてか、情けないとは思えなかった。

二人で登録の部屋から出て、玉座の間をあとにする。

――そしてその夜、アルベールは答えを出した。

6　残された猶予

——だから私は帰ることにした。私はこれでも、王子だから。父上のあとを継いで、ブロリア国王になる。シャーリーとは……お別れだ。

昨日の夜のアルベールの言葉が頭の中にこびりついて離れない。

今朝起きると、エドワルドはアデルとともに、ローゼリア国王のもとへ向かった。アデルはそのまま、ヘンドリックに会ってくるそうだ。あわせて、アデルの身を案じているシェネルたちの顔も見に行くと言っていた。

シャーリーも、家族に会う許可をもらったので、アデルが戻ってきたら家族の顔を見に行ってこようと思う。

（二週間……か）

アルベールがローゼリア国にいられるのは、あと二週間だそうだ。シャーリーはたった二週間だと思ってしまったけれど、これでもブロリア国王が可能な限りの猶予を与えてくれた結果らしい。

アルベールはブロリア国に戻ったあと王太子の称号を得ることになる。そしてブロリア国王の補佐をしながら、国を治める勉強を積むのだそうだ。

アルベールの母は一足先にブロリア国へ戻るそうで、明日にでもブレンダン将軍たちと帰国するらしい。アルベールに許された二週間、彼はこの塔の中で生活することを選んだと言う。

「シャーリー、落ち込んでる？」

キッチン台の上に寝そべって、ごろごろしながらつまみ食いをしているノームが、口の周りをトマトソースだらけにしながら訊ねてきた。

シャーリーが作っている昼食用のトマトソースが半分になっている。

「ちょっとノーム、これ以上食べたら足りなくなっちゃう！　朝焼いたクッキーがあるからそっち食べて」

「クッキー！」

ノームはぱっと顔を上げて、小さな手でパシパシとキッチン台の上を叩く。

クッキーを棚から取り出してノームの前に置くと、ノームは前足で口の周りのトマトソースを拭い、両手でクッキーを抱え持った。

「んぐんぐ、で、シャーリー、元気ない？」

「ちょっと考えることがあっただけよ」

「ふぅん？　もやもやしてるなら、ノーム様が聞いてあげなくもないよ？」

小さなモグラが何を偉そうに、と思わなくもなかったが、もやもやしているのは本当なので、シャーリーは短い葛藤の末口を開いた。

「アルベール様がね、国に帰っちゃうの」

「うん、知ってる。で？」

「で、って……。だから、いろいろ考えてるの」

「なにを？」

「だって、もう会えなくなっちゃうのよ？」

「なんで？」

「なんでって、当たり前じゃない。国が違うの。遠く離れてるのよ？」

「ふぅん」

「わかってくれた？」

「うん。シャーリーって意外と馬鹿なんだなって、わかった」

「は!?」

何をどうしたらそう言う結論に至るのだろうか。

シャーリーがムッと口を尖らせるのと、ダイニングからアルベールの呼ぶ声がするのはほぼ同時だった。

シャーリーが手を洗ってダイニングへ向かうと、アルベールがゲームのコントローラーを握ったままこちらを振り返る。フェンリルは彼の足元に寝そべっていた。

アルベールは驚くほどいつも通りだ。いや、無理をしていつも通りを演じてくれているのだとわかる。現にいつもより口数が少ないし、表情も暗い。

「シャーリー、道に迷ったんだ」

「あー、迷いの森ですか?」

シャーリーがアルベールの隣に腰を下ろすと、クッキーを両手で握りしめてノームもやってきた。そしてやおらテレビ画面を見やると、「ウンディーネも呼び出せ」と言い出す。

「ウンディーネ?　迷いの森にウンディーネは関係ないでしょ?」

「そうじゃない。僕たちのようにウンディーネも現実世界に呼び出してって言ってるんだよ」

「はあ?」

シャーリーが唖然としていると、アルベールの足元に寝そべっていたフェンリルがむくりと起き上がる。

「お前が助言なんて珍しいな」

「別にシャーリーとアルベールのためじゃない。僕のためだし」

ノームがツンと丸い顎を突き出して威張る。

(いや、何が何だかわからないんですけど?　というか、ノームたち三人だけでもうるさいのにこれ以上精霊とかいらないし。……って、なんでアルベールまで、アルベール様、ちょっとわくわくしてるの?)

ノームが余計なことを言ったせいで、アルベールまで期待している。

抵抗しようと思ったのに、アルベールともうすぐ会えなくなると思うと、彼の望みは何でもかなえてあげたいような気になって、シャーリーは大きくため息をついた。

アルベールからコントローラーを借りて、ウンディーネのステータスを確認する。

水の精霊王はとてつもないステータスで、もちろん最初からＨＰとＭＰはマックス状態。攻撃魔法、防御結界、治癒魔法などなんでもできるオールラウンダー型精霊である。

（ええっと、身長百七十センチ。体重は――）

テレビ画面に映し出されたステータスをじーっと見つめてイメージを固めて、シャーリーは指をぱちりと鳴らす。

その直後、テレビ画面に映っているのとまったく同じ姿の、水の大精霊ウンディーネが出現した。

水色の髪に青い瞳。真っ白な肌。天女のような羽衣を身にまとっている二十歳前後の外見の美女である。

ウンディーネは目をパチパチとしばたたいて、それからニコリと微笑んだ。

「あらノーム、フェンリルも、ごきげんよう」

「で？　ノーム、これでいいの？」

「うん。これで『水鏡』が使えるからね」

水鏡なら知っている。ウンディーネとフェンリルの二人が使える水系魔法だ。宙に水で鏡を作り、相手と通信したり物資を運んだりできるスキルで――

（あ……、だからウンディーネなんだ！）

シャーリーが目を見開くと、ノームが勝ち誇ったようにフスフスと鼻を鳴らした。

「馬鹿なシャーリーが思いつかなかったから僕が特別に教えてあげるよ。ウンディーネとフェンリルがいたら、国が違おうが距離が離れていようが、アルベールと通信できるし、物のやり取りもできるでしょ。アルベールが国に帰っても僕もいつでもクッキーが食べられるもんね。僕って賢い！」

一人で悦に入っているノームに、シャーリーもアルベールも目をぱちくりとしばたたく。

アルベールともう二度と会えないと思っていたのに、その問題があっという間に解決してしまった。悩んでいた自分はいったい何だったのだろうか。

「えっと……」

恥ずかしくなりながらシャーリーがちらりとアルベールを見やれば、彼もバツの悪そうな顔をして頰を搔く。

フェンリルは再びアルベールの足元に寝そべって、ノームは我が物顔でウンディーネにクッキーを勧めていた。

「あー……ええっと……迷いの森でしたよね！」

「あ、そうだ、迷いの森だ！」

気を取り直してシャーリーが言うと、アルベールも思い出したように手を打つ。

改めてシャーリーはアルベールの隣に腰を下ろして、迷いの森の攻略の仕方について説明をはじめる。

（ああ、なんかすっごく恥ずかしいんだけど！）

ノームもはじめから結論を教えてくれればこれほど恥ずかしい思いをしなかったかもしれないのに、意地悪だ。

（でもこれで、アルベール様が国に帰ってからもまた会えるのよね？）

水鏡越しになるが、顔も見られるし話もできる。

（よかった……）

アルベールが緑の塔の中からいなくなっても、アルベールとつながっていられる。

アルベールに迷いの森の攻略法を伝授しながら、シャーリーは小さく微笑んだ。


昼食を終えると、シャーリーは植木鉢で栽培している緑の蔦を見に行った。

ブロリア国の緑の塔に行けなくなってしまったので、アルベールたちが戦争に旅立つ前に栽培をはじめていたものだ。

成長が早いので、今ではそれぞれの鉢植えの蔦が五十センチくらいまで伸びている。

アルベールはシャーリーの作ったジムに汗を流しに行っていて、退屈したノームがシャーリーの肩の上にいた。ウンディーネも一緒だ。フェンリルはダイニングでお昼寝中である。

エドワルドに渡した蔦の鉢植えは、エドワルドが留守にしていた間に枯れはじめてしまったらしい。ただ、完全には枯れていないので元に戻るかもしれないとも言っていた。

（この蔦の鉢植え……クレアド国で栽培することはできないのかしら？）

クレアド国の緑の塔は枯れはじめていて、かの国の魔力持ちは確認できている限り赤子しか残っていない。赤子をたった一人で塔の中に入れることはできないし、かといって、他国の魔力持ちに助力を乞うことは、クレアド国の立場からすればできないだろうことは容易に想像できる。

ならば、その赤子の側にこの鉢植えをおいておけば、魔力が供給できるかもしれないし、こちらとしても鉢植えの蔦で大地に魔力供給が行えるかの実験ができていいと思う。

（と言っても……クレアド国の扱いがどうなるかわからない限り難しいんでしょうけど）

シャーリーには政治のことはわからないが、すべてが博愛精神で片づく問題ではないと言うことはわかる。

だが、このままだと、クレアド国のサリタ王女は国に返されて、売国者として処刑されるかもしれない。サリタ王女には会ったことはないけれど、さすがにそれは嫌だった。

シャーリーが鉢植えに視線を落としてむむっと眉を寄せて考え込んでいると、突然、シャーリーの背後にいたウンディーネが「ウォーターバリア！」と叫んだ。「ウォーターバリア」はゲームの中でウンディーネが使う防御結界で、シャーリーは何事かとギョッとして振り返る。

「どうしたの!?」

「シャーリー、動かないで。何か来る。フェンリルもアルベールのところへ行ったよ」

肩の上のノームがぐっと声を低くしてささやく。

ウンディーネがシャーリーを守るように立ちはだかった。

ウンディーネの水の防御結界で、シャーリーの周りにはまるで薄いラップで覆ったような不思議な膜ができている。

「何か来るって……」

アデルやエドワルドが戻ってきたのなら、ノームたちが警戒するはずはない。つまり、彼らとは

違う何かがこの塔の中にいると言うことだ。

（待って、塔の中って魔力持ちしか入れないいんでしょ？　知らない魔力保有者が入って来たってこと？）

だがその場合、ノームたちは警戒するよりも、見つからないように姿を消すはずだ。

表現しようのない不安がシャーリーを襲う。

自然と息をひそめてウンディーネの視線を追うと、彼女は部屋の入口を睨んでいた。

ややして、かちゃり、とドアノブをひねる音がする。

ゆっくりと扉が開く。

そして、現れたのは――

シャーリーは思わず息を呑んだ。

「リ――」

「動かないで！」

駆け寄ろうとしたシャーリーの腕をつかんで、ウンディーネが硬質な声を上げる。

（どうして？　だって……だって、リアム様なのに！）

扉をあけて部屋に入ってきたのは、リアムだった。ブロリア国の緑の塔の中から姿を消して、ずっと消息不明だったリアムだ。シャーリーの胸の中に安堵が広がるのに、ウンディーネとノームが警戒しているからだろうか、先ほどから感じている不安が消えない。

銀に近い金色の髪、琥珀色の瞳。穏やかな――……違う。

ひた、とシャーリーを見据える瞳は、信じられないほど冷たい光を放っている。

「リアム様……？」

シャーリーの呼びかけにも、彼は答えない。

ノームがシャーリーの肩から飛び降り、宙に浮かんだ。

「シャーリー、あれ、知り合い？」

「う……うん、知り合い……だと思う」

断言できなかったのは、目の前のリアムが、シャーリーの知る彼の雰囲気からあまりにかけ離れていたためだ。

「本当に知り合い？」

ノームが再度確認してくる。

シャーリーは頷けなかった。

「アレ、何か変だよ。ウンディーネ、わかる？」

「わからないわ。妾が知っている何かじゃないもの」

二人は何を言っているのだろう。「知っている何かじゃない」とはどういうことだろうか。その言い方はまるで――

リアムが一歩こちらへ向けて踏み出した。

その瞬間、ノームがウンディーネの張った防御結界の外へ躍り出る。

「ロックブレット！」

「ダメ!!」

反射的に声を上げたが間に合わなかった。ノームが叫んだ直後、無数の岩の弾丸がリアムに向けて襲いかかる。威力も桁違いの、土の精霊王の魔法だ。シャーリーは蒼白になって悲鳴を上げた。

しかし、岩の弾丸が襲い掛かる直前、リアムが身を翻して部屋から飛び出した。

ノームの放った「ロックブレット」が、部屋の壁に激しく衝突して、扉を吹き飛ばし、壁に無数の大穴をあける。

「逃げた！」

ノームがリアムを追って宙を駆けた。

（リアム様！）

シャーリーもウンディーネとともに駆け出す。

階段を駆け下りると、シャーリーの悲鳴を聞きつけて、ジムの部屋からアルベールが顔を出し、瞠目した。

「え……リアム殿下!?」

階段を猛スピードで駆け下りるリアムに驚くアルベールを守るようにフェンリルが立ちはだかり、「アイスバリア」と唱えて彼の周りに防御結界を張る。

リアムはアルベールのいる二階まで駆け下りると、突然、階段の手すりから階下へ飛び降りた。

そのまま、浴室へ走っていく。

「シャーリー、これはいったい……」

「わかりません！　わかりませんけど……とりあえず今は追いかけます！」

「あ、ああ！」

全力で階段を駆け下りて、リアムを追って浴室へ飛び込む。浴室の奥、地下に続く扉が開け放たれていた。

ノームが真っ先にその扉の奥へ飛び込んで、続いてアルベールとフェンリル、そしてシャーリーとウンディーネが続く。

地下一階の泉の奥の扉も開いていたから、リアムは地下二階へ向かったようだ。しかし、地下二階に駆け下りるも、そこにリアムの姿はなく、ノームが魔法陣の上で地団太を踏んでいた。

「ノーム、リ、リアム様は……」

全力で走ったせいで息が切れる。膝に両手をついて、ぜーぜーと肩で息をしながら訊ねると、ノームが小さな手で奥の扉を指した。

「あの奥に消えた！　でも開かないんだ！」

「え……？」

地下二階の奥にある扉には鍵がかかっていて、どうやっても開かない扉だ。

アルベールが試しに扉を開けようとするも、ガチャガチャとドアノブが音を立てるだけでピクリともしない。

「ノーム、本当にこの奥にリアム殿下が？」

「うん、消えたよ」

「鍵を開けて入ったってこと？」

「違う。消えたんだ。手をついた途端、文字通り煙みたいに消えちゃった」

「「……………」」

シャーリーとアルベールは顔を見合わせた。

あの姿は、間違いなくリアムのものだった。それなのに、どうしてリアムは何も言わずに消えてしまったのだろう。ウンディーネの言った「知っている何かじゃない」と言う言葉も気になる。

（どういうこと……？）

リアムならば、シャーリーたちの前から逃げるはずがない。

（「知っている何かじゃない」？……リアム様じゃ、ないってこと……？）

シャーリーは茫然と、リアムが消えた扉を凝視した。


「ウンディーネえええええええ!!」

「ええいっ、妾に近寄るな！　暑苦しい!!　この筋肉馬鹿め!!」

夕方になって、アデルとエドワルドが戻ってきた。

さっそくリアムのことを報告しようとしたシャーリーだったが、エドワルドとともに戻ってきたイフリートがウンディーネを見た途端に興奮して、ダイニングは大惨事になっている。

（ノームがロックブレットで破壊した部屋を掃除するのも大変だったのに、ダイニングまで……）

追いかけられて怒ったウンディーネがイフリートに向かってウォーターカッターだの、ウォータートルネードだのを発動し、ダイニングの中が瞬く間に水浸しになってしまった。

しかし無駄に頑丈なイフリートは、ウンディーネからの攻撃を受けても、腰に手を当てて「わははははは」と大笑いをしている。

それがさらにウンディーネの怒りを助長して、収拾がつかない状況に陥っていた。

「……シャーリー、ええっと、彼女はなに？」

アデルが戸惑いながら訊ねる。

「いろいろあって、新しく呼び出した水の精霊王ウンディーネなんですが……イフリートがいたことを、すっかり失念していました」

イフリートはウンディーネが大好きなのだ。完全なる一方通行の片思いだが、イフリートの辞書には失恋とか傷心とか遠慮という単語は存在しないので、相手が怒ろうが困ろうがとにかく押して押して押しまくれの精神で攻めていく。

結果、ウンディーネにめちゃくちゃ嫌われているのである。

（テーブルも絨毯もソファも水浸し……どこでご飯食べようかしら？）

イフリートとウンディーネの騒ぎを、ノームとフェンリルは我関せずで眺めている。

エドワルドに至っては、目の前で繰り出される魔法の数々に興奮状態だ。

「ねえフェンリル、イフリートを氷漬けにできる？」

「無理だな。イフリートは火の精霊王だ。精霊王の中でも攻撃力と防御力はトップクラスだぞ。まともにやりあったら、こっちが負ける」

「そうなんだ……」

イフリートを氷漬けにしておとなしくさせよう作戦は無理らしい。

「じゃあノーム、大きな落とし穴でも作って、イフリートを地下深くに埋められる？」

「できなくはないけど、すぐ出てくると思うよ」

「……そう」

イフリートを埋めよう作戦もダメらしい。

（暑苦しいくせに、無駄にスペック高すぎなのよイフリート！）

ウンディーネも、オールラウンダー型だけあって、すべての能力がほぼ均等だ。そのせいで、攻撃力と防御力に特化しているイフリート相手だと押し負ける。

（どうしたものかしら……）

シャーリーが悩んでいると、ノームがぴょんとシャーリーの肩に飛び乗った。

「イフリートをおとなしくさせたいの？」

「うん。そうしないと終わりそうにないし、ご飯も食べられないもの」

「だったら簡単だよ」

ノームがにーっと笑って、シャーリーの耳元でぼそぼそとささやいた。

「……ほんとにこれでおとなしくなるの？」

「たぶんね」

シャーリーは半信半疑だったが、こほんと小さく咳ばらいをすると、指を鳴らす構えで左手を突きだした。

「イフリート、あんまりうるさいと、消すよ！」

ピタリ、とイフリートが動きを止めた。

シャーリーの肩で、ノームが「ほーらね」と笑う。

イフリートはギシギシと音が聞こえてきそうなほどぎこちない動きでシャーリーを見て、それから「嫌だ」と言うようにぶんぶんと首を横に振った。

「シャーリー、イフリートを消すのはダメだ」

エドワルドが慌てて口を挟む。

シャーリーは腰に手を当ててエドワルドを睨んだ。

「だったら、エドワルド様も笑ってないでイフリートを止めてくれないと困ります！　どうするんですか、この部屋！」

「いや、でも、これはどちらかと言えばウンディーネ……」

「イフリートが、ウンディーネを追い掛け回さなければこうならなかったんです！」

「……あ、う……そ、そうだな……」

シャーリーのみならずウンディーネにまで睨まれてエドワルドがバツの悪そうな顔をした。

「とにかく、イフリートはむやみやたらにウンディーネに近づかないでください！」

「そんな殺生――」

「わかった？」

「……う、うむ」

消えたくないイフリートは、しょんぼりと肩を落として頷いた。

ひとまずこれで収拾がついたとシャーリーは息をついて、それから水浸しの部屋の中を見やって、がっくりと肩を落とす。

「……夕食の前に掃除ですね」


水浸しになったダイニングだが、結果、それほど時間もかからず元通りになった。

イフリートが魔法で部屋の中を乾かしてくれたからだ。

イフリートとノーム、フェンリルは一緒に夕食を取ると言ったが、ウンディーネはイフリートと同じ空間にいるのが嫌なようで、ダイニングから出て行ってしまった。

（本来、ノームたちも精霊だから、ウンディーネと同じように食べる必要はないはずなんだけど……当たり前のように食事をするのよね。給食のおばちゃんになった気分だわ）

シャーリーは大食漢のノームとイフリート、フェンリルの前に、ドン！　と大皿を置く。いちいちおかわりなんてついでいられないから、彼らの食事は大皿にまとめてだ。

アデルたちの食事はそれぞれ盛りつけたものを並べて、全員が席に着くと、シャーリーとアルベールはさっそく今日の昼に見た「リアム」について説明した。

話を聞いたアデルとエドワルドは瞠目し、それから安堵と心配が混ざったような複雑な表情を浮かべる。

「シャーリー、確かに兄上だったんだよね？」

「姿かたちはリアム様でした。でも、何も言わずに走り去ってしまって……。それに……」

ウンディーネが「知っている何かじゃない」と言ったリアムが、本当に「リアム」なのか、シャーリーには自信がない。

「私も見たが、顔立ちはリアム殿下だった。だが、リアム殿にしてはあまりに様子がおかしかったように思う」

「兄上なら、シャーリーやアルベール殿下を見て逃げるはずがない。だが、シャーリーたちが見たものがリアム兄上でないなら、リアム兄上と同じ顔の別人がいると言うことになる」

エドワルドがとんかつにフォークを突き刺して唸る。

「それに、仮にリアム兄上だと仮定して、兄上は地下二階の模様から姿を消したのではなく、扉に触れて消えるのをノームが見たのだろう？　あの扉は鍵がかかっていて開かないし、わたしたちが触れてもそんな反応をしたことがない」

「ウンディーネとフェンリルが迷わず防御結界を張って、ノームが攻撃したのなら、彼らには兄上がシャーリーやアルベール殿下に危害を加えるように思えたのだろう。兄上なら、シャーリーたちに何かするはずがない」

アデルとエドワルドの言葉に、シャーリーは大きく頷く。シャーリーも、リアムがシャーリーやアルベールたちに危害を加えるとはどうしても思えない。

「わからないな。……エドワルド、これは父上に報告がいるだろうか」

「いえ、姉上。このことを父上に報告する場合、ノームたちのことも説明することになります。そうなるとシャーリーの特殊な力のことも伝えなければいけません。さすがにそれはまずいです」

「そうだな……。それに、シャーリーたちが見たものが、本当に兄上だったかどうか……顔立ちが同じでも、さすがに様子がおかしすぎる。もしかしたらまた現れるかもしれないし、しばらく様子を見てみよう」

「はい」

シャーリーとアルベールが昼間見たリアムのことはものすごく気になるが、今ここで話し合ったところで何の結論も出てこない。リアムの件は保留とし、今度はアデルとエドワルドの話を聞くことにする。

「父上とは主に、緑の塔の扱いと、クレアド国の今後について話し合って来た。それからもう一つ、姉上の結婚が決まった」

「え!?」

シャーリーは声を裏返してアデルを見た。

アデルは照れたように頬を染め、エドワルドを軽く睨む。

「わたしのことはあとでいいだろう!」

「そう言うわけにはいきません。緑の塔の扱いは、姉上の結婚問題に大きくかかわりますから」

確かにエドワルドの言う通りだ。アデルの結婚が決まったのならば、アデルをいつまでも緑の塔へ閉じ込めておくことはできない。

「だから、わたしの結婚問題は何も急がなくても――」

「姉上の結婚は、我が国の英雄への褒賞ですよ。何年も待たせるわけにはいかないでしょう？　これだけ長い間待たせたんですから、諦めてさっさと嫁ぐべきです」

（褒賞？）

どういうことだろう。

シャーリーが首を傾げると、アデルがますます真っ赤になって俯く。

詳しく知りたくてうずうずしていると、エドワルドが赤くなって照れと戦っているアデルを無視して話を続けた。

「慶事だから、姉上の話からしよう。今回のクレアド国との戦争での我が国の功労者は大きく三人。俺、ラッセル老、そしてレンバード将軍だ」

レンバード将軍とはアデルの片思い相手のヘンドリック・ビル・レンバードだ。

「父上は俺とラッセル老、そしてレンバード将軍の三人に好きなものを褒賞にやると言った。俺はすぐには思いつかなかったから保留にしたが、ラッセル老人は王都に大きな邸を、そしてレンバード将軍は、姉上との結婚を望んだんだ」

さすがにアデルとの結婚は、国王もすぐには頷けなかった。

そこでエドワルドが、かねてからあの二人がお互いに想いあっていることを父王に伝えたところ、二つの条件を飲むのならば認めると回答があったという。

一つは、ヘンドリックを準男爵から一気に伯爵に陞爵させること。

もう一つは、結婚後もアデルを城の敷地内に住まわせること——すなわち、ヘンドリックとアデルの新居を城の敷地内に建てると言うこと。

もちろんヘンドリックはこの条件に異を唱えなかったそうだ。

（準男爵から伯爵まで陞爵……）

三段飛ばしのとんでもない陞爵にシャーリーは驚いたが、王女を降嫁させるとなると、それなりの爵位が必要なのだ。

新居を城の敷地内にという措置については、魔力持ちを確保しておきたいからだろう。

（でも、よかった。アデル様の恋は叶ったんだ……）

ヘンドリックから一度告白されて、断ったアデル。責任感の強いアデルは、緑の塔へ入っている間、彼を縛りつけることはできないと判断して苦渋の決断をした。

でも、王命として降りてくれれば、アデルも断ることはできない。自分よりも人を優先する傾向にあるアデルには、逆に命令されるくらいがちょうどよかったのかもしれなかった。

「おめでとうございます、アデル様！」

これが祝わずにいられようか。

シャーリーが笑顔で祝福すると、顔を赤くしていたアデルが急に申し訳なさそうな顔になった。

「シャーリー……でも、わたしが結婚するとなると、緑の塔は……」

「姉上、その話も俺からします。結婚が決まったのにそんな顔では、レンバード将軍が傷つきますよ。レンバード将軍は魔力持ちのことを知らないんですから、変に不安がらせるような顔はしないほうがいいです」

アデルとの結婚後ならばヘンドリックに教えても問題ないそうだが、今の段階では魔力持ちについて教えられないらしい。

「シャーリー、察していると思うが、姉上の結婚が決まった以上、姉上は長くこの塔で暮らすことはできない。おそらくレンバード将軍との結婚は急いでも一年先くらいだろうが、結婚準備などもあるから姉上がここで生活できるのは長く見積もってもあと半年だ」

「逆に半年もいて大丈夫なんですか？」

貴族の結婚準備でも大変なのだ。王族はそれ以上のはずである。

エドワルドは頷いた。

「そのことなのだが、緑の塔の扱いについて三つのことが決まった。一つは、ローゼリア国とブロリア国での人質の交換をやめること。これは、ブロリア国の緑の塔に、第二王子と第四王子が登録されていることが関係する。ブロリア国王がこの二人の王子を生涯塔に幽閉すると決断したからだ。その結果、我が国の王族はブロリア国の塔に入る必要がなくなる。ゆえに、ローゼリア国の緑の塔へは、ローゼリア国の魔力持ちが入る。ここまではいいな」

「はい」

「二つ目は、緑の塔への登録をどうするか、だ。登録は緑の塔へ入ったものを逃亡させないための措置だ。登録しなくとも、緑の塔の中へ入っていれば大地への魔力供給はされる。数十年先のことまではわからないが、父上はこの登録をやめると決めた。つまり、自由に出入りできることになる」

なるほど、そうすればアデルが塔の中にいても、用があれば出かけられるのだ。緑の塔は城の敷地内にあるのだから、自由に出入りできるならば距離的な問題はない。

「そして三つ目。これが一番重要な点かもしれない」

エドワルドはそこで一度言葉を切って、お茶でのどを潤した。

「シャーリーが作った蔦の鉢植えを使って、クレアド国で魔力供給の実験を行う」

「じゃあ……」

「クレアド国の扱いは正直難しい。ローゼリア国とブロリア国の監視下に置かれることになるだろうと父上は予想したが、正直言って、緑の塔が枯れて亡びかけている国なんて誰もほしがらない。そのまま放置して砂漠化するの待つのが罰としては妥当なところだが、せっかく実験にうってつけの国があるんだ。使わない手はないだろう？　協議の結果、サリタ王女がローゼリア国のバックアップを受けて女王として立つことになった。緑の蔦の鉢植えを渡し、一人だけ残っている魔力持ちの赤子の近くに鉢植えを置き、大地に魔力供給が行えるかどうかを確かめる」

魔力供給が行えているかどうかを確かめるのは簡単だそうだ。大地の砂漠化が止り、新しい新芽が芽吹けば、問題なく魔力供給がされていると考えていいらしい。だが、念のため数年は様子を見たいという。

「鉢植えで魔力供給が可能だとわかれば、緑の蔦の鉢植えを八か国同盟の加入国へ配る。それと同時に、この塔を封鎖する予定だ」

「封鎖……」

「塔に閉じこもらずとも問題なく魔力供給が行えるなら、塔を存続させておく必要はないだろう？　シャーリーのおかげで快適になったが、王族にとってここはいい感情の持てる場所ではないからな。今後は緑の蔦を増やし、塔の中へ入らずとも魔力供給ができるようになることを目指す。……だが、実験結果が得られるまでは、誰かがこの塔の中にいなければならない」

エドワルドが目を伏せた。

沈痛なその表情に、彼が言おうとすることがわかってシャーリーは苦笑する。

アデルが結婚する以上、エドワルドが言った通り、彼女が塔の中に入れるのは半年が限度だろう。そして、リアムがいない現状で、次期王になる可能性の高いエドワルドを塔に入れることはできない。彼には学ばなければならないことが多くあり、一日に一度顔を出すだけならいざ知らず、一日中塔の中に拘束されるわけにはいかないからだ。

そうなると、おのずと答えは出る。

「そんな顔をしないでください。実験結果が出るまでの数年でしょう？　わたしはかまいませんよ」

「シャーリー……」

アデルまで泣きそうな顔をするから、シャーリーは困ってしまう。

もともとアデルについて数年はブロリア国の塔に閉じこもることを覚悟していたのだ。それを思えば、このままローゼリア国の塔で生活することくらいなんでもない。

エドワルドはしばし沈黙して、頷いた。

「ありがとう。父上に伝えておく。……それからシャーリー、今夜、二人きりで話がしたい。いいだろうか？」

シャーリーは目を見張って、それからちらりとアルベールを見たあとで、はい、と小さな声で返事をする。

エドワルドのびっくりするくらい真剣な顔に、シャーリーの心がざわざわとした。

夜――

シャーリーはエドワルドと二人、緑の塔の周辺の森を散歩していた。

シャーリーは緑の塔から出ない方がいいのかもしれないが、エドワルドに誘われ、アルベールからも行ってくるといいと背中を押されて、塔の周辺であればいいだろうと外へ出ることにした。

夜の闇の中、それよりもなお濃くて暗い影を落とす木々の間を、エドワルドと二人歩いて行く。

空から粉雪が舞い落ちていて、コートを着ていても寒い。

緑の塔の中は常に適温に保たれているため、寒さを感じたのは久しぶりだった。

「この辺でいいか」

塔からある程度離れたところで、エドワルドが足を止めた。

隣を歩いていた彼がくるりと体の向きを変えて、シャーリーに向きなおる。体温の高いエドワルドの手が、すっかり冷たくなったシャーリーの小さな手をつかんで、シャーリーはドキリとした。

「シャーリー、以前俺が求婚したことを覚えているよな」

ああ――、とシャーリーは目を閉じる。

二人きりで話がしたいと言われたときから、なんとなく予感はしていた。

求婚されたけれど、シャーリーは今日まではっきりした答えを返せないでいた。

答えを返せば、エドワルドを傷つける気がして言えなかった。

シャーリーはエドワルドの求婚を受け入れるつもりはなかったのに、エドワルドが何も言わなかったから、このままうやむやになればいいとずるいことを考えたときもある。

でも、ずるずると逃げ続けるのはもう終わりにしなければならない。

シャーリーはもう、アルベールへの気持ちを自覚してしまったから。

「シャーリー。もう一度言う。今回は冗談にしないでくれ。……俺は、シャーリー、お前と結婚したい。正直、前回伝えたときは、シャーリーを手放すのが惜しいというくらいの気持ちだった。だからあの時はこの言葉を言わなかったし、言えなかった。でも今ならはっきりと言える。俺はシャーリーが好きだ。シャーリーと、ずっと一緒にいたい。俺じゃダメか？」

真剣で、真摯で、まっすぐなエドワルドらしい求婚だった。

アルベールがいなければ、彼を知らなければ、シャーリーは頷いてしまったかもしれない。

花束も指輪もない。ただの言葉だけで、ここまでシャーリーの心を揺さぶることができるのは、アルベールのほかに彼しかいないだろう。

シャーリーも馬鹿ではない。

自分の置かれた環境からすると、エドワルドを選ぶのが一番幸せになれるだろうことには、薄々気がついている。

アルベールはブロリア国の王になることが決まった。

シャーリーがこの気持ちをアルベールに伝えて、もしアルベールが同じ気持ちを返してくれても、隣国の次期王ともなれば本人たちの意思でどうにかなる問題ではない。

戦争で荒れた国を立て直すのだ。アルベールは自国の中の有力貴族の娘を娶《めと》って国内の結束を固めるか、もしくは防衛面を考えて他国の姫を娶るのがいいだろう。

そしてシャーリーは貴重な魔力持ちだ。シャーリーが望んだところで、ローゼリア国がシャーリーを他国へ出すとは思えなかった。

だから、これから先も一緒にいられるかどうかわからないアルベールよりも、まっすぐで真剣な気持ちをくれるエドワルドの手を取った方が、シャーリーは幸せになれる。

でもそれではダメなのだと思うあたり、シャーリーは自分が思っている以上に不器用な性格をしているのかもしれなかった。

エドワルドもおそらく、シャーリーがアルベールを想っていることに気がついているだろう。

我儘で無鉄砲なところがあって、無邪気で子供みたいなエドワルドが、実は意外と勘が鋭いのをシャーリーは知っているから。

（アルベール様ではなく俺にしとけって、言われているみたい）

シャーリーが別の人を好きでいるのに、真っ直ぐな言葉をくれるエドワルドの手を、この気持ちを抱えたまま取ることは、どうしてもシャーリーにはできなかった。

たとえこの先、この手を取らなかったことを後悔する日が来たとしても、今のシャーリーが返せる答えは一つだけだ。

「わたし……エドワルド様とは結婚できません」

「……俺と結婚するなら、それを理由に父上を説得すれば俺も緑の塔で生活できる。シャーリーは一人じゃなくなる。それでも？」

「はい」

「それは……アルベール殿下が、好きだから？」

「…………はい」

ここで誤魔化すのはずるいから、シャーリーは素直に頷いた。

エドワルドがぎゅっときつく目を閉じて、それから空を仰いで白い息を吐き出す。

「ふられる覚悟はしていたけど……、やっぱりダメか」

「ごめんなさい……」

「いや。俺も少しずるい言い方をした」

エドワルドは顔を前に戻すと、切なそうな顔で笑う。

「俺と結婚しなくても、俺はシャーリーに会いに緑の塔に行くし、お前を一人きりで淋しく生活させるつもりはない。試すようなことを言って悪かった」

シャーリーは目を見張った。

シャーリーはエドワルドの求婚に応えられなかったのに、彼は以前と同じように緑の塔に会いに来てくれると言うのだろうか。

驚いたまま固まっていると、エドワルドがムッとしたように口を尖らせる。

「なんだ、シャーリー。ふられたからと言ってシャーリーを無視するような男に俺が見えるのか？さすがに傷つくぞ」

「だって……」

エドワルドが薄情な性格ではないことくらいわかっているが、さすがに気まずいだろう。

シャーリーが口ごもると、エドワルドが一度シャーリーの手を放し、改めて手を差し出して来た。

「結婚しなくても、俺とシャーリーは友達だろう？」

「え!?」

王子と侯爵令嬢が、友達!?

そんな恐れ多いこと、あっていいのだろうか。

「違うのか？」

「えっと、え……」

エドワルドは気さくでいい人だし、彼と友人になることが嫌なわけではないけれど、立場的に躊躇いがある。

困惑していると、エドワルドが強引にシャーリーの手を取ってぶんぶんと振った。

「友達だ！　求婚を断られて友達もダメと言われたら俺だって落ち込むぞ!?　友達でいいだろう!?」

「は、はい！」

いいのだろうかと思いつつ、シャーリーは反射的に頷いてしまった。

途端、にぱっと笑うエドワルドについ苦笑が漏れてしまう。

（もっと気まずい雰囲気になると思ったのに）

エドワルドは気を遣ってくれたのだろうか。それとも、本心から友達だと思ってくれているのだろうか。わからないけれど、エドワルドとぎくしゃくした関係にならなくてすんで、シャーリーの胸の中にホッと安堵が広がる。

「お友達、ですね」

「ああ」

シャーリーがおずおずと微笑めば、エドワルドが綺麗な琥珀色の瞳を優しく細めた。

はらはらと舞い落ちる粉雪のせいなのか、まるで外界から遮断された特別な世界のように思える。

（わたし、たぶん、この日のことは一生忘れないと思うわ）

エドワルドの気持ちも、優しさも、全部覚えていよう。

シャーリーはエドワルドに同じ気持ちを返せなかったが、もし今後、彼が困ることがあれば、シャーリーは全力で彼を助ける。

シャーリー個人の力はとても小さくて、何の役にも立たないかもしれないけれど、この先何があってもエドワルドの味方であり続けることを自分自身に誓う。

彼に同じ気持ちは返せなくても、この我儘で優しい王子が、シャーリーはとても大切だから。

その気持ちには嘘も偽りもないから――返せない想いの分、シャーリーは彼が望む限り、彼の友人であり続けようと、思った。


シャーリーを緑の塔の玄関まで送ってくれて、エドワルドは雪が舞う中を城に戻っていった。

時計の針はすっかり深夜を指していたが、シャーリーは冷えた体を温めようとキッチンへ向かう。

シャーリーが温かいお茶を準備していると、小さな足音がして、アルベールが入って来た。

「アルベール様、まだ起きていらっしゃったんですか？」

エドワルドの求婚を断って来たからだろうか、アルベールの顔を見るのが後ろめたいような気がして、シャーリーはこぽこぽと小さな音をたてはじめたケトルに視線を落とす。

「お茶、入れるんです。アルベール様も飲みますか？」

努めて明るい声を出せば、アルベールが「うん」と頷いて、シャーリーのすぐ隣に移動して来た。

「エドワルド殿下と、何を話したんだ？」

「あ……」

まだ心の整理がついていないと言うか、断ったのはシャーリーの方なのに胸が苦しいと言うか――、あまりうまく言葉にできそうになくて、シャーリーはぎこちなく笑う。

ちょっと顔をあげると、アルベールの空色の瞳が、不安そうな色を宿して揺れていた。

ここで誤魔化したら、ダメな気がする。

なんとなく、そう思う。

「……お茶、飲みながらお話しします」

シャーリーはティーポットとティーカップを二つ取り出して、丁寧に紅茶を入れる。

ダイニングテーブルに移動して、アルベールと隣り合わせで座った。

「お砂糖入れますか?」

「ああ。……いや、自分でしよう」

アルベールが自分のティーカップに砂糖を一つ落として、スプーンでかき混ぜる。

その様子をぼんやりと見つめていると、アルベールが遠慮がちに手を伸ばしてきて、シャーリーの手を握った。

大きくて温かい手にドキリとして、つい、エドワルドの手と比べてしまう。

アルベールの手はエドワルドよりも繊細な感じがするけれど、剣だこができていて意外と固いのだ。ちょっと前までは心配で不安になるほど細かったのに、いつの間にかたくましくなったアルベールの手に、出会ってから今までの時間の経過を思う。

まだ一年も経っていないのに、本当にいろんなことがあった。

アルベールと出会ったあの日には、想像もできなかった。

（クレアド国と戦争になって、アルベール様が王太子になるなんて、ね）

彼ならいい王になるだろう。

そう思うと同時に、緑の塔という狭い世界の中で彼を独占していられた時間は、もうすぐ終わりを告げるのだと言うことを嫌でも実感させられた。

ウンディーネとフェンリルの『水鏡』があっても、こうして近くで二人きりで向き合って話をする機会は、アルベールがここを出た瞬間になくなってしまう。

そしていずれ、アルベールはブロリア国の王になり、王妃を迎えて――シャーリーは、時間とともに彼への恋心を昇華させるのだろうか。

何も、言えないまま。

「……エドワルド様から、改めて求婚されました」

チクリと痛む胸に顔をそむけるように、シャーリーはぽつりと言う。

カチャンと音がして、アルベールがスプーンをティーカップに入れたまま動きを止める。

「それで……シャーリーは、なんて答えたんだ？」

「エドワルド様と結婚できません、と」

「断った、のか？」

「はい」

「では――」

きゅっと、シャーリーの手を握るアルベールの力が少し強くなった。

「では、もしも私が同じことを言ったら、シャーリーはどうする？」

ひゅっと、シャーリーは息を呑む。

アルベールはびっくりするほど真剣な顔をしていて、シャーリーは、呼吸の仕方を忘れてしまったようにそのまま固まった。

思いもよらない言葉に頭がついて行かない。

アルベールが何を言っているのか、シャーリーには理解不能だった。

「私が、そなたに結婚を申し込んだら、受け入れてくれるのか？」

黙ったままのシャーリーに、アルベールが言葉をかぶせる。

いつの間に、アルベールはこんなに強い目をするようになったのだろう。

一人にしないでくれと、怯えた子犬のようだった空色の瞳は、びっくりするくらい強くて熱くて、彼はもう、孤独を抱えて生きてきた傷だらけの青年ではなくなったのだと理解した。

否――、もっと前からわかっていた。

アルベールが、ブロリア国を守るために立ち上がると決めたその時から、彼は前を向いて自分の足で未来を切り開くことにしたのだと、シャーリーはどこかで気がついていたはずだ。

側にいてくれと縋るのではなく、真っ直ぐにシャーリーの答えを待つアルベールの姿に、どうしてだろう、一人にはしないと彼に誓った夜を思い出す。

「アルベール様は……国王陛下になられるんですよ」

「ああ」

「国王陛下は勝手に結婚を決めたらダメなんじゃないですか？」

「国王だから、勝手に決められるんだ。最終的に王族の結婚を承認するのは国王だから、私が国王になれば、自分の結婚は自分で承認できる」

「そういうことじゃなくて……」

国にとっての利点とか、いろいろ考えることがあるだろう。

シャーリーはアルベールが好きだけれど、ここでぬか喜びをしてあとで傷つくのは嫌だった。

「シャーリー」

アルベールの声が、熱い。

つながれた手も、燃えるようだ。

「私はそなたが好きだ」

どうして、言ってしまうのだろう。

好きだと言われたら、シャーリーも嘘はつけない。

「わたしは……あと何年も、この緑の塔の中にいることになるかもしれないんですよ。緑の蔦の実験に失敗したら、下手をしたら何十年もここにいることになるかも……」

「何年でも待つ。実験に失敗したら次の方法を考えればいい。一緒に考えよう」

国王陛下が、何年も、何十年も待っていていいのだろうか。

どこの国も魔力持ちの確保は最重要案件で、王である以上、世継ぎと、魔力持ちを増やすために、

早く結婚して子供を儲けるべきのはずだ。

それに――

「わたしは魔力持ちだから、ローゼリア国王が国外に出してくれないかもしれませんし……」

「それも私が交渉する。だから、無理な理由を並べていないで、シャーリーの気持ちを教えてくれ」

「――っ」

ここで頷けば、未来で傷つくことになるかもしれない。

でも、もう無理だった。

「…………好きです」

ぽつりと、蚊が鳴くような声でつぶやく。

アルベールが、大きく息を吸いこんだ。

「好きですよ。……信じても、いいんですか？」

「ああ……。絶対にシャーリーを迎えに来る」

ホッとしたように息を吐きながら笑って、アルベールがおずおずとシャーリーを抱きしめる。

シャーリーのふわふわした蜂蜜色の髪を何度も梳いて、耳元で繰り返しシャーリーの名前をささやくアルベールを抱きしめ返す。

緑の塔のこともリアムのことも、まだまだ片づいていない問題はたくさんあって、不安は尽きないけれど、今この瞬間だけは、アルベールの胸の中で目を閉じていたかった。

7　新たな問題

ピチャン――

鍾乳石を伝って不規則に落ちていく水の音が、青白い光に包まれた洞窟の中に響いている。

鍾乳石の乱立する洞窟の奥には、巨大な、水晶のような透明な鉱石が地面から突き出すように伸びていた。

その鉱石の中には、金色の髪をした一人の青年が閉じ込められている。

飾り気のない白いドレスを着た銀髪の女は、ひやりと冷たい鉱石に触れて、歌うように言った。

「あなたがいないなら、こんな世界なんて、いらない――」


季節は巡って、再び冬がやって来た。

つい一週間前にアデルはヘンドリックと結婚し、そして今日、アルベールの戴冠式がブロリア国で執り行われる。

『どうかな、変なところはないかな？』

ウンディーネが作った『水鏡』越しに、詰襟の豪奢な服に身を包んだアルベールが映っていた。

アルベールはこの一年で精悍さが増したように思える。

シャーリーも一つ年を取って十六歳になったけれど、鏡に映る自分を見る限りそれほどの変化は見られなかった。しいて言えば、一センチくらい身長が伸びたことだろうか。

緑の塔の中にいるシャーリーは、アルベールの戴冠式に出席することはできないが、こうして式の前に様子を見せてくれるアルベールの優しさが嬉しかった。

「素敵ですよ。お祝いのケーキを焼いたので、あとで『水鏡』で送りますね！」

『本当か？　楽しみにしている！』

『ちょっとシャーリー、僕のは？』

アルベールの顔を小さな手で押しのけて、にゅっとノームが顔を見せた。

「大きいのを焼くから、ノームの分もフェンリルの分もあるわよ」

『それならいいよ』

満足そうに頷くノームに、シャーリーはやれやれと肩をすくめる。

ノームとフェンリルがアルベールの側にいてくれると安心できるのだが、フェンリルはともかくノームは我儘なので、アルベールに迷惑をかけていないだろうか。

（まあ、アルベール様は可愛いって言っているけど）

可愛いもの好きのアルベールは、ノームのこともフェンリルのこともペットか何かだと勘違いしている節がある。

よしよしとノームの頭を撫でるアルベールに、思わず笑みがこぼれた。

（できることなら、そばで見たかったな……）

『水鏡』越しでは、アルベールがすごく近くに感じるのに、遠い。

アルベールがブロリア国へ戻って、彼が一人きりになれるときには、こうして『水鏡』で連絡が来るようになったけれど、彼に触れることも、そばで寄り添うこともできない。

たった一枚の薄い水の膜だけを隔てているように見えるのに、手を伸ばしてもそのぬくもりを感じることはできないのだ。

「今日から、アルベール陛下ですね」

『そうだね。……まだ不思議な感じがするよ』

当初は、アルベールの戴冠式はまだ先の予定だった。

けれど、ブロリア国王――アルベールの父が、病に臥せったのだ。死に向かうような病気ではなく、治療すれば快癒するものだったけれど、クレアド国の侵略を受けてからずっと無理をして動き続けてきた無理がたたったようだった。

できるだけアルベールに重圧を背負わせないようにと頑張っていた父の背中を見て、アルベールの方が即位を決断したのだ。アルベールはクレアド国の侵略から国を守った英雄として国民人気が高まっていると言うから、それもあり、即位の相談をするととんとん拍子で進んだらしい。

「ふふ、すでに英雄王と呼ばれているんですよね？　アデル様から聞きました」

『その呼び方は恥ずかしいな。それに、私一人で成し遂げたことではないし、むしろシャーリーの力がなければ勝てなかったのに、本当のことを言えないのは悔しいし』

本当はシャーリーこそたたえられるべきだろうと言われて、慌てて冗談ではないと首を振る。

「それこそ恥ずかしいですよ！　やめてください！」

『ふふっ。さて、そろそろ時間かな。緊張するけど行ってくるよ。今日は、エドワルド殿下がいらしているみたいだから、少し話をする時間が取れるといいんだけど』

アデルは新婚なので、アルベールの戴冠式には国の代表としてエドワルドが参加することになっている。

リアムが依然として行方不明の今、次期国王の座につくのはエドワルドの線が濃厚になって来た。エドワルドもアデルも、ローゼリア国王もリアムのことを諦めてはいないけれど、いつまでも国民に黙っていることもできない。

折を見て、エドワルドに王太子の地位を与えるとともに、リアムの件についても説明できる範囲内で国民への通達がなされるだろう。

（リアム様……）

昨年、シャーリーが見たリアムらしき人物――あれは、リアムだったのだろうか。それとも、似た誰かだったのだろうか。

いずれにしても、他に何の手掛かりもないなか、去年のリアムの姿をした彼が、唯一リアムにつながる手がかりを持っているのは確かだった。

もう一度彼に会うことはできないだろうかと、地下二階にある扉を確かめてはいるが、やはり鍵がかかっていてどんなに引っ張っても押しても開かなかった。

『水鏡』の通信が切られて、キッチンへ向かおうとすると、ウンディーネもついてくる。

「アルベールと話したあとなのに、浮かない顔をしているわね」

スポンジケーキを焼くために卵を割っていると、ウンディーネが気遣うような表情を見せた。

アデルもエドワルドも忙しいので、さすがに毎日のように緑の塔には訪れることができない中で、ウンディーネはシャーリーのよき話し相手だ。

「リアム様のことを思い出したの。……もう一年以上も経ったのに、どこにいるのかしらって」

「シャーリーのいうリアムというのが誰かは妾にはわからないけれど、去年見たあの男のことを指しているのなら、関わらない方がいいと思うわ。あれは異質よ」

「リアム様は、優しくて素敵な方よ。去年のあの人は、顔はリアム様だったけど、リアム様とは違うと思うわ。……ただ、あの人がリアム様につながる唯一の手掛かりであるのは間違いはないんだけど」

ウンディーネは関わらない方がいいと言うが、貴重なリアムの手掛かりだ。もし会うことができるなら会いたいし、少し強引な手を使ってでも拘束して知っている情報を吐かせたい。

ウンディーネが肩をすくめた。

「どうしてもというのなら、あの扉を壊すことはできるけど……、その先に行って、何が起こるかはわからないわよ」

「壊せるの!?」

目からうろこの発言だった。鍵がかかっているから、勝手にその先へは進めないと判断していたのに——そうか、破壊するという手立てがあったのか。思いつかなかったなんて愚かすぎる。

「どうしてもっと早くに教えてくれなかったの?」

「言えばシャーリーは行きたがると思ったの。それに、あそこを壊すならノームの方がいいのよ。妾が無茶をして部屋自体を壊したら大変だから。その点ノームなら、天井や壁が崩れないように調整しながら壊せるでしょうし」

なるほど。ノームはアルベールの側にいて、彼の護衛役だ。何もないとは思うけれど、他国の侵略を受けて疲弊しているブロリア国に、不穏因子の存在がないとは言い切れない。

もっと言えば、死んだ王妃や第一王子、そして閉じ込められている第二王子と第四王子を支持する一派も依然として国内には残っているのだ。

そんな危険人物からアルベールを守ってくれる強い味方の一人を借り受けるのは躊躇われた。

この一年でだいぶ国内が落ち着きを取り戻して来たと言うから、今であればノームを借りることもできるかもしれないが、少なくとも一年前は何があるかわからなすぎて警戒を怠れなかったため、土台無理な話だった。

(実際、アルベール様がブロリア国に戻って二回ほど命を狙われたみたいだし)

一度は深夜だったらしい。その時はノームとフェンリルが侵入者を撃退したと聞いた。

侵入者は目に見えない何かに攻撃されて、捕らえられた後でパニックになりながらアルベールには何か過去の英霊が憑いているのではないかと騒ぎ立てたそうだ。ちなみにこの一件で、アルベールの英雄伝説に拍車がかかったらしい。

そして二度目は毒が盛られた。食事に盛られた毒は充分致死に至る量だったそうだが、アルベールが吐血した直後にフェンリルがこっそり解毒魔法を使って事なきを得た。

アルベールの毒殺を狙ったのは王妃の親類で、これにより、王妃の実家とその親類たちは不穏因子として全員捕縛され幽閉されたと言う。

けれどその二件以降、アルベールの地盤を固めるべくブロリア国王や彼を支持する将軍たちが尽力したため、彼を取り巻く環境はかなり落ち着いている。

ノームを借り受けるのならば、即位が終わって、少し落ち着いたころがいいだろう。

（よし！　リアム様の捜索が前進しそう！）

シャーリーが独断で進めるわけにもいかないから、アルベールやエドワルド、そしてアデルにも報告がいるだろうが、反対はされないはずだ。

小さな希望が見えて上機嫌になったシャーリーは、ルンルンと鼻歌を歌いながら卵を泡立てる。

――まさかそれがきっかけで、とんでもない騒動に巻き込まれることになるとは、露とも気づかずに。

その、信じられなくも恐ろしい情報がもたらされたのは、アルベールの即位後、三日ほど経ってからのことだった。

「え!?　どういうことですか!?」

新婚のアデルが血相を変えて緑の塔にやって来て、挨拶もそこそこに言うには、ガリア内海を挟んで南にある大陸の国が、次々と亡びを迎えようとしているということだった。

「今朝、父上のところに情報が入って来たんだ。南の大陸の国は同盟に不参加なのもあって、あまり情報が入ってこないから、この情報がいつのころのことなのかはわからないけれど、あちこちで緑の塔が枯れはじめているらしい」

「どうしてそんな……」

「聞いた話によると、塔に入った魔力持ちの魔力が、次々と失われているっていうけど……」

「クレアド国のときと同じ、でしょうか」

「かもしれない。南の大陸が荒れると、避難民がこちらの大陸にまで押し寄せる可能性があるから、父上が慌てているよ。八か国同盟の会議を緊急開催することになった。エドワルドはまだブロリア国だから、わたしが代表として行くことになったんだ」

八か国会議に参加するため国を空けることになると、しばらく緑の塔に顔を見せられなくなるから、その報告もあって来たと言う。

（アデル様、新婚なのに律儀すぎ……）

シャーリー一人を緑の塔に閉じ込めておくのがよほど心苦しいのか、アデルはどれだけ忙しくても、最低でも一週間に一度は顔を見せてくれている。

クレアド国の緑の蔦実験が今のところうまくいっているので、緑の塔は封鎖する方向で進んでいるが、そうだとしても万が一があってはいけないから数年はここから出られない。

緑の塔が封鎖される方向で動いているから、王族の美味しくない食事事情も改善傾向にあってシャーリーが作る食事がなければつらいという状況でもなくなりつつあるようなので、そこまで律儀に通う必要もないはずなのに、アデルはこういうところが真面目で優しいと思う。

イリスも、シャーリーがローゼリア国の塔にいることを知っているので、三日にあげず手紙を送って来るし、下手をすればエドワルドが緑の塔に来るときにくっついて来て、シャーリーと話がしたいからと言ってエドワルドと交換で一時的にシャーリーを塔の外に出したりするのだ。

人目につくと問題なのであまり外に出ない方がいいと言ったのだが、緑の塔周辺の森には滅多に人が来ないので見つかる心配はないと言われてしまった。

(みんな、優しすぎ)

シャーリーが一人で淋しい思いをしていないだろうかと、アデルもエドワルドもイリスもすごく気にかけてくれている。ちなみに、イリスがふらふらと会いに来るようになって、ウンディーネの存在がイリスにばれたのはご愛敬だ。

どうやらイリスも前世で同じゲームをプレイしていたことがあるようで、こんなに面白い話があったのならもっと早く教えてくれればよかったのにと拗ねられた。

エドワルドにイフリートがいるなら自分にも何かほしいとねだられたが、さすがにこれ以上増やすのもどうかと思ったので我慢してもらっている。

「緑の蔦の鉢植え、提供した方がいいんでしょうか?」

アデルに今朝焼いたばかりのクッキーとお茶を出しながら言えば、アデルが難しい顔で唸った。

「魔力持ちが残っていれば効果があるだろうが、状況が見えないからね。それに、同盟国でもなくつながりも薄い国々だ、あちらから要請があれば動きやすいが、頼まれてもいないのに動くことはできないね」

「せめてこちらから状況が見えるといいんですけど……」

この世界にはテレビも電話もない。そして、前世のときのように世界中のほとんどの国とつながりがある、もしくはつながりが持てるような環境でもないのだ。

八か国同盟のように、同盟国であればお互いの近況を報告し合ったり協力し合ったりできるが、そうでない国のことなど、知らぬ存ぜぬと放置する傾向にある。

さすがにあちこちで緑の塔が枯れはじめているとなると無視はできないが、こちらに影響が出ることを警戒するだけで、こちら側から救いの手を差し伸べることはない。

ゆえに、状況を調べるために特使を派遣するようなことはもちろんしない。

(前世の世界がどれだけ情報が豊かだったか思い知らされるわ)

インターネットの普及で、知りたいことはすぐに調べられるようになった。その気になれば世界中のどこにいてもだいたいがつながることができたし、行こうと思えば飛行機を使っていつでも行けた。

しかし、この世界ではそうはいかない。

「シャーリーは、南の大陸の状況を調べたいの？」

シャーリーの隣に腰を下ろして、ウンディーネが口を挟んだ。

口数の少ないウンディーネは、シャーリー以外の誰かがこの塔にいるときは必要以上に口を開かない。そのウンディーネが話に入ってきたことに驚いていると、アデルが頷きながら言った。

「調べる方法があるの？」

「風系の精霊なら瞬間移動が使えるから、シルフあたりがいれば情報収集もすぐにできると思うわよ」

それはつまり、もう一匹精霊を増やせとそう言っているのだろうか。

これ以上はさすがに、とシャーリーが躊躇っていると、アデルが期待に満ちた目を向けてきた。

「それができるならすごくありがたいのだが……」

やばい、アデルが乗り気だ。

「わたしはさすがに精霊たちと一緒にすごせないが、イリスがほしがっていたみたいだし、シャーリーが迷惑ならイリスに預けてもらえると、こちらとしても情報が仕入れやすくなっていいと思うんだけど、どうかな」

確かにイリスは精霊をほしがっていた。シルフを指パッチンで呼び出して預ければすごく喜ぶだろう。

（いや、でもねえ……）

そんな反則技を連発していいものだろうか。いや、前世の記憶を頼りにここにないものを次々指パッチンで出している時点で今更だが、生き物（？）となるとさすがに抵抗を覚える。

むむむ、とシャーリーは悩んだが、アデルの期待のまなざしには勝てなかった。

仕方がないなと立ち上がり、ゲームの電源を入れてシルフのステータスを確認する。

（風の精霊王シルフ……、見た目は妖精っぽくて可愛いけど、ステータスはさすがにえげつないわね）

オールラウンダーのウンディーネと違って、シルフは防御特化型だ。その分物理攻撃は弱い方なのだが、魔法攻撃は充分えげつない威力を持っている。

しっかりステータスを確認してイメージを固めたところで、シャーリーはぱちりと指を弾いた。

その途端、金色の光を纏った、身長三十センチくらいの小人がふわりと宙に現れる。

金色の髪に緑色の瞳、そして薄く透ける羽を持った、風の精霊王シルフが、くるりとその場で一回転して軽快にポーズを決めた。

「あたしを呼び出したのはあんた？　なかなかいい趣味してんじゃーん！　ほめてあげるよ！」

（そうだった……シルフって、うるさい精霊だったわ）

おしゃべりでお調子者で騒々しいことこの上なく、そして淋しがり屋な精霊、それがシルフだ。

「シルフ、少し頼みがあるのよ」

思わず固まったシャーリーに代わり、ウンディーネが微笑んだ。

「あ、ウンディーネ。あんたもいたの？」

「ええ。それでねシルフ……」

シルフに話の主導権を持っていかれるとなかなか話が進まないのだが、そのあたりはさすが精霊仲間のウンディーネだ。彼女の性格を熟知しているようで、余計な口を挟まれる前にさっさと本題を切り出した。

「ふんふん、つまり偵察に行って来いってことね」

「ええ。姿を消してね。できる？」

「当然よ！　あたしは天才シルフ様よ！」

「そう、よかった。心強いわ」

シルフをあっさり納得させて話をまとめたウンディーネの手腕に拍手を送りたい。

アデルがシルフをイリスに預けてくると言って緑の塔を出ていくと、シャーリーは緑の蔦の鉢植えを見に行くことにした。

クレアド国とブロリア国、そしてローゼリア国はすでに鉢植えを城に置いているが、他の国はまだだ。クレアド国は緑の蔦の鉢植えのおかげで、塔が枯れても亡びることなく存続している。新芽も芽吹き、砂漠化も進んでいないので、効果があるのは間違いない。そろそろほかの国からも鉢植えの提供を求められるだろうから、もう少し量産しておいた方がいいだろう。もしかしたら、南の大陸にも配ることになるかもしれないし。

（でも、南の大陸でいったい何が起こっているのかしら……）

シャーリーは階段をのぼりながら、例えようのない胸騒ぎを覚えたのだった。

8　緑の塔の今

シルフをアデル経由でイリスに渡して一日。

早くも、シルフによる南の大陸の情報が届けられた。

緑の塔のダイニングには、シャーリーのほかにアデル、そしてウンディーネとシルフ、『水鏡』越しにアルベールの姿がある。

エドワルドは今朝ブロリア国を出立したため、現在は移動中で話し合いに参加できる状況ではなかった。

「それで、南の大陸の状況だけどね」

アデルがダイニングテーブルの上に地図を広げた。その地図にはすでに赤いしるしがつけられている。

「シルフの報告では、南の、もともと滅んでいた旧ゼラニア国を除く十三の国のうち、四つの国の緑の塔が枯れはじめているようだ。そうだよね、シルフ？」

「そうそう、そうなのさ！　枯れ始めたばかりの塔、半分以上葉っぱが黄色くなっている塔って進行の違いはあるけどね、枯れかけてるのは本当だよ！」

『四か国もか……』

『水鏡』に映るアルベールが険しい顔で額に手を当てる。

「今のところ、こちらの大陸まで避難民が流れて来る様子はないみたいですが、南の大陸のまだ被害のない国にも混乱が生じているようです。アルベール陛下、ブロリア国では何か情報をつかんでいないですか？」

『正直、我が国は国内をまとめることで精一杯の状況で、国外に調査団を派遣するほどの余裕はないんだ。国境付近の守りに当たっている兵たちからは、変わったことがあったという報告は上がっていない』

「やはり、こちらの大陸まではあまり情報が入って来ていないみたいですね……」

今のところ、シルフを使う以外の方法で情報を集めることは無理そうだ。

おそらく、ブロリア国以外の各国も、ほとんど情報を得られていないだろう。

アデルによると、ローゼリア国がこの情報を得られたのは偶然が重なったからなのだそうだ。

ローゼリア国の、魔力について知っているが魔力保有者ではない王族の一人が南の大陸に旅行に出かけていた際に拾って来た情報なのだと言う。

魔力については王族と一部の貴族しか知らないことなので、一般人の旅人がどれだけ行き来しようとも集まる情報ではないのだ。

「正直言って、八か国会議でどこまでこの情報を出すか悩んでいるところなんです。シャーリーの力や呼び出した精霊のことを知られるわけにはいきませんからね。シルフが調べてきた情報は父上にも報告していません」

アデルは八か国会議に参加するため、明朝、国を発つと言う。

今回の開催国はローゼリア国の東、フレンツェ国だ。

即位したてのアルベールも、今夜フレンツェ国へ向けて出立するらしい。

即位したばかりで忙しいので、本当は名代を立てたかったようだが、さすがに今回の議題は無視できないと自ら出席することにしたと言う。

父親である先王が療養中のため、留守中は叔父に国を任せるらしい。

『ローゼリア国が最初に仕入れた情報だけでいいだろう。シルフが調べたことは伏せておいた方がいい。どちらにせよ、最初の情報だけあれば、各国が南の大陸について調べようとするはずだ。ほかの国が動きはじめてから、シルフが調べた情報を小出しにしていけば、怪しまれることもないはずだしな』

「そうですね。そうしましょう」

アデルが頷くと、アルベールがちょっと表情を緩める。

『それにしも、アデル王女も大変だな。新婚旅行がまさかの会議に取って代わるとは』

アルベールの言葉で、シャーリーはハッとした。

（そうだったわ！　本当なら、アデル様は今日から新婚旅行だったのに！）

アデルもだが、彼女の夫のヘンドリックも多忙なので、なかなかまとまった休みが取れない。結婚のためにまとめて休みをもぎ取ったと言うが、今回を逃せばいつゆっくりできるかわからないのだ。

アデルが苦笑して肩をすくめた。

「仕方ありませんね。のんびりしていられる状況ではなさそうですから。せっかくなので少し早めに出発して、ゆっくり各地を回ってみるつもりではありますけど」

移動時間を多めにとって、ゆっくりしつつフレンツェ国の王都へ向かうらしい。だが、それでも優雅な旅行気分とはいかないだろう。

（新婚なのに……）

一生に一度しかない貴重な時間なのだから、自分のために使ってほしいのに、王族とはままならないものだ。

どうしてこうも次々問題が起こるのだろうと、シャーリーはむーっと眉を寄せる。

アデルはそんなシャーリーにくすくすと笑って、結婚できただけで充分なんだよと言う。

「そうそう、今回の八か国会議で緑の蔦についての報告もするつもりだ。クレアド国のサリタ女王陛下からも報告書が上がっている。実験結果が出るまで静観していたほかの国も、そろそろ動き出すだろう。だから念のため鉢植えをいくつかもらって行きたいんだけど、いいかな？」

「大丈夫です。昨日、また少し鉢植えを増やしておいたので。昨日植え付けたものはまだ根付いていないでしょうけど、それ以外なら持って行って大丈夫です。ただ、結構伸びていて鬱陶しいので、運びやすいように切った方がいいと思います」

「わかった、そうしよう」

『これで各国が動き出せば、それぞれの国の緑の塔の閉鎖も早まるだろうか』

ブロリア国だけは、罪人の二人の王子を閉じ込めているためこのままにするそうだが、ローゼリア国は確かな結果が出れば、緑の塔を閉鎖――枯らしてしまうことにしている。

塔が閉鎖されれば、シャーリーも塔から出られるわけで――

（まだ、結婚をどうするかっていう話までは進んでないけど、アルベール様のところに行けるかもしれない……）

シャーリーとアルベールは、まだ正式に婚約はしていない。だが、アルベールが手を回して、ローゼリア国王には話をつけているという。

最初は渋ったローゼリア国王だが、アデルやエドワルドも口をそろえてシャーリーのこれまでの貢献を訴えると、最終的にはシャーリーの意思を尊重するという形で許可が下りた。

だが、シャーリーの両親や兄はシャーリーがブロリア国王アルベールと知己の関係であることを知らないため、何もない状態で急に発表すると混乱するだろう。

ゆえに、シャーリーが緑の塔を出たあとで、折を見てローゼリア国王からの貢献に対する褒賞という形で良縁を持って来たとするのが一番家族を納得させやすい。

だからシャーリーとアルベールの婚約は、まだ整えられていないのだ。

ちなみにブロリア前国王からはあっさり許可が下りたと言う。きっと彼にもいろいろあったのだろう、前国王は「好きな女性と結婚するのが一番だ」と笑って許したらしい。

「父上は、できるだけ早くシャーリーを緑の塔から解放したいと考えています。もちろん、一歩間違えれば国が滅んでしまいますから、慎重にならざるを得ない部分はありますが、このままうまく進めば、どれだけ待たせてもあと二、三年のうちにはシャーリーをここから出してあげられるはずです。それから、もしリアム兄上が見つかれば、エドワルドがシャーリーの代わりに入ると言っています。そうすればもっと早まるのですが……」

リアムの名前を聞いてシャーリーはハッとした。

地下二階の鍵のかかった扉を破壊する相談をしようと思っていたのだった。

その前に南の大陸の問題を聞いてしまったため、言うタイミングがなかったが、せっかくなので今ここで伝えておいた方がいいだろう。

「あの、リアム様のことなんですけど……」

シャーリーがノームの力を使って地下の扉を破壊することができること、そしてそこから先を調べてみたいことを告げると、アデルとアルベールが揃って難しい顔をした。

「確かにそれをすれば何らかの情報が手に入る可能性もあるけれど、シャーリーとアルベール陛下が見たと言う兄上に似た誰かは、ウンディーネたちが警戒していたくらい怪しい人物だったのだろう？　地下二階の扉を破壊してその先へ進むにしても、シャーリー一人で向かうのは心配だよ。せめて八か国会議が終わって、わたしと、そしてエドワルドが揃ってからにしよう」

『それがいい。私はそちらへ行けないが、エドワルド殿下が戻ればイフリートがいる。できるだけ大勢の戦力を連れていった方がいい』

アルベールの守りを考えれば、フェンリルは彼の側から動かせない。新たに加わった仲間シルフもいるが、やはり最大の攻撃力を誇るイフリートはそばに置いておきたいと言う。

また、シャーリー一人で向かうよりも、エドワルドが一緒のほうが安全だ。一人に何かが起こった際にも、もう一人が対処できるからである。

そして、シャーリーたちが地下へ向かった際に、アルベールと通信してもらうためにも一階に一人は残しておきたかった。

そう考えると、アデルとエドワルドが揃ったときが一番安全だ。

シャーリーもその意見には納得したし、ウンディーネとノームがいるとはいえ一人で向かうのは不安もあったので、異を唱えるつもりはない。

（ただ、八か国会議が終わるのを待っていたら、少し遅くなりそうね）

アルベールやアデルが会議を終えて戻って来るまで一か月半はかかるだろう。

リアムの手掛かりを得られる可能性が目の前にあるのに、ただじっと耐えているだけの一か月半は、思ったよりもしんどいものになりそうだ。

（はあ、料理していてこんなに気分が晴れないのははじめてかも……）

シャーリーは玉ねぎを切りながら、はーっと息を吐きだした。

エドワルドもアデルもいない。アルベールもフレンツェ国へ移動中のため『水鏡』で連絡できない。

ウンディーネと二人きりの緑の塔の中、することのないシャーリーはひたすら料理研究に没頭しようと思った。

それなのに、南の大陸のことや八か国会議のこと、それからリアムのこと——気になることが多すぎて全然集中できなかった。

アルベールの顔が見られなくて淋しいのもある。

ぼーっとしていると、ここでアルベールとエドワルドとすごしたときのことを思い出す。

シャーリーがはじめての休暇の際に緑の塔ですごそうとすると、エドワルドまでくっついて来たのだ。

(あのときは大変だったわ。アルベール様はお掃除ロボットに夢中になるし、エドワルド様は高圧洗浄機であちこちを水浸しにするし……ふふっ)

まだ一年と少ししか経っていないのに、なんだかずっと昔のことのようだ。

まだリアムがいて、緑の塔の最上階を調べたり、テレビ電話にみんなが驚いたり、本当にいろいろあった。

その後、リアムが行方不明になって、クレアド国がブロリア国を侵略してきて、アデルが結婚して、アルベールが王になって、エドワルドも王になる勉強に忙しくて——、同じように緑の塔ですごしたみんなは、少しずつ何かが変わっていっているのに、シャーリーだけが変わらない。

(わたしだけ、取り残されたみたい)

誰かが緑の塔の中にいなければならないし、現状でそれができるのはシャーリーだけなのもわかっている。ここにいるのも重要な役割だ。

でも、何かが起こっても報告を受けるだけで、シャーリーは何もできない。

それが時折、ひどくもどかしく感じてしまうのだ。

「はあ、やめやめ。さっさと作れるものに変更っと」

料理の気分でなくなったシャーリーは、ジャガイモと玉ねぎをオリーブオイルで炒めて、スペイン風オムレツ――トルティージャを作ることにした。これならすぐに作れるし、手間でもない。

トルティージャとバゲットの昼食をすませると、気分転換に家庭菜園を楽しんでいるベランダへ向かう。

外が冬でも、塔の中はぽかぽかと春のようなすごしやすい陽気なので、去年植えたミニトマトがまだ枯れずに存在していた。一本しか植えていないのに、木が大きくなったからだろうか、毎日すごい収穫量だ。

シャーリーがミニトマトを収穫していると、「おーい！」と賑やかな声がして、びゅーんと何かがすごい勢いで飛んできた。

振り返ると、シルフが宙をせわしなく飛び回りながら、「伝言を持って来たよー！」と賑やかに騒ぎ出す。

「イリスから伝言だよ！　エドワルドがブロリア国から戻って来たんだって！　夕方にはこっちに来られるってさ！」

「エドワルド様が？」

アルベールの戴冠式に出席していたエドワルドだが、戻って来る予定より三日早い。もしかして、アデルが八か国会議に出発すると聞いて急いだのだろうか。

（でも、そっか……。じゃあ、エドワルド様が好きなものを作ってあげないと）

ちょっぴり沈みかけていた心が浮上する。

一人きりでここにいるのは、思っていた以上に応えていたらしい。

シャーリーは収穫したミニトマトを持って、再びキッチンへ舞い戻る。

「よし！　エドワルド様の好きな味噌汁は鉄板として、あとは何を作ろうかしら？」

「イリスがカレーが食べたいって言ってたよ」

「カレー？」

味噌汁とカレーの組み合わせは微妙な気もするが、イリスが食べたいと言うなら作ってあげなければなるまい。

アデルもエドワルドもいなかったので、イリスへ料理のお届けができていなかったのだ。

（んー、カレーを作るにしても、エドワルド様はがっつりお肉も食べたいでしょうから……よし、とんかつも作ってカツカレーにしようかな）

ほかにもサラダやデザートなど、できる限りたくさんのものを作っておいてあげよう。

「シャーリーが明るい顔になってよかったわ」

忙しく動き回るシャーリーを見ながら、ウンディーネが優しく目を細めた。

報せ通り、夕方になってエドワルドがやって来た。

出会った頃のエドワルドはやんちゃ坊主をそのまま大きくしたような印象があったが、この一年でずいぶん大人びたような気がするのはシャーリーだけだろうか。

快活で朗らかな雰囲気はそのままに、どこか大人の余裕と言うか、落ち着きが出た気がする。

「シャーリー、腹が減った。ハンバーグが食べたい。あとミソスープ」

（いや、気のせいね）

塔に入るなり開口一番に腹を押さえてのそのセリフに、シャーリーはエドワルドが大人びた気がするのは気のせいだと結論付けた。

「お城でご飯食べなかったんですか？」

カレーは作り終えて、とんかつもあとは揚げればいいだけのところまで準備を終えているが、ハンバーグも追加しなければならないようだ。

「昼食を取る暇もなく会議だなんだと忙しかったんだ。父上から南の大陸について報告を受けたときに菓子はつまんだが、しっかりした食事はとってない」

「それは、大変でしたね」

帰って来て早々、エドワルドはまともに休む暇もなかったらしい。

リアムが見つからなければこのまま王太子の位を賜るエドワルドは、王になる自覚が芽生えてきたのかしっかりしてきて、周囲から頼られる存在になっている。

留守中のことについてあちこちから報告や相談が上がってきたのだろう。帰国したばかりで疲れているのに、それを後回しにせず対応するエドワルドは優しいと思う。

「すぐに食事の準備をしますね。それから、帰るときに保温ランチボックスにカレーを準備しておくので、イリス様にお届けしてもらってもいいですか？」

「わかった。あ、そうだ。ちなみにその保温らんちぼっくす？　というのはこちらでは作れないのか？」

「え？　どうでしょうか……。ステンレスではなくてガラス製のものならもしかしたら……あー、でも、真空状態を作れなきゃ無理だと思いますし、うーん……」

シャーリーは首をひねった。

この世界にもガラスはある。だが、ステンレスや、表面を覆うプラスチックがない。

鉄で代用するには錆びそうで怖いので、使うならガラスだが、こういうものは強化ガラスが使われるのではなかろうか？　強化ガラスが存在しているのかは謎だが、あったとしても今度は真空を作り出す技術の問題がある。

はっきり言って、シャーリーは技術面について質問されてもさっぱりわからない。

「温かさが長持ちするから、軍の遠征とかで役立ちそうだと思ったんだが……。再現できたら、我が国の特産になりそうだし」

「うーん……」

シャーリーは頭をひねりながら、ぱちんと指を鳴らした。出てきたのは、フラスコのような形をした二重構造のガラス瓶だ。

これは前世で、魔法瓶の資料館だか記念館だかを訪れたときに展示してあったものである。

「ラッセル様なら、これを見せればもしかしたら構造を解明して応用品を作れるかもしれないですね。ブロリア国へ移動中に見つけたとかなんとか適当なことを言って渡してみてください」

「これは何だ？」

「保温ランチボックスのずーっと最初の原型です」

「これが？　全然似ていないが……」

「原理はここからきているんですよ。二重構造になっているでしょ？　この間の空気の層？　が熱を逃がさず、冷めにくくしているんです」

「ふぅん……まあ、いいか。最近、じじいも退屈しているみたいだからな。これを渡して実験させよう。じじいなら何か閃くかもしれん」

「そうですね」

そしてぜひ、この世界の科学技術の発展に役立ててほしい。

シャーリーは緑の塔で好き勝手しているが、ここを出たらさすがに自由に前世のものを呼び出せなくなる。この力は人前で使わない方がいいと言うのは、以前から言われていたからだ。だが、便利なものはやっぱり使いたい。となると、この世界の技術者に頑張ってもらうしかないのだ。

（わたしが生きている間に電子レンジとかテレビは無理だとしても、冷蔵庫くらいは頑張ってほしいわ）

冷蔵庫の走りは、電気を使わず、氷を利用したものだった。電気の解明が無理でも、氷を利用したものくらいなら作れると思う。

シャーリーはエドワルドの食事を用意するためにキッチンへ向かう。

ハンバーグをこねていると、ウンディーネがやって来た。

「どうしたの?」

「エドワルドがゲームをはじめたの。……テレビの中にもう一人妾がいるのを見るのは、不思議な気がして落ち着かないから」

「確かに」

シャーリーは笑った。イフリートやノーム、フェンリルは気にしていないようだが、シャーリーがウンディーネの立場だったら妙な気分になるだろう。

(ゲームと言えば、アルベール様は残念そうにしていたなぁ)

緑の塔を出れば、当然テレビもゲームもない世界だ。しばらくの間は王になるための勉強で目を回していたアルベールだったが、慣れてくると気晴らしになるものを欲してしょんぼりしていた。

(ふふ、いつの間にか塔の中の方が外より娯楽に溢れた場所になっちゃってたから)

それも、緑の塔が封鎖されたら失われる。

シャーリーと会う前のアルベールのように、孤独に絶望しながら過ごす人がいなくなるのは嬉しいけれど、ちょっぴり淋しいと思ってしまうのはシャーリーにとってここが、意外と居心地がよく、また、楽しい思い出に溢れていた場所だからかもしれなかった。

サイドストーリー　アデルと八か国会議

ローゼリア国王都を出発して二週間。

フレンツェ国との国境近くの町に到着したアデルは、今夜泊まる宿に荷物を置くと、新婚の夫ヘンドリックとともに散策を楽しむことにした。

こういう時、腕の立つ男が夫だと、ぞろぞろと大勢の護衛をつけなくていいから助かる。

「帰るころには冬も終わっていそうだな」

このあたりは雪も少なく、王都よりも少し暖かいので、一足早く春の花が咲いているところもある。

「そうですね。帰りは山から離れた道を選択しましょう。雪崩に巻き込まれたら大変ですからね」

ヘンドリックが真面目な顔でそういうのが、アデルは少し面白くない。

夫に敬語を使われるのは妙な感じがするのでやめてほしいとお願いしたところ、二人きりの時は普通に話してくれるようになったのだが、今は八か国会議へ向かう道中――つまり、仕事だ。

生真面目なヘンドリックは、アデルの護衛の一人として同行しているのだからと、護衛としての態度を崩さない。

（本当ならば新婚旅行中のはずなんだから、少しくらい融通を利かせればいいのに）

まあそれでも、宿は同じ部屋を使っているから、夜は多少甘い雰囲気にはなるのだが。

本当ならば、ヘンドリックとの結婚はあり得ないことだった。それを考えるとこのくらいのことは我慢すべきだろうか。

（シャーリーと出会ってから、なんだか不思議なことばかり起こるな）

半分諦めていたイリスが回復したことにはじまり、緑の塔での快適な生活。

本来ならば勝利を収めることは不可能だったクレアド国との戦。

その戦のおかげで奇跡的に叶った、ヘンドリックとの結婚。

リアムの問題や緑の塔の問題、そして新たに判明した南の大陸の問題など、まだ解決していないことは多くあるが、どうしてだろう、アデルはシャーリーがいれば何とかなるのではないかという、変な確信があった。

（エドワルドがシャーリーに惚れたのもわかるな。わたしもできればシャーリーを手放したくない）

だが、シャーリーはアルベールを選んだ。アルベールもそれを望んでいる以上、いずれシャーリーはブロリア国へ嫁ぐことになる。遠くない未来でシャーリーと離れることになるのだ。それが、今から憂鬱で仕方がない。

「アデル」

考えに耽って、アデルが黙ったままだったからだろうか、急にヘンドリックが二人きりの時のようにアデルを呼び捨てた。

仕事中は「アデル様」と言うのに珍しいなと思って顔をあげると、彼の青紫色の瞳が不安そうに揺れている。

「……何か、気に入らないことでもあったのか？」

「え？」

アデルはパチパチと目をしばたたいた。

口調が敬語ではなくなっているのにも驚いたが、不安そうなヘンドリックの表情にはもっと驚いた。

「新婚旅行が仕事になって、その……代わりの休みを取ることもできなかっただろう？　だから……」

どうやら黙り込んでいたアデルを見て、機嫌が悪いと勘違いしたようだ。

結婚するまで、ヘンドリックがこんな風に不安そうな顔を見せることは少なかった。

アデルはちょっとおかしくなって、くすくすと笑う。

「違うよ。侍女のことを考えていたんだ」

「侍女と言うと、うちの侍女ではなく城の……イリス王女殿下に渡した侍女か？」

「うん、そう」

もともと城でアデルに仕えてくれていた侍女のうち、シェネルは彼女本人が希望したこともあり、アデルの新居に移ってもらっている。

ミレーユとレベッカは退職。二人とも近く結婚することになっていたのと、本人たちがアデル以外の主を希望しなかったため、そのまま実家に戻ってもらった。

そしてシャーリー。

シャーリーのことは、表向きイリスの侍女として渡したことにしている。

ブロリア国の緑の塔からアデルが出た以上、シャーリー一人が残されたことにするのは不可能だ。シャーリーの実家フォンティヌス家もそれでは納得しないだろう。

かといって真実を話してローゼリアの緑の塔の中にいるとも言えない。

ゆえに、表向きはシャーリーはイリスの侍女として仕事をしていると周囲には誤魔化していた。緑の塔へ登録しているわけではないので、面会を求められた時は一時的に外に出ることも可能で、今のところ周囲に疑われてはいない。

イリスは塔のことを知っているし、イリスの乳母コーラル夫人も王家に連なる家系のため、緑の塔については知っているのだ。

「その侍女は、ブロリア国王に嫁ぐ予定なのだろう?」

「うん。……淋しくなるなって思ってね。まあ、まだ先のことなんだけど」

「アデルは本当にその侍女がお気に入りだな」

「だって、シャーリーにはたくさん助けてもらったから」

ヘンドリックにはシャーリーについて多くを語ることはできない。秘密にしておくのは心苦しいけれど、こればかりはどうしようもない問題だ。

（シャーリーがいなければ戦に負けていたし、ヘンドリックとも結婚できなかったと言ったところで、信じられるはずないもんね）

ヘンドリックはもちろん、戦に参加した兵士たちは、ラッセル老の奇策とアルベールの勇敢さが勝利の鍵だったと思っている。

まさかシャーリーが呼び出した「げーむ」とやらの精霊の力で勝ったとは誰が思うだろう。

説明したところで実際に目にしなければ信じられるものでもないし、実際に目にしたアデルでもまだ信じられないときがあるのだ。

（まるでシャーリーは、この世界にたくさんのものを創造したとされる女神イクシュナーゼみたいだ）

無から有を生み出す創造の女神。

シャーリーの力を見ていると、無性に彼女が女神なのではないかと思うときがある。

「ちらっと見かけたことはあるが、きちんと話をしたことはないな。俺もアデルのお気に入りとは一度話をしてみたいんだが……。届けられる食事の礼もあるし」

「ふふ、そのうちね」

緑の塔へ遊びに行くと、シャーリーはアデルにお弁当箱に詰めた食事を持たせてくれる。

ヘンドリックと結婚してからは二人分だ。

ヘンドリックがシャーリーの食事を気に入って、ぜひとも我が家の料理人に作り方を教えてあげてほしいと言うのだが、シャーリーが緑の塔から出られなければ無理な話だ。さすがに料理の仕方を教えるためにエドワルドとしばらく代わってくれとは言えない。

「シャーリーにね、食事は美味しいものだって教えてもらったんだ。ほかにもたくさん、びっくりするくらいたくさんのものをシャーリーにもらったんだよ。目に見えるものだけじゃなくて、目に見えないものまでね」

シャーリーは温かい。その存在自体が温かいのだ。優しくて温かくて、アデルは彼女にどれだけ救われただろう。

だから、淋しい。

シャーリーとアルベールの結婚はもちろん慶事だ。

でも、シャーリーが近くからいなくなるその日を思うだけで、悲しくて淋しいのだ。

ヘンドリックが、アデルの手を包み込むように握る。

「会えなくなるわけじゃない」

「……そうだね」

アデルがそっとヘンドリックに寄りかかると、仕事中だというのに抱きしめてくれた。

このぬくもりも、シャーリーがいなければ手に入らなかった。

（ああ……、わたしは、シャーリーにもらってばっかりだ……）

シャーリーが嫁ぐその日が来たら、きっと泣いてしまうかもしれない。

アデルはそんなことを思いながら、夫の腕の中で目を閉じた。

アデルがフレンツェ国の王都に到着したのは、ローゼリア国の王都を出発して三週間後のことだった。

急げば二週間ほどで到着する距離なのだが、新婚旅行気分で遠回りしながら向かったので三週間かかったのだ。

アデルが到着した翌日にアルベールが到着し、その二日後、予定通りに八か国会議がはじまった。

クレアド国は八か国同盟には入っていないので、サリタからは報告書だけを預かっている。

議題は南の大陸の問題と緑の蔦の鉢植えの扱いだが、緑の蔦の鉢植えについては特にもめることなく意見は一致した。緑の蔦の鉢を、どの国もが欲したのだ。

緑の塔の扱いについては、数年後に問題なさそうなら封鎖すると言う国と、しばらくは存続させておくと言う国と意見が割れたが、どの国も、緑の塔へ入らずして大地に魔力供給ができる緑の蔦の鉢植えは、城で大切に栽培するらしい。

問題は、南の大陸のことだった。

南の大陸で、緑の塔が枯れはじめている国があるらしいと伝えたあとの各国の意見は真っ二つに割れたのだ。

一つは、南の大陸のことなど気にする必要はないので静観すると言うもの。ただし、移民が流れ込んできた場合に備えて、軍事力の強化が必要だと主張する国が半数。つまり、南の大陸から助けを求めてやって来たものの受け入れ態勢は整えない、というものだ。

もう一つは、助けを求めてこられた場合、緑の蔦の鉢植えの情報を出してもいいのではないかというもの。アデルとアルベールもこちらの意見だ。

「大勢の移民を受け入れるのは、どの国も厳しい。ゆえに、助けを求めてこられた場合、緑の蔦の鉢植えを提供し、こちらでも出来得る限りの支援を行うのがいいだろう。強固な姿勢で対応し、クレアド国のように侵略されてこられてはこちらとしても困るだろう」

アルベールの意見に、半数の国が頷き、半数の国が思案顔で黙りこむ。

緑の蔦の鉢を渡すのは、その国に魔力持ちが残っていることが前提となる。子供でもいい、誰か一人でも残っていれば最悪の事態は免れるのだ。

魔力持ちが残っていない場合はどこかの国から魔力持ちを移動させる必要が出てくるだろうが、こちらは南の大陸内で協議させればいい。

南の大陸でも、同盟を締結している国々はあるだろう。

どこの国も魔力持ちを出したくないだろうが、塔に閉じ込めるのでないならば、ある程度は柔軟に対応可能なのではないだろうか。

「同盟国でもない、同じ大陸でもない国々にそこまで心を砕いてやる必要があるのか？」

ジークサドラス国の国王が、じろりとアルベールを睨んだ。国王になったばかりの青二才が偉そうに、と言いたそうな顔をしている。

これに対して、フレンツェ国の初老の国王が、好々爺然とした顔で口を挟んだ。

「明日は我が身と言うからのぅ。貸しを作っておけば、何かあったときに助力を乞いやすいじゃろうて。鉢植えを提供するにあたって条約の制定などの必要はあるじゃろうが、わしは悪い意見じゃないと思うぞ」

これを皮切りに、各国の国王が次々に自己主張をはじめた。

「条約ならこちらに有利な内容で進めるべきだろう」

「まずは助力を乞われた時にどのような条件を出すか決めておくべきだな」

「不可侵条約は最低限として、他に何が搾り取れるか……」

好き勝手なことを言いはじめた各国の国王に、アデルは辟易としてきた。

そもそも緑の蔦の鉢植えは、元はリアムが思い付き、シャーリーが作ったものだ。

その鉢植えをどう扱おうと、はっきり言って、ローゼリア国とブロリア国以外の国が口を出す問題ではない。

が、そう主張してこちらが勝手に動いた場合、何か問題が起こったときの責任は全部なすりつけられる。

それはそれで困るので、同盟国の中で意見を一致させる必要があるのだが、自分たちの利益ばかり追求しようとする浅ましさにはうんざりだ。

(こんなやつらにシャーリーの能力が知られたら大変なことになりそうだな)

リアムやアルベールが警戒していた理由が、今ならアデルにもよくわかる。

アデルは単純にシャーリーの力を見れば周囲が驚くだろうと思っていただけだが、もしもほかに漏れたら、シャーリーは各国にいいように利用されるだろう。

利用されるだけならまだいい。異端扱いされれば、同盟国の圧力でシャーリーを処刑と言うことになりかねない。

結局、八か国会議の日程の三日間すべてを、南の大陸が助力を求めてきたときに応じる条件決めに時間を使い、最終的に、移民は拒否の方向で軍事力を強化、助力を求められた時には条件に応じるのであれば緑の蔦の鉢植えは提供していいという方向で意見がまとまり、うんざりするような会議は幕を閉じたのだった。

9　地下の男

ローゼリア国の緑の塔には、シャーリーとウンディーネのほかに、アデルとエドワルド、そしてノーム、シルフ、イフリートが揃っていた。

『水鏡』越しにはアルベールとフェンリルの姿もある。

政務で忙しいはずなのに、シャーリーが心配だからと言って、アルベールはわざわざ時間を作ってくれたのだ。

「よし、最終確認だ。姉上とウンディーネがダイニングで待機、シャーリーと俺とイフリート、ノーム、シルフが地下二階の扉を破壊してその先へ進む。これでいいな？」

（うーん、エドワルド様は残った方がいいと思うけど……）

シャーリーは困った顔でアデルを見た。

エドワルドはリアムが見つからない場合次期国王だ。

そんな彼を、どんな危険があるかわからない場所へ向かわせていいものだろうか。

そう思うのだが、エドワルドは行くと言って聞かず、アルベールも止めなかった。

ほかにエドワルドを止められそうなのはアデルだけだが、彼女も肩をすくめて見せただけだった。

「行くと言ったら聞かないよ、この子は。イフリートたちもいるし大丈夫だろう。それにシャーリー一人で向かわせる方が心配だからね。エドワルドが行かないのならわたしが行く」

アデルもエドワルドを止めるつもりがないようなので、シャーリーは諦めた。

地下二階の扉の先にどれほどの空間が広がっているのかはわからないので、念のためバスケットにお弁当と水筒を詰めている。

アデルとアルベールのためにもお弁当を用意しておいた。

シルフは瞬間移動が使えるので、定期的にダイニングに戻り、シャーリーたちの状況を報告する役を担っている。

『シャーリー、気を付けて。何かあればすぐに戻って来るんだよ』

心配そうな顔をしているアルベールに手を振って、シャーリーはエドワルドたちとともに、魔法陣のある地下二階の部屋へ向かう。

「ちょっと離れてて！」

ノームが言って、シャーリーとエドワルドは壁際まで下がった。

扉の隣の岩を確かめたあとで、ノームが「ロックブレイク！」と叫ぶ。

ドゴンッと大きな音がして、扉を含めた壁一面に大穴があいた。

「すげー……」

エドワルドが子供のように琥珀色の瞳をキラキラさせて破壊された壁を見ている。

確かに、すごい威力だ。さすが精霊王。分厚い岩の壁もなんのそのである。

ノームはシャーリーの肩の上まで飛んでくると「どんなもんよ」とドヤ顔だ。

「僕は疲れたから休むよ」

全然疲れていない顔でノームはそんなことを言う。

「よし、先頭は俺が行こう！」

「じゃあ、しんがりはあたしでいいよ。ほら行くよー！」

イフリートが先頭、最後尾はシルフだ。シャーリーたちは壊された扉の奥へ足を踏み入れた。

扉の奥は階段になっていて、緩やかにカーブしながら下へと伸びている。

「どこまで行っても階段しかないな。どこまで続くんだ？」

「さあ……？」

エドワルドの言う通り、どれだけ進んでも階段しか見えない。

途中に部屋もなければ、踊り場もなかった。

岩肌がむき出しになっている壁には蠟燭のようなものが埋め込まれていて、進むたびにポゥっと灯りが灯るのは他と一緒だった。

三十分ほど歩いても終わりが見えないことに、シャーリーはだんだん不安を覚えてきた。

上を見上げると、降りてきた場所は闇に包まれていて見えない。

（帰れなくなったらどうしよう……）

進む先に蠟燭の炎は灯るが、通り過ぎると消えていくのだ。

「少し休憩するか？」

「そうですね」

まだ三十分しか経っていないが、終わりが見えないところを進んでいると疲れを覚える。

エドワルドが持ってくれているバスケットを受け取って、シャーリーは水筒からお茶を準備した。お弁当のほかにもお菓子を詰めてきたから、それをつまむことにする。

「地下だからか、上より少しひんやりして来たな」

「温かいお茶にして正解でしたね」

緑の塔の中は適温に保たれているのに、地下は勝手が違うようだ。少し肌寒い。温かいお茶が体に染み渡る。

「あ、イフリートもノームも、いつもの勢いで食べないでね。あまり持ってきてないんだから」

大食漢のイフリートとノームに注意をすると、二人は残念そうな顔で、ちまちまとクッキーをつまむ。シルフがお茶を飲み終えて、まだまだ下に伸びていそうな階段の奥に目を凝らした。

「あたしが行って様子を見てこようか？」

「いいの？」

「うん。このまま歩いても埒が明かないだろうし。終わりまで行って来てあげるよ！　座標が特定できればテレポートでみんなを飛ばせるからねー」

シルフは自分自身を瞬間移動させる以外にも、他人を特定の場所まで飛ばすことができるらしい。なんて便利な精霊王だろう。

（って、それができるならはじめからシルフに行ってもらえばよかったわ）

まさか延々と階段が続いていると思わなかったから頑張って歩いたが、テレポートできるなら断然そちらの方が楽だった。

「じゃあ、ちょちょいっと行ってくるねー！」

シルフが手を振って、それからすごい速さで飛んでいく。

あっと思ったときには、シルフの放つ金色の光すらどこにも見えなくなっていた。

そして十分後、突如として目の前にシルフが瞬間移動で戻って来る。

「おかえりシルフ、終わりの場所はわかったの？」

口の周りをクッキーかすだらけにしたノームの問いかけに、シルフは大きく頷いた。

「わかったけど、歩かなくて正解だったね。何百日も歩いてもたどり着かないくらい下まで続いていたよ！」

「そんなに深いのか？」

エドワルドが目を丸くする。

「距離的に、世界の中心部かな？　そのくらいの場所まで続いてるねー」

「世界の中心……？　それって、人が行っても大丈夫そうな場所なの？」

世界の中心と聞くと、シャーリーはどうしてもマグマを思い浮かべてしまう。マントルとかマグマとか、中学だか高校だかの授業で習った気がした。もしかしたら小学校だったかも。

とにかく、世界の中心にはとんでもない高温によって溶けた溶岩があるのだが――この世界は違うのだろうか。

「空気もあったし、大丈夫だと思うよ」

シルフの口ぶりでは、灼熱のマグマがあるわけではなさそうだ。

ここに来ても、前世の常識とは異なる。まあ、魔力なんてものが存在する世界だ、前世の世界の常識と同一視するのは無理な話だろう。

「準備ができたらテレポートで飛ばすから、教えてくれる？」

「わかったわ、ちょっと待ってね！」

暢気にお菓子を食べている場合ではない。

イフリートとノームが残念そうな顔をしたが、シャーリーは強制的に二人からお菓子を取り上げた。エドワルドが素早くクッキーを三枚ほど口の中に押し込む。

コップに残ったお茶を飲み干して、エドワルドがバスケットの中に水筒を詰めると立ち上がった。

「よし、腹ごなしもできたし、向かうか」

エドワルドの合図で、シルフがテレポートを使った。

一瞬目の前が白い光に包まれて、次の瞬間、シャーリーたちは開けた場所にいた。

洞窟のような場所で、岸壁からは水晶のような六角柱の形をした青白い光を放つ鉱石が無数に突き出している。上から伸びている鍾乳石から、ピチャンピチャンと水がしたたり落ちていた。

（これが、本当に世界の中心部……？）

ただの洞窟にしか見えなかった。ひんやりと肌寒いくらいで、暑さはまったく感じない。

洞窟は奥へと伸びていた。

「行ってみるか」

「そうですね」

シルフも、この先までは確かめていないと言う。

イフリートが先導して、シャーリーとエドワルドは慎重に先へと進んでいく。

五分ほど歩くと、開けた場所に到着した。

円形のだだっ広い場所だった。

その中心に、巨大な水晶のような鉱石の塊が、地面から突き出すように伸びている。

ゆっくりとそれに近づいて行ったシャーリーは、鉱石の中に誰かが埋まっていることに気がついてぎくりと足を止めた。

「兄上!?」

シャーリーよりも早く、エドワルドが悲鳴のような声をあげる。

水晶の中にいたのは、金色の髪をした、二十歳をいくつかすぎたくらいの年齢の青年だった。

髪が長いことを除けば、驚くほどリアムに似ている。同一人物と言っても過言ではないほどに。

「リアム、様……？」

エドワルドが駆け出し、鉱石の肌に両手をついた。

「兄上！　兄上!!」

シャーリーもハッとし、転がるようにして鉱石に駆け寄る。

両手をつくと、鉱石はひんやりと冷たかった。

「兄上!!」

エドワルドが拳で鉱石を叩いた。

しかし巨大な鉱石はびくともせず、中の男も目を開けない。

「シャーリー、エドワルド、下がって。壊してみる」

「ノーム、兄上には……」

「わかってる。傷をつけないようにするよ」

「それならいい」

エドワルドとシャーリーが下がると、ノームが「ロックブレイク!!」と鉱石に対して魔法を放つ。

しかし、爆発音のような大きな音はしたものの、鉱石にはヒビ一つ入らなかった。

「嘘でしょ!?」

ノームが愕然とした。

「ノームの力でも無理なら……燃やすか？」

イフリートの手にボッと炎が宿ったのを見て、シャーリーは慌てた。

「そんなことをしたら、熱でリアム様が死んじゃう！」

「むぅ」

イフリートが残念そうな顔で炎を消す。

「エアーカッター！」

シルフも水晶を切り刻もうと魔法を発動したが、やはり傷一つつかなかった。

「いったいどうなってるの、これ。頑丈すぎでしょ。ダイヤモンドでも切断できるあたしのエアカッターで切れないなんてありえないよ！」

よほど悔しかったのか、シルフがキッと鉱石を睨む。――その時だった。

鉱石の中に埋まっていた男が、ゆっくりと目を開けた。

「あにう――」

言いかけたエドワルドの声が、途中でとまる。

目を開けた男の瞳の色が、綺麗な緑色をしていたからだ。

リアムの瞳の色は、エドワルドと同じ琥珀色だ。緑じゃない。

「兄上じゃ、ない……」

ホッとしたような、がっかりしたような複雑な声で、エドワルドがつぶやいた。

鉱石の中の男は、億劫そうに目を瞬き、そして僅かに首をひねった。

「そなたたちは……」

声も、リアムとは少し違った。

気だるげに、それでいて驚いたように何度か目をしばたたいた男は、どこか懐かしそうに笑う。

「ああ、人を見たのは久しぶりだな……」

「兄上は……、兄上はどこだ!?」

ハッと我に返ったエドワルドが、ダンッと鉱石を殴った。

男が不思議そうな顔をする。

「兄上、とは？」

「ふざけるな！　それだけ似ているんだ、何か知っているはずだろう!?　兄上はどこだ！　返してくれ！」

確かに、違いは瞳の色と髪の長さだけで、瓜二つと言っていいほどよく似た顔をしているのだ。彼が何か知っていると、もしくはリアムの失踪に関係していると考えてしまうのは無理もない。

鉱石を殴り続けるエドワルドの手が心配になって、彼の腕をつかむことで止めたシャーリーは、鉱石の中の男に向きなおった。

「あなたは誰ですか。リアム様を知っているんですか？　知っていたら教えてください」

「名を問うているのならばゼレンシウスと答えておこう。この名を最後に呼ばれたのは、もう何百年も前のことになるがな……」

（何百年も前……？）

シャーリーは目を見開いた。するとつまり、この男は何百年も前から存在していたということになる。何の冗談だろう。人は長く生きても、百年かそこらが寿命だ。何百年も前なんて……それも、二十歳前後の外見で、何を言っているのだろう。

「それよりも、そのリアムと言うのは、私と似ていると言わなかったか？」

シャーリーがこくりと頷くと、男――ゼレンシウスはゆっくりと目を閉じて、それからはあ、と息を吐きだした。

「それは少々厄介かもしれないな」

「厄介って、なにが……」

「私と似た男が誕生したのだ、イクシュナーゼが動き出す」

「イクシュナーゼ?」

　どこかで聞いたことがある名前だった。どこだっただろう。

　シャーリーが考え込んでいると、エドワルドが怪訝そうな顔をする。

「何故そこで女神の名前が出て来る」

　そうだった。イクシュナーゼは女神の名前だった。

　この世界を創ったとする創世の女神だ。

「それは――」

　ゼレンシウスが何か言いかけたときだった。

「シャーリー!! ウンディーネから救援要請が入った!! 上で何か起こったみたいだよ!!」

　シルフが突如として大声で叫んだ。

「上には姉上がいるぞ!」

「っ! 戻りましょう!」

　ゼレンシウスのことは気になるが、ウンディーネから救援要請が入ったとなるとただ事ではないはずだ。

　シルフがこの場所の座標を覚えているので、テレポートでまた訪れることができるはずである。

「また来ます!」

「いや……」

シルフがテレポートを発動する間際、シャーリーはゼレンシウスを振り返って言ったが、彼はゆっくりと首を横に振った。

「イクシュナーゼに気づかれる。もうここには来るな。私が長く起きていると無駄に魔力を使う」

「え……？」

女神に気づかれるとはどういうことだろう。

シャーリーは重ねて問おうとしたが、その前にシルフがテレポートを発動する。

視界が白く塗りつぶされる直前、ゼレンシウスがどこか淋しそうな顔で目を閉じるのが見えた。


テレポートでダイニングに戻った瞬間、シルフが「ウインドバリア!!」と叫んでシャーリーとエドワルドの周囲に結界を張った。

直後、キンッと金属の弦を弾いたような音がする。

いったい何が起こったのかと確かめようとしたシャーリーは、薄膜のような空気の結界越しに見える人物に息を呑んだ。

「リアム……様……？」

結界のすぐ外。レイピアのような細い剣を油断なく構えて、こちらに氷のような冷ややかな琥珀色の瞳を向けているのは、リアムその人にしか見えなかった。

「兄上……？」

エドワルドが疑いを捨てきれないような茫然とした声をあげる。

リアムそっくりのゼレンシウスに会ったばかりで、今度もよく似た他人なのではなかろうかと疑いたくなる気持ちはよくわかった。というより、シャーリーも他人だと思いたい。

（だって、リアム様はこんなに冷たい表情をしないもの。こんな顔で、わたしたちに剣を向けたりしないわ……）

見れば、リアムから少し離れたところにアデルの姿があった。

アデルをかばうようにウンディーネが立ちはだかっている。

アデルの周囲にもウンディーネの水の結界が張り巡らされていた。

「シャーリー！　兄上の様子がおかしいんだ！」

ウンディーネに守られながら、アデルが叫ぶ。

アデルはエドワルドと違い、目の前の彼を「リアム」だと確信しているようだった。

『水鏡』越しに、アルベールが説明する。

『ここでシャーリーたちを待っていると、リアム殿下がダイニングに入って来たんだ。そして驚く間もなく唐突にアデル王女に襲い掛かった。ウンディーネが気づいて結界を張ったからアデル王女には怪我はないいんだが……こちらが何を話しかけても、リアム殿下は反応しない』

アルベールの説明からも、目の前のリアムの様子からも、彼に異変が起こっているのは間違いなさそうだった。

「シルフ、リアム様を取り囲むように結界を張れる？」

前回リアムを見たときは逃げられてしまったのだ。今回も同じように逃がすわけにはいかない。ゼレンシウスからリアムについて手掛かりらしいものを得られなかったのだ。目の前の彼がリアム本人であろうとなかろうと、現状で一番の手掛かりは目の前の男に違いない。取り逃がすわけにはいかないのである。

「任せて！」

シルフがリアムを丸い円の中に取り囲むように結界を張った。

それなのにリアムの顔に動揺はなく、ただ真っ直ぐシャーリーを見つめている。

「ねえ、シャーリー。もしかしてだけど、あれ、操られてるんじゃない？　傀儡《くぐつ》系の魔法にかかったときと同じような反応だけど」

肩の上でノームが言った。

「それは本当か!?」

飛びつくようにエドワルドが反応すると、ノームがびっくりしたように目を丸くして、「うん」と頷く。

「ねえフェンリル、そんな感じがするよね？」

傀儡魔法とは少し違うが、フェンリルは幻覚魔法が使える。この中で一番詳しいのはフェンリルのようで、ノームの問いかけに『水鏡』の向こうにいるフェンリルが頷いた。

『意思が封じられているのは間違いないだろう』

『それは解けるのか？』

アルベールの問いにフェンリルは悩むように低く唸る。

『どういう状況でこうなっているのかがわからない。少なくとも、我らが知っている傀儡魔法とは違うものだ』

つまり、フェンリルにも解けないと言うことだろう。

「では……ひとまず、兄上はこのままにしておくしかないと言うことか」

アデルが沈痛な面持ちで言う。

結界の外に出すと逃げられるし、操られている可能性のあるリアムを正常に戻す方法もわからない。このままこの結界内に閉じ込めておくしかないのだ。

『だが、このままにしておくとなると、シャーリーが危ないんじゃないのか？　万が一結界の外に出られでもしたら……』

アルベールが心配するが、シャーリーが緑の塔から出るわけにもいかない。

「ウンディーネたちがいるから大丈夫ですよ」

シャーリーがそう言っても、この場にいる誰も納得はしてくれなかった。

「……俺がここに残れるように父上に確認してくる」

しばらく悩んだ末、エドワルドがそんなことを言う。

「シャーリーを一人にするのは確かに心配だ。だが、父上に頼んだところで、まだここから出すわけにはいかないと言われるのが落ちだろう。ならば、兄上を正常に戻す方法がわかるまで、俺もここで生活すればいい」

「エドワルド、それならわたしが――」

「将軍――義兄上にどう説明するんですか？　父上の許可を得て義兄上に事情を説明したとしても、危険だと反対されるのはわかっているでしょう？　姉上には無理です」

エドワルドの言う通り、ヘンドリックがアデルを危険な場所で生活させるはずがない。それに、新婚早々別居生活をしていたら、あらぬ噂が立つだろう。

アデルがここへ移るのはやめておいた方がいいと思う。

「俺が移ればイフリートもいる。イフリート、ウンディーネ、シルフの三人がいれば何かが起こっても対処しやすいだろう」

ノームはアルベールの元へ返すが、シルフをイリスから借り受けておけば、ここには三人の精霊王が揃うことになる。うん、すごく心強い。

「でも、急にエドワルド様の姿が見えなくなったら、大騒ぎになりますよ」

「そのあたりは父上がうまくするだろう」

（丸投げですか……）

面倒ごとはまるっと人に押し付けるあたり、エドワルドらしいと言うかなんというか。

最終的にこれ以上の名案は思い浮かばず、エドワルドがここで生活すると言うことで意見がまとまった。

シャーリーはシルフの結界内に閉じ込められたまま、彫像のように動かないリアムを見て、ぎゅっと眉を寄せる。

（いったい誰が、リアム様にひどいことをしたの……？）

リアムが生きて目の前にいるのには安堵するが、これでは喜べない。

（絶対犯人を突き止めて、とっちめてやるんだから……！）

エドワルドがローゼリア国王の許可を得て緑の塔で生活するようになって二日がすぎた。

ダイニングにいたリアムは、シルフのテレポートで塔の中の空き部屋に移ってもらっている。

さすがにずっと直立不動のままだとつらいだろうし、シャーリーが落ち着かないからだ。

シルフには部屋の外へ出られないように結界を張ってもらって、部屋の中ではリアムが自由に動けるようにしてもらったが、様子を見に行く限り、リアムはただ座ってぼーっとしていた。

まるで人形のようだ。

エドワルドもリアムを気にして、日に何度も結界越しに話しかけているが、今のところ無反応である。

ただ、どんなに無反応でも生存本能はあるようで、シャーリーが運ぶ食事には口をつけてくれていた。

（ひとまず、食べてくれるのはよかったわ）

このまま飲まず食わずで餓死されたらどうしようと心配していたのだ。楽観視はできないが、一安心といったところか。

「今日のお昼は、オムライスかな？　エドワルド様が食べたいって言ってたし」

エドワルドは手の込んだ料理よりも、オムライスとかカレーとかハンバーグとかの王道料理の方を好む傾向にある。もちろん味噌汁もいまだに大好物だ。

シャーリーが手早くケチャップライスを作っていると、何やら焦げ臭いにおいがしてきた。

思わずキッチンの中を確かめてみたが、シャーリーは何も焦がしていない。

「……嫌な予感」

シャーリーは作り途中のケチャップライスを仕上げてしまうと、慌ててキッチンから飛び出した。

階段を駆け上がってエドワルドの部屋に向かったシャーリーは、あんぐりと口を開ける。

「何をしているんですかエドワルド様!!」

子供を叱りつけるように怒鳴ってしまったのは仕方がないだろう。

何故なら部屋の中央には、めらめらと燃える炎の剣を握りしめたエドワルドがいて、カーテンやベッドが焦げていたのだ。焦げ臭かった匂いはこれである。

「あ、いや……これは……」

エドワルドの目が泳いでいる。

彼の近くにいるイフリートも、精霊のくせにだらだらと冷や汗をかいていた。

「なんですかこれは！　何で焦げてるんですか！　火事になったらどうするんです!?」

「か、火事にはならないぞ。イフリートがちゃんと消してくれたからな！」

つまり、焦げているカーテンやベッドにはしっかり火を燃え移らせた後だったらしい。

じろりと睨んで説明を求めると、なんでも、イフリートの力で具現化した炎の剣を使う特訓をしていたという。

ゲームの中でもイフリートの炎を剣にまとわせる必殺技があって、それが格好良くて使ってみたくて仕方がなかったらしい。

だが、緑の塔の外で炎の剣など出せば大騒ぎになる。

ゆえにエドワルドはこれまでじっと我慢して来たらしいのだが――

（緑の塔に入ったから、これ幸いと試してみたわけね）

頭が痛いったらない。

「というか、その剣、持っていて熱くないんですか？」

「ん？　ああ。そのあたりはイフリートが俺自身に炎の熱を受け付けない結界を纏わせてくれているんだ。だから熱くないし、火傷もしない」

子供が新しいおもちゃを手に入れたかのように瞳をキラキラさせて喜んでいるが、手に持っているのは恐ろしく物騒な代物だ。あんなものを振り回されてあちこちでボヤ騒ぎを起こされてはたまらない。

「せめてそれを振り回すならお風呂場にしてくださいよ。あそこなら燃えそうなものはありませんから」

「さすがだシャーリー！　風呂場があったな!!」

エドワルドが炎の剣を手に持ったまま意気揚々と駆け出して行く。

シャーリーは悲鳴を上げた。

「だからそれを持ったまま移動されると炎が……!!」

言った端から絨毯や階段の手すりが焦げていく。

シャーリーは頭を抱えた。

(誰が掃除すると思ってるの!?)

階段の手すりや絨毯は、指パッチン魔法で元に戻るだろうか。

(誰よイフリートなんて呼び出したのは！　ってわたしだし!!)

過去の自分の行動を嘆くシャーリーの肩を、シルフが小さな手でポンポンと慰めるように叩いた。


「ってことがあったんですよ。ひどいと思いませんか？」

夜。

シャーリーはウンディーネに自室に『水鏡』を出してもらって、ブロリア国のアルベールと通信していた。

昼間のエドワルドが引き起こした炎の剣騒動を語って聞かせると、アルベールは微苦笑を浮かべて「大変だったな」と労ってくれる。

最終的にお風呂場以外で炎の剣を出すのは禁止ということでエドワルドの合意を得たので、今後ボヤ騒ぎを起こすことはないと信じたい。

イフリートが炎が燃え広がらないように調整してくれていたので火事にはならなかったが、焦げたところを掃除して回るのは大変だったのだ。

（指パッチン魔法で何とか元通りになったからいいものの……）

炎が他に移らないように調整できるのなら、周囲のものを焦がさないようにもしてほしかった。イフリートは気が利かない。

思い出してぷんぷん怒っていると、アルベールがそんなシャーリーを眩しそうに見やる。

『楽しそうだな、シャーリー』

「楽しんでませんよ、大変なんです」

遊んでいるみたいに言わないでくださいと拗ねて見せたが、シャーリーもアルベールの言わんとすることはわかっていた。

アルベールがブロリア国に戻って、結婚のためアデルが緑の塔から出て――、『水鏡』でアルベールと話はできるし、アデルもエドワルドも会いに来てくれるけれど、それでもやっぱり以前とは違う。

一人でいる時間は長くなって、ウンディーネとたまに話はしていたけれど、昔のような賑やかさは全然なくて。

考えないようにしていたけれど、やっぱりシャーリーは淋しかったのだ。

みんなの声がしない。

気配がしない。

料理をしている間、アルベールがソファに座ってゲームをしていたその姿が懐かしくて、何気なくゲームを立ち上げてみたりしたけれど虚しくなるだけだった。

アルベールは、よくこんなところにたった一人きりで二年もいられたものだと思った。

アルベールがここで一人きりで生活していたときよりずっと環境はいいし、誰にも会えないわけでもないのに、淋しいのだ。

心の隅で、いつまでここにいればいいのだろうかと思う自分がいた。

だから、エドワルドがここで生活すると決めて、久しぶりに賑やかになって、シャーリーは楽しいのだ。今日のように問題を起こされても、楽しい。賑やかなのが、嬉しい。

これでアルベールがすぐ隣にいてくれたら、もうそれ以上はいらないくらいに幸せなのに。

『すぐ目の前にシャーリーがいるように見えるのに、私にはそなたを抱きしめることもできない。

……少しエドワルド殿下に嫉妬するよ』

アルベールが『水鏡』に向かって手を伸ばす。

シャーリーも手を伸ばしたが、ひやりとした水の感触だけしか伝わってこなかった。

『会いたいな』

ぽつりとアルベールが言う。

(会いたい……わたしも、会いたい)

『水鏡』越しに話すだけでは足りない。

会いたい。直接触れることができる距離に近づきたい。

アルベールに会えなくなると思ったときは、『水鏡』で話ができると知って安堵したのに、それだけでは足りないのだ。

いつの間に、シャーリーはこんなに欲張りになってしまったのだろう。

シャーリーが『水鏡』に触れていた手を、力なくおろした時だった。

「会いたいなら会わせてあげられるけど？」

ウンディーネとともに部屋の隅にいたシルフが、話に割り込んできた。

シャーリーは驚いて振り返った。

「え？」

「だから、会わせてあげられるよ？　テレポートでアルベールをこっちに飛ばせばいいだけでしょ？　そんなのちょちょいのちょいだよ！」

「…………え？」

シャーリーはパチパチと目をしばたたく。

（テレポートで、アルベール様をこっちに飛ばす？）

思いもよらなかった方法に、シャーリーは言葉もない。

アルベールも『水鏡』の向こう側で絶句していた。

（……そっか、シルフはテレポートで人を別の場所に移動させることができるから……）

どうして気づかなかったのだろう。

驚いて頭の中が真っ白になっていたシャーリーは、冷静さを取り戻すとともに期待で胸が高鳴ってきた。

つまり、一年ぶりに、アルベールに会えるのだ。『水鏡』に映った映像ではなく、本物のアルベールに。

『水鏡』に映るアルベールの顔も、笑顔になっている。

「シルフ、お願い」

「オッケー！」

気安い感じでシルフが請け負ってくれて、一瞬後、シャーリーの目の前からシルフが消えた。

そのさらに数秒後、シルフとともにアルベールがシャーリーの部屋に姿を現す。

「アルベール様！」

シャーリーが反射的に駆け寄ると、アルベールは両腕を広げて抱きしめてくれた。

「シャーリー、会いたかった」

「わたしも、わたしも会いたかったです……！」

ウンディーネとシルフが気を利かせて部屋の外へ出ていく。

一年ぶりに感じるアルベールの温かさに、シャーリーはちょっぴり泣きそうになりながら、うっとりと目を閉じた。

10　襲撃

エドワルドが緑の塔で生活するようになって一週間がすぎた。

シャーリーは夜にシルフのテレポートでアルベールと短い逢瀬を楽しむのが日課となっている。

リアムは相変わらず部屋の中で人形のようにぼんやりしていた。

「リアム様、今日の朝ご飯はパンケーキですよ」

シルフとウンディーネとともにリアムの部屋に向かって、シャーリーは結界越しに声をかける。

今日の朝食は卵白をしっかり泡立てたサクふわ触感のパンケーキである。バターでソテーしたバナナと、ホイップしたクリームを乗せて、メープルシロップはお好みでかけられるように小瓶に入れて準備した。

お茶は少し長めに蒸らした濃いめの紅茶だ。ちょっと渋いくらいが、甘いパンケーキによく合うのだ。

キャベツとベーコンのあっさり塩味スープと、ミニトマトの塩昆布サラダも添えてある。

シルフに頼んで朝食を載せたトレイを結界の中に入れてもらう。

ふわふわと宙に浮いたトレイがテーブルの上に着地すると、ややして、ぼんやりとベッドに座っ

ていたリアムが立ち上がってテーブルへ向かった。

反応は薄いが、食事はきちんと食べてくれるのだ。

いつもはリアムが食事に手を付けるのを見てシャーリーは階下へ降りるのだが、今日は何となく、結界越しに話しかけてみることにした。

「そのパンケーキですけどね、コツは卵白を別に泡立てることなんですよ。全卵を泡立てるより、卵白を別に泡立ててから混ぜ合わせた方が、さくっと軽い感じに仕上がるんです。そのクリームには少しクリームチーズがあわせてあって、メープルシロップじゃなくてベリーのジャムをあわせても美味しいんですけど、エドワルド様がバナナを載せてほしいっていうからメープルシロップにしてみました。あと、そっちの小鉢のミニトマトサラダは、家庭菜園のトマトなんですよ。美味しいでしょ？」

話しかけたところで反応がないのはわかっているが、綺麗な所作で朝食を口に運ぶリアムを見ていると、以前のように「美味しい」と言ってくれないかなと思ってしまう自分がいた。

食事を美味しそうに食べてくれていたリアムを思い出すと、ツン、と鼻の奥が痛くなる。

「リアム様。リアム様が元に戻るのを、みんな待ってますよ」

人形のように冷ややかなリアムではなく、優しいリアムに戻ってほしい。

こらえきれず、ぽろりとシャーリーのエメラルド色の瞳から涙が一筋零れ落ちたとき、リアムがふと手を止めて顔をあげた。

目が合ったように思えて、シャーリーは短く息を呑む。

どこか焦点の合っていなかったリアムの琥珀色の瞳が、確かにシャーリーを映したように見えた。

「リアム様？」

震える唇で、シャーリーはリアムの名前を呼ぶ。

リアムは何も言わず、しばらくシャーリーを見つめたあとで、再び食事を取りはじめる。

（今、リアム様、反応した？）

シャーリーの勘違いかもしれない。でも、勘違いではないかもしれない。

リアムの反応は不確かなものだったけれど、そこに小さな希望を見つけて、シャーリーは袖で目元の涙を拭った。

「リアム様、お昼ご飯は天丼ですよ。楽しみにしていてくださいね！」

シャーリーは黙々と食事を続けるリアムに向かって微笑んだ。


「兄上が反応した？」

シャーリーが階下へ降りると、エドワルドはすでに食事を終えていた。

王子様なのに、食べた食器をキッチンの流しまで下げてくれて、食後だと言うのに、ペットボトルのコーヒーを片手にクッキーをつまんでいる。

充分ボリュームがあったはずなのだが、エドワルドには少し物足りなかったようだ。

シャーリーがリアムが先ほど見せた様子を告げると、エドワルドがきらきらと顔を輝かせた。

「するとつまり、元に戻る可能性はあるんだな⁉」

「それはわかりませんけど、反応があると言うことは多少の変化があったんじゃないかなって思います」

「そうだよな!?　よし、俺も話しかけてこよう！」

「あ、でも、反応があったのはちょっとだけでしたよ」

「それでもかまわん。あ、アイスクリームがあったな。それを持って行ってくる！」

エドワルドが冷凍庫からアイスクリームを二つとスプーンを持ってダイニングを飛び出して行く。

二つ持って行くあたり、自分も食べるつもりなのだろう。リアムのためというより、エドワルドが食べたかった感が否めない。

リアムの部屋には結界が張ってあるし、エドワルドとともにイフリートも向かったから、何か問題が起こることはないだろう。

(今日の午後からはアデル様が来るっていうし、それまでにもう少し確かな反応があれば……って、期待しすぎかしら?)

期待しすぎると勘違いだった時のショックが大きいけれど、期待せずにはいられない。

「リアム様のことはエドワルド様に任せて……イリス様とアデル様のお弁当とお菓子を作っておかないとね」

アデルが帰るときにイリスの夕食を届けてくれることになっているのだ。

お弁当と言ってもシャーリーはできるだけたくさんのおかずを詰めるようにしているから準備だけでも時間がかかる。

加えて、お菓子も作るとなると今から取りかかっておいた方がいいだろう。アデルが来たあとは、話し込んで料理どころではなくなるだろうから。

アデルが来たあとでシルフにテレポートで南の大陸の様子を調べてもらうことにしているから、話すことはたくさん出てくるだろう。

それに、地下の妙な部屋にいたゼレンシウスにも、近いうちに会いに行く予定なので、それをいつにするのかの話し合いも必要だ。

ゼレンシウスは来るなと言ったけれど、このままではあまりに意味不明すぎる。

せめて彼が何者で、リアムをどうにかする方法を知らないかどうかは確かめたい。

(イクシュナーゼって言うのも気になるし)

ゼレンシウスはイクシュナーゼに気づかれると言った。

イクシュナーゼが女神を指すなら、それはそれで聞き捨てならないセリフだ。

(イクシュナーゼが実在するなら、ただの創世神話が作り話じゃなくなるけど……にわかには信じがたいのよね)

本当に、この世界を創った女神様が実在するのだろうか。

実在するのであれば、ゼレンシウスと女神はどういった関係なのだろう。

そもそもゼレンシウスは何なのか。

水晶のような鉱石の中に閉じ込められているだけで普通ではないのだ。

(っていうか、あの人、人間なの？)

人はあのような場所で生きられるものだろうか。考えれば考えるほど疑問は尽きない。

リアムの件がなければそれでも頑張って無視できたかもしれないが、来るなと言われても、今の状況でゼレンシウスを無視することは不可能なのだ。

（ゼレンシウスに会いに行くときは、アルベール様がテレポートでこっちに来たいって言ってるけど……王様業が忙しくてなかなか暇が作れないみたいだし、夜はともかく昼間にアルベール様がいなくなったことに気づかれると大騒ぎになりそうだわ）

とはいえ、アルベールはシャーリーを心配して言ってくれているのがわかるから、無下にはできない。

シャーリーとエドワルドが地下に向かったときにリアムが現れてアデルに襲い掛かり、『水鏡』で見ていることしかできなかったアルベールは、シャーリーたちにも何かあったのではないかと不安で仕方がなかったらしいのだ。

そんな思いはしたくないから一緒に行きたいと言う彼の気持ちは、シャーリーにも理解できる。

アルベールとエドワルドが戦地へ赴いていたときも、シャーリーは同じ気持ちだった。二人に何かがあったらと、不安で仕方がなかったのだ。

（イリス様も心配していたし、リアム様がこのまま少しずつでも反応を見せてくれるようになればいいけど……）

イリスには、定期的にシルフから情報を流している。

前世の記憶を取り戻すと同時に今世の記憶を失ったイリスにとって、リアムは名前だけしか知らない兄だが、それでも心配でないはずはない。

魔力のないイリスは緑の塔に入れず歯がゆい思いをしているようなので、気分が少しでも晴れるように美味しいお菓子を作っておこう。

「よし、ガトーショコラにしようかしら」

シャーリーはぱちりと指を鳴らして、チョコレートを呼び出した。


午後になって、予定通りアデルがやって来た。

「兄上が反応を見せた？」

「はい。ただ、シャーリーにだけみたいで……俺が話しかけても、こちらを向いてすらくれませんでした」

エドワルドがしょんぼりと肩を落としながら報告する。

何が決め手だったのかはわからないが、朝食に引き続き、昼食を運んだときも、リアムはシャーリーの声には多少の反応を見せたのだ。

実の弟ではなくシャーリーの声に反応するリアムに、エドワルドは内心複雑なようである。

「でも、わたしが話しかけても、リアム様が反応してくれるのは食事中だけですよ」

「それなら、シャーリーが作る食事に反応しているんじゃない？」

アデルが何気なく言った一言に、エドワルドがポンと手を叩いた。

「それだ！　アイスクリームには反応しなかった！　渡しても食べなかったし」

（うん？　するとアイスクリームは二個ともエドワルド様が食べたってこと？）

エドワルドはカップアイスを二個持って行ったはずだ。戻って来たときは二個とも空になっていた。朝食のパンケーキを食べた後でクッキーを食べてアイスクリームも二個完食とは……。それだけ食べて、よく太らないものだ。

「よし、シャーリーが焼いた菓子を持って行こう。シャーリー、朝に何か作っていただろ？」

「ガトーショコラならありますけど……って、さっき昼食を取ったばかりですよ？」

エドワルドと違って、リアムの胃は底なしではないだろう。さすがにもう少し時間を空けないと食べてくれない気がする。

リアムの反応を引き出したいエドワルドが、むぅっと眉を寄せると、アデルが「まあまあ」と弟の肩を叩いた。

「反応があっただけでも朗報だよ。ティータイムのときにでも持って行ってみよう。先に南の大陸の話をはじめたいんだけど、いいかな？　ところでアルベール陛下は？」

「アルベール様は、どうしても時間が取れないみたいで今は『水鏡』をつないでいないんです。その代わり、ノームを遣わせてくれました。ここでの話はあとでノームが伝えてくれるそうです」

「えっへん」

ノームがテーブルの上に仁王立ちして胸を張る。

精霊たちの存在は内緒なので、アルベールが『水鏡』を使えるのは彼が自室に一人きりのときだ。

国王ともなれば、日中はたいてい誰かが側にいる。予定が立て込んでいないときは隙を見てひとりになっていたようだが、頻繁に時間が作れるわけではないのだ。

「即位したばかりだと、特に忙しいよね」

「そうみたいです。今は先王陛下――アルベール様のお父様の体調も少し落ち着いて来たみたいで、いろいろ補佐をしてくれて助かるとおっしゃってました」

アルベールが即位するまでの準備期間は一年しかなかった。

アルベールが優秀で、また国を救った英雄として国民から受け入れられているのは間違いないが、本来ならば何年も――場合によっては十年以上かけて少しずつ作っていく地盤と経験が、アルベールにはない。

それは本人も自覚する所で、補佐ができるまで父親が回復してくれて助かったとこぼしていた。

アルベールの母は男爵家出身で政治的な問題に疎く、母方の実家もまた然り。外戚を取り立てて地盤を固めつつ――というありがちな方法も、母方の実家では不可能だったのだ。

つまりアルベールは今、信用できる人間を探しては身の回りを固めている最中なのである。

武官の中には、ブレンダン将軍のようにアルベールが信頼する人もそこそこいるそうだが、文官でよく知る人物は少ないという。

そのため、本来ならば臣下に任せっきりでもかまわない仕事も、自身が信用できる人間がまだ少ないという理由でアルベールが抱えているものもあるらしい。

（そんなことをしていたらいつか倒れたはずだもの。先王陛下が回復してくれて本当によかった

わ）

アルベールの父も、本当ならばすぐにアルベールを即位させるつもりはなかったらしい。

まだ教育が足りていない部分があることはわかっているので、体調を見ながらできるところは仕事を引き受けてくれていると聞く。

「そうか。それじゃあノーム、お願いするよ」

「お願いされてあげるよ！」

「姉上、南に何か動きがあったんですか？」

「それなんだけどね……」

シャーリーが入れた紅茶に口をつけつつ、アデルが言うことには、南の大陸の国の一部で、戦争が起こりそうな気配があるらしい。

王都に入って来た旅商人からの情報で、武器商人の動きが活発化しているというのだ。

この時点ではどこの国が戦争を起こそうとしているのか、それが一か国なのか複数なのかはわからないそうだが、戦争に巻き込まれたくない一部の商人たちが北の大陸に移動をはじめているという。

このタイミングでの戦争となると、緑の塔が枯れはじめたのが理由だろう。

「こちらにも拠点を持っている商人たちが移動してくるのはさすがに止められないからね。ただ、この動きが一般人にまで広がって、移民が押し寄せてくると困る。だから、シルフに南の大陸に偵察に向かってほしいんだけど……」

「わかった。ちょっと行ってくるよ」

ダイニングテーブルの上に胡坐をかいてクッキーを食べていたシルフが、羽をはためかせて宙に浮かぶと、ひらひらと手を振って消える。テレポートしたのだ。

「本当に戦争がはじまると困りますね」

「うん。八か国会議の決定だと、あちらから助けを求められない限りは放置と言うことになっているからね。助けを求められたら蔦の鉢植えを提供するのは問題ないんだが……」

「移民は受け入れないって決まったんでしたっけ」

「そうなんだ。受け入れ態勢がないのも本当なんだけど、移民が押し寄せてきた場合、南の大陸に近い国々で流れてきた移民が暴動を起こすかもしれないだろう？　こちらに影響が出ないとも限らないから、できれば戦争は未然に防いでおきたいんだけど……、関わりが薄い大陸の国相手だと、こちら側から勝手に干渉できないからね」

シャーリーにはいまいちわからない政治に関する難しい問題だ。

今までなら難しい話はわからないから頭のいいアデルたちに任せておこうというスタンスだったシャーリーだが、不可能だと思われたアルベールとの結婚が可能になりそうな今、わからないままにしておくことはできなかった。

小難しい政治問題も、少しずつ理解できるようにならなければ、将来アルベールを支えられない。

むむっと真面目な顔で考え込んでいると、アデルが苦笑した。

「シャーリー、国とか大陸とかで考えるからわかりにくいのかもしれないけど、そうだね……例えば、シャーリーのフォンティヌス家を一つの国として考えよう。フォンティヌス家の親戚が大陸。フォンティヌス家の親戚筋でもない貴族たちが、いきなりフォンティヌス家や親戚の家に大勢押しかけてきて、今日からここで生活させてくれと言われたらどうする？」

「え、無理です！」

「まったく同じではないけど、それと似たようなことが起こると思ってくれていいよ。いきなり受け入れろと言われても困るだろう？　各国がそのような状況だ。そして、親戚筋でもない貴族の問題にシャーリーやフォンティヌス家が勝手に首を突っ込むこともできないだろう？」

「なるほど……」

アデルの説明でシャーリーも理解できた。国なんだから移民くらい受け入れればいいのに、と考えてはいけないのだ。

前世では先進国が移民を受け入れたりするのは比較的当たり前で（もちろん移民問題で国民の雇用状況が圧迫されるとかいろいろ難しい問題はあったみたいだが）、こちらも同じ物差しで考えていたけれど、同じで考えてはいけない異世界だった。

そもそも先進国とか発展途上国とかという位置づけすらない。

こちらの世界には、先進国なのだから他国を援助するのは当然だというようなボランティア精神も義務もないのだ。

同盟も結んでいないほかの国のことなんて知らない、というのが基本のスタンスなのである。

移民が流れて来ることを想定して事前に体制を整えることなんてしていないのだ。

（ここまではわかったけど、つまり要約すると、移民が流れたときの防波堤は考えておくべきだけど、手助けできることはないってことよね？　あっち側が助けを求めてこない限り……）

戦争は防ぎたいとアデルは言うが、こちら側から干渉して戦争を回避する方法はないに等しい。

どうしたものかな、と困った顔をするアデルと一緒に唸っていると、お菓子が収納された棚からポテトチップスを持って来たエドワルドが口を開いた。

「精霊の力を使って、緑の蔦をこっそり植えて来たらどうですか？　別に鉢植えにこだわる必要はないでしょう。魔力持ちがいなければどうしようもないですけど、いれば大地が枯れるのは防げるでしょうし」

「「…………」」

シャーリーとアデルは顔を見合わせて揃って沈黙した。

（勝手に植える？　その発想はなかったわ……）

目からうろこの発想だった。

驚いていると、エドワルドがポテトチップスの袋を開けながら続けた。ちなみにコンソメ味だ。最近のエドワルドのお気に入りである。

「戦争問題は十中八九、緑の塔が枯れて国が滅びそうだから起こっているんでしょう？　クレアドール国の結果を見ても、緑の蔦の鉢植えによって、国の砂漠化が止まり、新芽が芽吹いたとのことですし、滅びが止まればわざわざ戦争を起こしたりしないんじゃないですか？　戦争の芽が完全に摘めるかどうかまではわかりませんけど、少なくとも開戦していなければ様子見になるんじゃないですか？」

領土拡大を狙って野心的に他国を侵略するのではなく、住む場所を求めての戦争ならば、今までの場所に問題なく住めることがわかれば無理をして他国に攻め入るようなことはないはずだ。

期待通りに物事が運ぶかどうかはわからないが、やってみる価値はありそうな案だった。

もちろん、精霊という自由に動ける存在がいてこその案で、言ってしまえば国同士の関係を完全に無視した反則技だが、そんなことは気にしない。

「ただいまー！」

エドワルドの案にシャーリーもアデルも乗り気になったところで、南の大陸を探りに行っていたシルフが戻って来た。

「どうだった？」

シルフを労いつつアデルが訊ねると、シルフはダイニングテーブルの上に降り立って、広げられている地図を指さす。

「緑の塔の蔦の色が変色しはじめているのは、ここと、ここと、ここの三カ所だったよ」

シルフが指さした国は、隣り合う三つの国だった。ずっと前に滅んだと言う、今は砂漠化した旧ゼラニア大陸にほど近いところにある、南の大陸でも南西側に位置する三国だ。

「他にもあるかもしれないけど、目に見えて変化があったのはこの三国。それから、風でみんなの噂話を集めてみたところ、この三国は協力して他国を攻めるみたいだよ」

「戦争の噂は本当だったのか。しかも三国が協力態勢にあるなんて……開戦したら、下手をしたら大陸全土を巻き込むくらいの大戦争になりかねないよ」

シルフが示した国には大国もある。必ずしも国土面積が軍事力と比例しているわけではないけれど、少なくともその広大な国土を守れるくらいの規模の軍は抱えているはずだ。

「急いだほうがよさそうだな」

エドワルドも厳しい顔になっている。

「そうですね。蔦を植える場所は、王城の敷地内がいいですよね」

「ああ。緑の塔が目に見えて枯れはじめたってことは、すでに国内の土地にも影響が出ていると見ていい。蔦を植えて、崩壊が止まり、大地から新芽が芽吹けば、他国の侵略を思いとどまるかもしれない」

「あとは、その三国に魔力持ちが残っていることを祈るだけだな……」

エドワルドの意見に、アデルも大きく頷いた。

「急ごう。すでに開戦準備をはじめているなら、一刻の猶予もないはずだ。シャーリー、蔦の鉢植えはどのくらいある？　数が多ければいいというものでもないかもしれないけど、あるだけすべて運んで植えてしまおう」

「今、十個あります！」

「わかった。一つはここに置いておくとして、各国三鉢ずつ使おう」

「また作っておきますね」

「そうだね。いつ必要になるかわからないから」

シルフのテレポートで、人には見えないように姿を消した精霊たちが鉢植えを持って移動する。

これで何かしらの変化が出て、戦争が回避されることを祈るばかりだ。

精霊たちが戻ってくるのを待つ間、シャーリーたちはガトーショコラと紅茶を持ってリアムの様子を見に行くことにした。

リアムは相変わらず、部屋でぼんやりしていた。

「兄上」

アデルが結界の外から話しかけても、リアムは反応しない。

ウンディーネたちは緑の蔦を植えに行ったが、シルフだけは残っていたので、シルフに頼んで部屋の中に紅茶とガトーショコラを運んでもらう。

「リアム様、今日のおやつはガトーショコラなんですよ」

シャーリーが努めて明るい声を出すと、ぼんやりしていたリアムが顔をあげた。

「反応した……。あいすくりーむでは反応しなかったのに」

エドワルドが目を見張る。

リアムは緩慢な動作でガトーショコラが置かれたテーブルに移動すると、それを静かに口に運んだ。

半分ほど食べて、リアムは手を止めると、じっとシャーリーの方を見つめる。朝よりも、はっきりと視線が絡んだ気がした。

（……何か、言いたそう？）

どうしてだろう。シャーリーはリアムが何かを伝えたがっているように思えてならなかった。

「兄上、一体何があったんですか？」

アデルが声をかけるが、リアムはただこちらを見つめるだけで何も言わない。だが、リアムの様子をじっと見つめていたシルフが、ぽつりと言った。

「最初は心が死んだのかと思っていたけど、まだ残っているみたいだねー」

「え……？」

「だから、彼。なんだろう……、はっきりとはわかんないけど、前も言った通り傀儡魔法にかけられた感じなんだと思う。あたしが知っている傀儡魔法って時間が経つと心が死んじゃうんだけどさ、見たところ、彼はまだ残ってるみたい」

「つまり、どういうこと？」

「何者かに操られているかもねってこと。反応があったってことは、その魔法に必死で抗っているのかもしれないよ」

シルフの見立てに、シャーリーたちはそろって息を呑む。

「シルフ、リアム様が誰かに操られているとして、それって解ける？」

「残念ながらあたしが知ってる魔法じゃないから、あたしが解くことはできないよ。だから彼自身が頑張るしかないんだろうけど、彼自身が抵抗できてるってことは、解ける可能性はゼロじゃない」

「本当か、シルフ！」

　エドワルドがリアムと同じ琥珀色の瞳を輝かせた。アデルも身を乗り出してシルフを見る。

「たぶんね。ただ、シャーリーの料理が何かのトリガーになっているのかもしれないけど、反応を見るにちょっと弱いんだよねー。もう少し、彼にとって刺激が強そうなものはないかな？　こう、ガツンときそうなやつ！」

「刺激……？」

「彼が好きなもの、驚くもの、興味を示すもの、なんでもいいよ。とにかく、彼の心が大きく揺さぶられる何かだよ」

「だったらシャーリーが指パッチンで出すもの以外ないだろう！　シャーリー、シャーリーが出したもので兄上が好きそうなものはないのか？」

「きゅ、急に言われても……」

　シャーリーがリアムとすごした時間は短い。リアムが何に興味があって、何を好んでいるのか、それほど知っているわけではないのだ。

（リアム様が喜んだもの……。料理もテレビ電話もジムも喜んでくれたけどなんか違う気がするし……。緑の蔦の研究は楽しそうだったけど、これもちょっと……。あとは……）

　その時、ふと、過去に聞いたリアムの言葉が脳裏をよぎった。

　――夜空が見たい。

　シャーリーがリアムになにかほしいものはないかと訊いた時、彼が言ったのだ。

「プラネタリウム!!」

シャーリーは叫ぶと同時にパチリと指を鳴らした。

以前リアムのために出した家庭用のプラネタリウム投影機がシャーリーの目の前に出て来る。

「なんだそれ」

エドワルドが不思議そうな顔をした。エドワルドはプラネタリウムの話をしたとき興味を示さなかったから、これを見せるのははじめてだ。

「シルフ、これを部屋の中に入れて、このスイッチを入れて。それから、部屋の灯りを全部消して、真っ暗にしてほしいの」

「オッケー！」

シルフが気安い調子で引き受けて、球体の形をしたプラネタリウム投影機を部屋に運ぶ。

そして、シャーリーが頼んだ通りスイッチを入れて部屋の中を真っ暗にすると、暗くなった部屋の壁や天井に、無数の星がきらめいた。

「なんだこれ……」

「すごいね……」

エドワルドとアデルが驚いたように部屋の中に出現した夜空を見やる。

リアムが顔をあげて、じっと食い入るように天井の星々を見つめた。

（お願い、何か反応して……！）

祈るような気持ちで指を組んでいると、天井から何気なくシャーリーの方に視線を移したリアムが突如勢いよく立ち上がる。

そして――

「逃げろ!!」

久しく聞いていなかったリアムの声が耳に届いたのと、シルフが「ウインドバリア!!」と叫ぶのはほぼ同時だった。


リアムとシルフの叫び声を聞いた直後、キィンッと金属の弦を弾いたような甲高い音が響いた。

振り返ると、シルフが張った透明な結界に無数の弓が突き刺さっていた。

「なに、これ……」

茫然とつぶやいたシャーリーの前に、一人の女性が立っている。

長い銀色の髪。透けるように白い肌。白いドレスを身にまとった、恐ろしいまでに綺麗な女性だった。彼女の周りに、シルフの結界に突き刺さっているのと同じ形状の弓が浮かんでいる。

アデルが剣を探すように腰に手をやり、そこに何もないことに気づいて舌打ちした。アデルは普段から帯剣しているわけではないのだが、つい反射的に確かめてしまったようだ。

アデル同様エドワルドも帯剣しておらず、悔しそうに唇をかむ。

「勘弁してよ、なんなのさあの女」

苦しそうな声に振り返ると、シルフが眉を寄せていた。

シャーリーのそばまで飛んでくると、シルフは肩に乗って休みながら、「あれと同じのはあと二回防ぐのが限度だよ」とシャーリーにだけ聞こえるような小さな声でつぶやく。

（限度って……シルフがそう言うくらいに、強いってこと？）

ゲームの中のキャラクターとはいえ、シルフはステータスがカンストしている精霊王だ。

しかも防御に特化した存在である。

そのシルフをして、あと二回が限度なんて、どれだけ強い攻撃だったのだろう。

女は、髪と同じ銀色の瞳に冷たい色を宿して、シャーリーたちを睥睨《へいげい》している。

「妾の邪魔をして……」

透明感のある美しい声だったが、そこには深い怒りが込められていた。

女がすっと手をあげる。

それは小さな動きだったが、女の動きに反応して、無数の弓が襲い掛かって来た。

シルフが結界で防ぐも、「ぐっ」と小さな声でうめく。

（あと一回……）

二回が限度と言うことは、あと一回あれと同じ攻撃を食らえばシルフの結界が消えてしまう。

何が何だかわからないが、今が絶体絶命のピンチだと言うことだけはわかった。

（ほかに精霊王を呼び出そうにも、ステータスを確認しないと無理だし結構時間もかかるし
……！）

シャーリーはパニックになりそうな自分を叱咤して、何か打開策はないかと必死に頭を悩ませる。

そのとき、ぽん、とシャーリーの肩に誰かの手が置かれた。

振り返ると、そこにはリアムがいて、さっきまで人形みたいだったのが嘘のようにはっきりした

表情を浮かべていた。

「剣を出せるか？　私が時間を稼ぐ。あの女は、長時間あの姿を保っていられないんだ。あれは実体じゃないからな。あと、そうだな……五分。五分耐えればあれは消える」

「消える？　実体じゃないって……」

「兄上、どういう意味ですか？　というか、大丈夫なんですか？」

心配そうなアデルに、リアムは安心させるように微笑んで見せた。

「心配かけた。もう大丈夫だ。……エドワルド、いけるか？」

「もちろんです。シャーリー、俺にも剣を」

「だったら魔法剣にしなよシャーリー。炎でも氷でも何でもいいから、攻撃力が高いやつ」

シルフが肩の上で指示を出す。

「魔法剣!?」

そんなことを言ったって、ゲームに登場する魔法剣の攻撃力なんて覚えてない。

シャーリーが言い返すと、「そんなん無敵なやつを想像すればいいだけでしょ！」とシルフに返された。無茶を言ってくれるものだ。

（無敵なやつ？　無敵？　もう、なるようになれ!!）

絶対負けないやつと念じて、シャーリーは指をパチリと鳴らす。

すると、目の前に刀身が真紅のものと青銀色の二本の剣が現れた。

リアムが真紅のものを、エドワルドが青銀色のものを手にして、結界の外に躍りでる。

「シルフ」

「任せといて！　フェンリルみたいに絶対防御は使えないけど、二人に攻撃が当たらないように防いでみせるよ」

シルフがシャーリーの肩の上で中腰になり、真剣な顔で二人の動きを追う。

リアムとエドワルドはさすが兄弟と言うべきか、息がぴったりの動きで、左右から女に斬りかかった。しかし、女が手を振ればその周りに無数の盾が出現して二人の攻撃を阻む。が、シャーリーが「無敵」を想像したからか、いくつかの盾は二人の剣にはじけ飛んだ。

「シャーリー、お前は天才だ!!」

確かな手ごたえを感じたらしいエドワルドが、興奮したように叫ぶ。

「あの女性……。何もないところに何かを呼び出せるなんて、シャーリーみたいだ……」

リアムとエドワルドの動き、そして銀髪の女の動きを目で追いながらアデルがつぶやいた。

はらはらしながらリアムとエドワルドを見つめていたシャーリーは目を丸くする。

（確かに……）

何もないところから出現した無数の盾。シャーリーのように指は鳴らさなかったが、彼女の意思に反応して現れたのは間違いない。いったい彼女は何者なのだろう。

すごく気になるが、しかし、そんなことをのんびり考えている暇はなさそうだ。

忌々しそうに舌打ちした彼女の周囲に、先ほどとは比べ物にならないくらいの数の弓が出現する。

「嘘でしょ――」

シルフがうめいた。

あの数の弓を一斉に向けられたら、いくらシルフでも防ぎきれないかもしれない。

「リアム様、エドワルド様、下がってください!!」

「兄上!!　エドワルド!!」

あんなものが直撃したら、シルフが守っても二人も無事ではすまないだろう。

けれども、シャーリーの声に二人が反応するより早く、女が放った弓が襲い掛かって来て――

「ウォーターバリア!!」

「ファイアーナックル!!」

「ストーンランス!!」

青ざめるシャーリーの耳に、三つの声が届いた。精霊たちが戻ってきたのだ。

ウンディーネの水の結界がシルフの結界を補助し、炎を拳に宿したイフリートが女に殴りかかる。

そしてノームの放った無数の岩の槍が女の頭上から降り注いだ。

「――っ」

はじめて女の表情に焦りが現れて、イフリートとノームの攻撃をしのいだ彼女が悔しそうに踵を返す。

「あ、待て!!　ウインド――」

シルフが逃すまいと魔法を唱えようとしたが、それよりも早く、女は煙のようにその場から消え失せていた。

11　ゼレンシウス

「兄上！」

銀髪の女が消えた途端、ぐらりとリアムの体が傾いだ。

エドワルドが慌ててリアムを支えて、アデルとシャーリーも駆け寄る。

一瞬、リアムがまた人形のようになってしまうのではと不安を覚えたシャーリーだったが、単純に体が本調子でなかったようだった。

「情けないところを見せたな」

リアムは苦笑しつつ、エドワルドに支えられて部屋の中に入ると椅子に腰かける。

シャーリーが呼び出した二つの剣は危ないので、部屋の隅に立てかけておいた。消そうとも考えたが、エドワルドが「また襲われるといけないから残しておいてくれ」と言ったためだ。

本音は、気に入っただけのような気もするがまあいい。実際、再びあの女が襲って来たときに抵抗できる武器はあった方がいいのだから。

銀髪の女のこと、リアムのことなど、気になる問題は多かったが、ひとまずリアムを休ませるほうが先決だろう。

風呂にも入りたいと言うし、近づくと攻撃されるのでずっと着替えもしていない。

体調が万全ではないのでもう少し待った方がいいのではないかと思ったが、本人が身だしなみをすごく気にしているので、ここで待ったをかけるのは可哀そうだった。

「お風呂準備してきますね。それまで休んでいてください」

シャーリーはそう言って、あとをアデルとエドワルドに任せて階下へ降りた。銀髪の女のことがあったので、ウンディーネが警戒してシャーリーを追いかけて来る。

（あの女の人のことは気になるけど、ひとまずリアム様の快気祝いをしなきゃ！）

リアムが元に戻ったことを喜びたいのに、銀髪の女に水を差されたようで腹が立つが、それとこれとはいったん切り離して考えよう。まずリアムの回復のお祝いだ。

風呂にお湯をためて、念のためウンディーネに風呂場全体に結界を張ってもらっておく。

入浴中に襲われたとしても結界が阻んでくれるはずだ。結界に反応があればウンディーネがすぐに気づくから駆けつけることもできる。

（リアム様の着替えはエドワルド様が城から運び込んでいたし……、のぼせないように水のペットボトルも持って来たし、ソープもシャンプーもあるし、入浴剤も入れたし、オッケーよね？）

準備は万全だ。

シャーリーがリアムを呼びに行くと、兄弟水入らずで楽しそうに談笑していた。

（エドワルド様もアデル様も本当に心配していたから、嬉しそうで本当によかったわ）

シャーリーももちろん心配していたが、実の兄弟たちはその比ではなかっただろう。

「リアム様、お風呂の準備ができましたよ」

「ああ。ありがとう。それから、いろいろ迷惑をかけてすまなかったな」

「気にしないでください。リアム様が元に戻ったから、それでいいんです」

心配はしたけれど、迷惑をかけられたとは思っていない。元に戻ってくれればそれでいいのだ。

リアムはふわりと笑って、もう一度「ありがとう」と言うと、バスルームへ向かう。

念には念をで、イフリートがついて行った。ノームは、シャーリーがバスルームの準備をしている間にアルベールのところへ戻ったそうだ。リアムと銀髪の女のことを報告するのだろう。

（イフリートがついて行ったら……バスルーム、暑苦しいことになりそう）

イフリートは見た目も中身も暑苦しいのだ。大丈夫だろうか。

（いやでも、リアム様は大人だし、きっと大丈夫よね）

シャーリーは強引に結論づけて、リアムが入浴している間に快気祝いの準備をすべくキッチンへ向かう。

アデルはあまり長居をすると新婚の夫が心配するからと、シャーリーが事前に準備をしていた弁当を持って帰るようだ。シルフもいったんイリスの元に戻るようである。

アデルはリアムともっと話がしたかったようだが、こればかりは仕方がない。

名残惜しそうな顔をしつつ、また明日来ると言って去っていった。

リアムがお風呂に入って、アデルが帰宅すると、エドワルドは暇だと言いながらゲームをするためにテレビの前に陣取る。

（リアム様が元に戻って安心した途端これだもの）

シャーリーは思わず苦笑する。

ここのところエドワルドがゲーム機に触れなかったのは、リアムのことが心配で暢気に遊んでいる気分ではなかったからだろう。

ゲームのＢＧＭを聞きながら、シャーリーは料理に取りかかった。

快気祝いと言えばケーキがつきものだが、今からデコレーションケーキを作る時間はない。

ショートケーキなどのデコレーションケーキを作る場合、スポンジケーキを焼いたあと冷ましたり、クリームを塗ったあとなじませたりする時間が必要で、丁寧に作ると非常に時間がかかるからだ。

シャーリーは悩み、最終的に簡易版クロカンブッシュを作ることにした。

小さなシュークリームを作ったあとで飴でタワー型にするには時間がかかるが、それをせずに、ただシュークリームを積み上げてイチゴやクリームなどで飾り付けすればそれほど時間はかからない。焼きあがったシュー生地も、他の料理を作っているうちに冷めるだろう。

シャーリーはさっそくシュー生地作りに取りかかった。

鍋に水、牛乳、バター、塩を入れて沸騰させ、バターが溶けたところで小麦粉を入れる。

手早くかき混ぜていくと固まりはじめるから、さらに混ぜて、最終的に鍋の底にのり状の薄膜が張るようになるまでしっかりと火を通す。ここでしっかりと火を通しておくことがシュー生地を綺麗に膨らませるコツだ。ただし、焦がすのはダメ。

その後生地をボウルに移し粗熱を取ったあとで溶き卵を加えて混ぜる。しっかり混ぜ合わせたら絞り袋に入れて鉄板に直系五センチくらいの円形に絞り出し、表面に艶出し用の卵の黄身を少量の水で溶いたものを塗る。

あとはオーブンで焼くだけだが、最初は高温で、その後温度を少し落として焼くのがコツである。焼いている間にカスタードクリームを作って、バットに広げてラップをかけて冷ましておく。最終的に、シュー生地の中に詰めるときは、カスタードクリームに少量のホイップクリームを混ぜる予定だ。

クロカンブッシュの下準備が終わったら、次に取りかかるのはメインディッシュである。

（やっぱり肉よね？　エドワルド様はがっつり食べる派だし、リアム様も意外と食べる人だし）

せっかくだから派手にドドンとおけるものがいい。

（七面鳥は三人で食べるには大きいし、作るのにも時間がかかるし……、巨大ハンバーグステーキにしようかな）

ドン、と大皿に乗せて出して、みんなで取り分けて食べるのだ。迫力もあるし、満足感も高いはず。

（周りにグリルした野菜を飾れば華やかだし、ソースはステーキソースをアレンジして、牛肉の粗ミンチで、うん、これでいこう！　ほかはスープと、メインが重たいから炭水化物はあっさり系のボンゴレパスタで。野菜類が少し足らない気もするから生春巻きを追加。……多いような気もするけど、エドワルド様とリアム様なら食べるでしょ）

余ればアレンジして朝食に回せばいいだけの話だ。

メニューを決めたシャーリーが巨大ハンバーグステーキの準備に取りかかったとき、リアムが入浴を終えてダイニングに顔を出したようだ。エドワルドとリアムの話し声が聞こえる。

「兄上、今日はご馳走みたいですよ」

シャーリーが気合を入れてキッチンへ向かったのを見ていたエドワルドが、嬉しそうにリアムに報告していた。

エドワルドにはすごく期待されているようだし、リアムが「楽しみだな」と笑う声も聞こえてきたので、頑張らなければなるまい。

耳を傾けていても銀髪の女の話題は出てこないので、今はその話題には触れないつもりなのだろう。明日アデルが来て改めてするのかもしれないので、シャーリーも話題が出るまで聞かないでおくことにする。

「あ、そうだ！　兄上、あいすくりーむを食べませんか？」

どうやらアイスクリームを持って行って食べてもらえなかったことを根に持っているのか、エドワルドにリアムがアイスクリームをすすめはじめた。

（って、エドワルド様すでに二個も食べてるくせに、食べすぎてお腹痛くなっても知らないわよ？）

シャーリーはあきれつつも、仲良さげな兄弟の会話に、くすりと笑みをこぼした。

「ひとまず、リアム殿下が元に戻ってよかったな」

快気祝いの晩餐を終え、シャーリーが就寝のために自室に戻って少しして、シルフのテレポートでアルベールがやって来た。

アルベールが来ることはわかっていたので、二人分のお茶の用意はすませている。

テレポートでこちらへ来られるようになってから、アルベールは就寝前には必ず顔を見せてくれるようになった。

「そうなんです。ただ、ノームに聞いていると思いますけど、リアム様が元に戻ったと思ったら、変な女の人に襲われて……、その話は、明日の午後、アデル様が来てからするみたいなんですけど」

「明日の午後か……。会議が入っていたな」

アルベールは相変わらず忙しいようだ。

「戦場になった地域の復興具合はどうですか？」

「すぐにどうにかできる問題ではないが、少しずつ前に進んでいるよ。燃えてしまった森への植林も開始したしな」

ブロリア国の南の森は、クレアド軍を追い詰めるためにイフリートが火を放って燃やし尽くしたのだ。すっかり丸焦げになった森を元に戻すには長い時間がかかるだろうが、これぱかりはコツコツ進めていくしかない。

クレアド国との戦争で犠牲になった兵士の家族への補償や、巻き込まれて生活に困っている人のための仮設住居建設、移動も大半が終わったらしい。

おかげで国の財源の半分以上がからっぽになって、このあとどうやりくりするかで頭を悩ませているると言う。


戦争で被害が出たのは土地や人、住居だけではなく、経済もなのだ。

農村地の被害も出ていて、食料価格が高騰している。かといって、だったら急いで畑を耕せばいいだろうという簡単な問題でもない。農村で暮らしていた住人にも巻き込まれて命を落とした人々が大勢いるのだ。人手の問題、心のケアの問題など、課題は山積みなのである。

「ローゼリア国から支援物資があるのは助かっているよ」

ローゼリア国からも、他の同盟国からもブロリア国へ支援物資が送られている。だが、それだけではまだ足りない。

「わたしが指パッチンで呼び出したものをお届けできればいいんですけど……」

それが一番手っ取り早いのだが、そんなことをすればシャーリーの秘密がばれてしまう。そのため、シャーリーが力を使うことをアルベールが了承してくれないのだ。

「って、小難しい話はやめよう。今くらい頭を休ませたいよ」

アルベールが甘えるようにシャーリーにすり寄って来た。

抱き寄せられたので、彼の背中にそっと腕を回す。

シャーリーの頭にすりっと頬を寄せて、アルベールが息を吐いた。

「はあ、こうしていると本当に落ち着く」

アルベールは落ち着くらしいが、シャーリーはドキドキするからちょっと落ち着かない。

アルベールは抱きしめる以上のことを求めてはこないが、やっぱり二人きりになると、妙にそわそわしてしまうものだ。

ウンディーネたちは気を利かせて部屋から出ているので、本当の意味で二人きりなのである。

シャーリーを抱きしめたまま、アルベールは快気祝いのときに作ったクロカンブッシュの残りを口に入れて満足そうな顔をする。

「そう言えば、三日後の午前中なら時間が取れそうなんだ。ええっと、ゼレンシウスだっけ？　彼に会いに行くならその日がいいんだけど……調整できそうかな？」

「エドワルド様もリアム様も当面こちらで生活しているので、いつでも大丈夫だと思いますけど……お城を抜けて大丈夫なんですか？」

「そのあたりはうまくするさ」

国王陛下がいなくなったら城が騒然としそうだが、周囲に気づかれないようにする作戦がアルベールにはあるらしい。

（アルベール様がそう言うなら大丈夫かしら？）

エドワルドのように勢いで突っ走るようなことはするまい。

「では三日後で、エドワルド様とリアム様に伝えておきますね。たぶん、リアム様もついて行くと言いそうなので」

「うん、頼むよ」

ゼレンシウスに聞けば、もしかしたらあの銀髪の女のこともわかるだろうか。

（次から次へと訳がわからないことだらけで困っちゃうわ）

問題が片づく前に次々と山積みにされていくと、いつか身動きが取れなくなりそうだ。早めに片づけられる問題から片付けてしまいたい。

シャーリーはやれやれと息をついた。


午後にアデルが緑の塔にやってくると、シャーリーたちはさっそくリアムの話を聞くことにした。

ダイニングにはリアム、アデル、エドワルド、シャーリーのほかに、フェンリル以外の精霊も集まっている。本日もノームがアルベールのお使いでやってきたのだ。

人数分の紅茶を用意し、朝に作っておいたウィークエンドシトロンも用意した。

ウィークエンドシトロンは生地にレモンを加え、ケーキの表面をコーティングするグラスアローにもレモンの果汁を加えているため、レモンのさわやかな香りが紅茶によく合う。

数日日持ちもするので、パウンド型で五本焼いておいた。アデルが帰宅するときに、アデルが持ち帰る分で一本、イリスに渡してもらう分で一本、今夜アルベールに出して残りは持ち帰ってもらう分で一本使うので、今は二本分を切って出す。

「いい匂いがするケーキだな！」

エドワルドが期待に瞳を輝かせてフォークを握る。

リアムの話を聞く予定なのに早くもケーキに夢中になったエドワルドにシャーリーは苦笑した。

精霊たち――主にイフリートとノームがよく食べるので、最近食事は争奪戦なのだ。取られる前に食べようとするエドワルドはまるで子供のようである。

（二本切ったから量は充分だと思ったんだけど、この分じゃ足りなかったかな……）

さわやかな香りのケーキなので、アデルもリアムも気に入ったのか、食べる速度が速い。

「これは美味しいね。わたしは好きだな」

「ああ、紅茶によく合う」

「軽いから何個でも食べれるな！」

そう言いながら、エドワルドが二個目のケーキに手を伸ばす。

バターもそれなりに使っているし、グラスアローで表面をコーティングしているからなかなか甘いので、決して軽くはないと思うのだが、エドワルドにはそうなのだろう。

「あの、それで……リアム様はブロリア国の緑の塔からいなくなったあと、どうされていたんですか？　というか、どこにいたんですか？」

いつになっても話がはじまりそうにないので問いかけると、ケーキをひと切れ食べ終えたリアムが紅茶で喉を潤して口を開いた。

「ああ、そうだったな」

ケーキの魔力、恐るべし。今日の目的はそれなのに、今の今まで忘れていたような口ぶりだった。

「そうだな……何から話すか……」

リアムは思案顔になって、記憶を探るように目を細める。

「あの日——、ブロリア国の緑の塔の地下の泉で、私は緑の蔦の観察をしていた。その時、何気なく緑の蔦に触れたとき、急に視界が真っ白になって、気がついた時には妙な洞窟にいたんだ」

「え……？　蔦に触れた瞬間に移動したんですか……？」

シャーリーは鉢植えを作るときにいつも蔦に触れているが、そのような妙な現象にあったことはない。

(それに、妙な洞窟って……)

妙な洞窟と言われる場所に、シャーリーは一つしか心当たりがない。

「洞窟って……もしかして、鍾乳石と、青く光る水晶がたくさんある場所ですか？」

「そうだが、どうしてシャーリーが知っているんだ？」

驚いたように目を見張るリアムに、シャーリーは先日、エドワルドとともに地下を探索したことを伝えた。

するとリアムがキラキラと目を輝かせて身を乗り出す。

「それはすごいな。ぜひ私も——」

「その件はあとにして、兄上、続きをお願いします」

話が脱線しそうな気配を感じたのか、アデルがリアムの言葉を途中で遮って続きを促した。

研究者気質のリアムが興味を示せば、いろいろな考察がはじまって絶対に話が長くなる。洞窟に興味を示すのは後にしてほしい。

「そうだな。ええっと、それでだな。そのあとの記憶は曖昧なんだが……、洞窟の奥に進むと、大きな水晶があって、そこに私が閉じ込められていたんだ」

リアムはゼレンシウスを見たのだろう。びっくりするほどそっくりなのだ。自分自身と勘違いして驚愕してもおかしくない。

「驚いていると、不意に銀髪の女――昨日、襲い掛かってきた女が目の前に現れた。そのあとは、申し訳ないんだが、どうしていたかは記憶にないんだ。あの女が何かをしたのだろうとは思うんだが……」

「確かに、その女に会った直後から記憶がないなら、その女が怪しいですね」

エドワルドが思案顔になる。

リアムはつい昨日まで何者かに操られているように様子がおかしかった。エドワルドの言う通り、犯人は銀髪の女と考えるのが自然だろう。

（……なんてひどいことをするのかしら）

つまり、リアムは一年以上、自分の意志を乗っ取られていたのだ。許せない。

シャーリーは沸々とした怒りをぶつけるように、フォークをケーキに突き刺した。

（やっぱり、ゼレンシウスに聞くしかないみたいね）

あの女が何なのか。どうしてリアムが行方不明になっていたのか。

リアム自身にわからないのだから、ほかから情報を得るしかない。

明後日、アルベールがこちらに来て、ゼレンシウスに会いに行くことになっている。

「それでシャーリー、君が洞窟に行ったときのことを教えてくれないか？」

自分の話が終わると、リアムが先日の話を聞きたがった。

シャーリーがゼレンシウスに会ったときのことを伝えると、リアムが眉を寄せて顎に手を当てる。

そして、難しい顔で、ぽつんとつぶやいた。

「私にそっくりなゼレンシウスという男は、イクシュナーゼと言ったのだろう？……まさか、昨日の銀髪の女が、女神イクシュナーゼではないのか？」

銀髪の女が女神イクシュナーゼではないのかというリアムが提示した仮説は、証明できないため保留にされた。

そもそも女神イクシュナーゼは創世神話に登場する存在で、現実に彼女が存在していたとはどうしてもシャーリーには思えない。

無神論者とまではいかないが、特別何かを信仰してこなかったシャーリーにとって、神様というものは想像の中だけの存在なのだ。

ただ、ゼレンシウスという不思議な存在がいるのは確かだし、彼がイクシュナーゼという名前を口にしたのも本当だ。

ゆえに頭ごなしに否定もできず、けれども推測で語るのも危険な気がして、情報が集まるまでは下手に結論付けない方がいいと言うことになったのだ。

保留のまま二日が経って、ゼレンシウスに会いに行くためにアルベールがやって来た。

ゼレンシウスのいたあの妙な洞窟まではシルフのテレポートで一瞬だが、何があってもいいように準備を整える。

洞窟へ向かうのは、シャーリーとシルフのほかに、アルベール、エドワルド、リアムの三名だ。

アデルもついて行きたがったがお留守番である。前回のように、シャーリーたちが地下に向かっているときに襲われると危険なので、『絶対防御』が使えるフェンリルがアデルの護衛として残ることとなった。

「フェンリル、もし何かあったときは頼んだぞ」

アルベールがフェンリルの頭を撫でながら言う。

フェンリルは気持ちよさそうに目を細めて「任せろ」と頷いた。ずっと一緒にいるからか、フェンリルもノームもアルベールにすっかり懐いている様子だ。

エドワルドとリアムは、銀髪の女が来たときにシャーリーが出した剣を持っている。

炎属性の真紅の剣をリアムが、氷属性の青銀色の剣をエドワルドが帯剣していた。ちなみにエドワルドは、イフリートの力を具現化した炎の剣も使えるので、氷属性の剣と炎属性の剣の二刀流である。ここ数日、必死に二本の剣を扱う練習をしていた。……お風呂場で。

そんな二人をアデルが羨ましそうに見ていたので、もしかしたらアデルも魔法剣がほしいのかもしれないが、緑の塔の外に持ち出すことができないので諦めているようだった。こんな妙なものを持ち出したら大パニックになるからである。

「シャーリー、まるでピクニックに行くみたいだな」

シャーリーがせっせと大きめのバスケットに飲み物やサンドイッチを詰めていると、アルベールが苦笑を浮かべた。

「念のためです」

シルフのテレポートで一瞬で移動できるが、洞窟に長時間滞在する可能性もあるので軽食を持って行こうと思ったのだ。

「重そうだから、私が持つよ」

「ありがとうございます」

アルベールがバスケットを持ってくれて、シャーリーの準備は整った。

足りない分は指パッチン魔法を使えば呼び出せる。ただし、スナック菓子など販売されているものと違い、シャーリーの想像力の問題なのか、調理されたものを呼び出すなんて邪道だというシャーリーの意識的な問題のせいなのか、料理されたものは呼び出せないので、足りなくなって呼び出すのはお菓子の袋やペットボトル飲料、缶詰などに限定されてしまう。

「それじゃあアデル様、行ってきます」

「留守を頼むぞ、アデル」

「姉上、何かあればフェンリルの水鏡で連絡をください」

「フェンリル、留守を頼むな」

「それじゃあ、飛ばすよー！」

シルフがそう言った直後、目の前が真っ白な光に包まれる。だがそれも一瞬のことで、一つ瞬きをした次の瞬間には、シャーリーたちは地下の洞窟の中にいた。

乱立する鍾乳石に、岩肌から突き出している青白く発光する水晶のような鉱石。

時折ピチャンと聞こえるのは、どこかから水がしたたり落ちている音だろうか。

じめじめするとまでは言わないが、少し湿度が高い。

「あたしが先導するね！　ついてきて！」

防御に特化したシルフの先導で、シャーリーたちは洞窟を奥へと進んでいく。

しばらく歩くと開けた場所に出て、中央に巨大な鉱石が柱のように立っていた。

その鉱石の中には、リアムにそっくりなゼレンシウスの姿がある。目を閉じているところを見ると眠っているのだろうか。

「起きないなら殴ってみるか？」

イフリートが乱暴な意見を口にして、ウンディーネに睨まれる。

「イフリートの馬鹿力で殴ったりしたら、あれが壊れるかもしれないでしょう？」

「て、手加減ぐらいはできるぞ……？」

ウンディーネが大好きなイフリートがおろおろしはじめるが、ウンディーネはまったく相手にせずスルーである。

いかにしてゼレンシウスを起こそうかと頭を悩ませているシャーリーたちをよそに、リアムだけが興味深そうにふらふらと鉱石に近づいて行った。

「これはいったい何なんだろうか。ガラスや水晶のようにも見えるが、違う気もする。あのときはよく見られなかったんだが、改めて見ると本当に不思議だな。光っているが、これはどうなっているんだ？　どうして光るんだ？　一部を持って帰って調べてみたい」

「リアム様、不用意に触れない方が……」

言った端から、リアムが鉱石の肌に触れた。――その瞬間。

「え!?」

「兄上、何をしたんですか!?」

青白い光を放っていた鉱石が、急にその光を失い、真っ黒に変色したのだ。

触れたリアムもギョッとして、「な、何もしていない！」と慌てたように振り返る。その顔がいつになく動揺していた。

おろおろしているうちに、パキッとガラスがひび割れるような嫌な音がした。

まさか、と思って見てみると、黒く変色した鉱石にヒビが入っている。

「こ、壊しちゃった……？」

あれが何かはわからないが、見るからに壊れている気がする。

「私は触れただけだ。どうしてこうなった？　一部を持ち帰りたかったのに……」

「リアム様、とりあえずその話はあとにして離れてください。割れて倒れてきたら大変です！」

「あ、ああ……」

真っ黒く染まった鉱石は完全に不透明で、中にいたはずのゼレンシウスの姿すら見えない。

「ノーム、洞窟が崩れたときを想定しておいてくれ。大丈夫だとは思いたいが……」

「わかった！　シルフもやばそうなら急いでテレポートさせてよね！」

「オッケー！」

アルベールの指示に、ノームがいつも飄々としている顔を引き締める。

シルフはどこか緊張感のない返事をして、けれども油断なく周囲に視線を這わせた。

パキパキとガラスが割れるような音は続いている。鉱石から発せられた音だと思うけれど、妙に不安を誘う音だった。洞窟が崩れることはないと思いたいが、もしかしたらと思わせるほどに。

やがて、ぺきっと嫌な音をさせて、鉱石の一部が剝がれ落ちるようにして崩れはじめた。

前世にテレビで見た、南極の氷が割れるときのように、一つ、また一つと縦に綺麗に割れていき、崩れた欠片が積もっていく。

半分以上が崩れたとき、真っ黒い鉱石の中からにゅっと腕がつきだした。

（ひ！）

シャーリーはびくりとして、思わず後ろに一歩下がる。

「て、手が出てきたぞ……」

エドワルドがごくりと息を呑んで、リアムが興味津々な顔で一歩前に出た。

突き出した手は、周囲の鉱石を無理やり壊すように動いて、そして中からゼレンシウスが出て来る。

「まったく……やってくれたな……」

あきれたような困ったような声で言いながら、ゼレンシウスがシャーリーたちを睨んだ。

「ここに来るなと言っただろう」

「ご、ごめんなさい！」

シャーリーは反射的に謝った。まさか鉱石を破壊する結果になるとは思わなかったのだ。

というか、どうして壊れたのか、シャーリーもいまだによくわからない。

ゼレンシウスは真っ黒に染まった鉱石の残骸を見て眉を寄せた。

「まあいい。話はあとだ。イクシュナーゼに気づかれる前にここを出るぞ。さもないとそなたたちは全員イクシュナーゼの怒りを買って皆殺しだ」

「よくわからないがそれは困る！　シルフ、テレポートだ!!」

皆殺しと言う単語に即座に反応して、エドワルドがシルフに指示を出した。

「エドワルド、待て、せめてあの欠片を――」

「兄上、そんな悠長なことは言っていられません！」

まったくその通りである。

皆殺しなどという恐ろしい単語を聞いてなお、あの妙な鉱石を調べたいと思えるリアムには感心するが、今はそれどころではないのだ。

シルフも頷いて、すぐにテレポートでゼレンシウスを含めてこの場にいる全員を緑の塔のダイニングへ飛ばす。

全員が戻ると、突然戻ってきたみんなと、それからゼレンシウスを見てアデルが目をしばたたいた。

「あ、兄上が、二人……？」

アデルにはゼレンシウスのことを話してあるが、やはり実際目にすると、リアムと瓜二つのその容姿にはびっくりするのだろう。

ゼレンシウスは、唯一リアムと違う緑色の瞳をぱちぱちとさせて、ぐるりとダイニングの中を見渡し、そして首をひねった。

「数千年のうちに、随分と妙なものが増えたんだな」

その視線は、シャーリーが呼び出したテレビや冷蔵庫などに注がれている。

だが、そんなことが気にならないくらいに、シャーリーは驚いた。

「数千年!?」

驚いたのはシャーリーだけではないようで、アルベールもリアムもアデルもエドワルドも瞠目してゼレンシウスを見ている。

ごくりと唾を呑んだリアムが代表して口を開いた。

「ゼレンシウスと言ったな。そなたはいったい、何者なんだ……？」

ゼレンシウスはリアムとそっくりな顔で、ニッと笑った。

「私はゼレンシウス。イクシュナーゼの伴侶にして、この世界を女神とともに創世したものだ」

12　創世神話

ダメだ、理解が追い付かない。

ゼレンシウスの落とした爆弾発言に、シャーリーたちは混乱の渦に叩き落とされた。

平然としているのは精霊たちだけで、アデルもアルベールもリアムもエドワルドも半ば茫然としてしまっている。

とりあえず気分を落ちつかせようとシャーリーがお茶の準備をはじめるとアデルが手伝ってくれたが、その顔色は悪かった。

「……イクシュナーゼの夫で女神と一緒にこの世界を創造したって言っていたけど、本当なのかな？」

キッチンでお湯を沸かしていると、茶葉を棚から出しながらアデルがぽそりと言った。

「どうなんでしょうか……。ただ、ゼレンシウスがいた場所はかなり妙なところでしたし、普通、人は水晶みたいな鉱石の中に埋まったりしませんよね？」

「うん……。それに、嘘をつくにしても荒唐無稽すぎるよね。ということは、彼はイクシュナーゼと一緒で神様なのかな」

「そうなるんでしょうか？　創世神話にはゼレンシウスという名前は出てこないんですか？」

「出てこないよ。『ユーグレグース創世記』にはイクシュナーゼが創世の杖を使ってこの世界を創ったとしか書かれていない。女神に伴侶がいたことも、創世にほかの誰かが関わっていたことも、何もね」

「じゃあ、ゼレンシウスに詳しい話を聞くしかないですね」

ゼレンシウスが言うことが本当にしろ嘘にしろ、ひとまず話を聞いてみるしかないだろう。

お湯が沸いたので、最初にティーカップに少量のお湯を注いで温める。人数が多いので大き目のティーポットを三つ用意して、ティースプーンで茶葉の分量を量りながら入れていく。

「話を聞くだけで脳が疲れそうなので、甘いものでも持って行きましょうか」

茶請けにはチョコレートがいいだろうか。チョコレートに含まれるカカオポリフェノールは脳にいいらしいからちょうどいい。話を聞く間、きっと理解が追い付かず脳がフル回転を続けるはずだ。

いつもは皿に出すが、面倒になったシャーリーはチョコレートを箱ごと五つ出した。一つの箱に十二粒のチョコレートが入っている。これだけあれば足りるだろう。

シャーリーがチョコレートを出している間にアデルがティーカップに紅茶を注いでくれる。

そして人数分の紅茶とチョコレートの箱を持ってダイニングに戻ったシャーリーは、疲れた顔をしているアルベールたちと対照的に、興味深そうに部屋の中を物色しているゼレンシウスを発見した。

「……ゼレンシウスはどうしたんですか？」

テーブルに紅茶を並べながらアルベールにこそっと訊ねると、彼が小さく嘆息しながら教えてくれる。

「シャーリーが指パッチン魔法で出したものに興味を持ったみたいで、さっきからずっと眺めているよ。ちなみにそのあいすくりーむはゼレンシウスが食べていた」

アイスクリームと聞いてシャーリーがアルベールの指さす方へ視線を向けると、からっぽのバニラアイスのカップがあった。

シャーリーが何とも言えない顔をしていると、テレビをひょいと抱えてひっくり返したゼレンシウスがこちらに顔を向けた。

「これは分解しても大丈夫か？」

「大丈夫じゃありませんから!!」

平然と恐ろしいことを言い出したゼレンシウスに、シャーリーの混乱が一瞬で吹き飛んだ。

液晶テレビは一昔前のブラウン管テレビと違って軽いとはいえ、五十インチを超える大きさのテレビを平然と抱え上げた彼もすごいが、発言がもっとすごい。

（ちょっと待って。見た目だけじゃなくて、中身も少しリアム様と似てない……？）

リアムはテレビを分解しようとはしなかったが、緑の蔦を研究しようとしてみたり、何かと妙なものに興味を示していた。さっきも地下の鉱石にものすごい興味を示していたし、茫然自失から立ち直ったリアムは今も、ゼレンシウスの「分解」という言葉に「その手があったか！」と言わんばかりに瞳を輝かせている。

(見た目が同じだと中身も同じになるのかしら？)

リアムと同じく、ゼレンシウスも興味を惹かれたものは究明しないとわからない性分なのだろうか。

(このまま自由にさせておくのは危険な気がする……)

相手がたとえ神様の伴侶だったとしても、せっかく整えた部屋をぐちゃぐちゃにされてはたまらない。

「お茶を準備したのでテレビは置いといて、こっちに来てください」

「これはてれびというのか」

残念そうな顔をしてテレビを元の位置に戻すと、ゼレンシウスがダイニングテーブルまでやって来て、紅茶とチョコレートを物珍しそうに見やった。

「これは？」

「チョコレートですよ。お菓子です」

チョコレートを知らないと言うことは、彼が創世の時代の人（もしくは神様）というのは本当なのだろうか。

シャーリーが指パッチンで呼び出したテレビや冷蔵庫などと違って、チョコレートはこの世界にも普通に存在している。

「ふぅん。数千年経てば面白いくらいに世界が違うな」

興味津々な様子でチョコレートを口にすると、気に入ったのか、ゼレンシウスが次から次へと口に入れていく。

五箱では足りなかった気がして、シャーリーが指パッチンでさらに三つのチョコレートの箱を取り出すと、ゼレンシウスの手が止まった。

「……そなた、今何をした？」

驚愕したようにゼレンシウスが大きく目を見開いている。

「何って？」

「今指を鳴らしただろう。そしてこの箱が出てきた。もう一度やって見せろ」

「は、はあ……」

創世の時代にも、シャーリーのように指パッチンで何かを呼び出す人はいなかったのだろうか。

請われるままに追加でチョコレートの箱を一箱取り出すと、ゼレンシウスが今度は難しい表情を浮かべた。

「もう一度だ」

「いいですけど……」

いったいどれだけチョコレートを食べるつもりなのだろうかと思いつつ、シャーリーがまた追加で一つの箱を呼び出す。シャーリーには意味が解らなかったが、ゼレンシウスは何かに合点がいったのか「やっぱりな」とつぶやいた。

「イクシュナーゼと同じだ。今の時代に私だけではなくイクシュナーゼと同種類の力を持ったものも生まれていたとはな」

「イクシュナーゼと同じ……?」

シャーリーはアルベールたちと顔を見合わせて、しばらく沈黙した後で、「え!?」と目を見開く。

シャーリーの指パッチン魔法を見てイクシュナーゼと同種類の力だと言われたことは、つまり
――

「この力、女神と同じ力なんですか!?」


「詳しく教えてくれ」

シャーリーが驚きすぎて放心していると、アルベールがゼレンシウスに向かって真面目な表情で問いかけた。

「シャーリーの力は確かに稀有なものだと思うけれど、それがイクシュナーゼと同じというのはどういうことだろうか?」

「そのままの意味だが?」

ゼレンシウスがチョコレートをもう一粒口に放り込んで答える。

「そこの娘……シャーリーだったか? その力はイクシュナーゼと同じものだ。イクシュナーゼがこの世界の創世に関わったのは、無から有を生み出す稀有な魔力を持つ女神だったからだからな。本人がそう言っていた」

「無から有を生み出す……」

「確かにそう言われるとシャーリーの力もそうだな……」

アデルとリアムが揃って頷く。

「イクシュナーゼは、岩や砂地しかなかったこの世界に、その力を使って有機物を生み出した。そうしてこの世界を創造したんだ」

その話は『ユーグレグース創世記』にも書かれていたから知っている。ただ、神話が本当なのだという事実に、少々頭が混乱しそうになるけれど。

「シャーリーの力がそうだとして、もう一つ。『私だけではなくイクシュナーゼ』と言わなかったか？　ゼレンシウスと同じ力を持った人間も、今の世界に存在していると言うことでいいのか？」

エドワルドがシャーリーが呼び出したチョコレートの箱を一つ自分の手元に引き寄せながら訊ねる。

混乱するようなことを言われた直後に平然と飲み食いできるエドワルドはやっぱり度胸が据わっている気がした。シャーリーはとてもではないが、飲み物も食べ物も喉を通らない。

ゼレンシウスはついと視線をリアムに動かした。

「そこにいるだろう。私と同じ力を持ったものが」

ゼレンシウスはこともなげに言い放ったが、シャーリーたちはさらに混乱した。

「待ってください、リアム様がゼレンシウスと同じ力を持っているってどういうことですか？」

「兄上は確かに魔力持ちだが、シャーリーのように物を呼び出したりすることはできないぞ！」

シャーリーとエドワルドが声をあげると、アルベールが少し考えこむように視線を落とした。

「ゼレンシウス、リアム殿下の――いや、そなたの力と言うのはいったいどんなものなんだ？」

なるほど、確かにそこも問題だ。ゼレンシウスの力がイクシュナーゼと同じなのかどうか。

同じなのであればリアムもシャーリーのように物を呼び出すことができると言うことになるし、違うのであればほかにできることがあるはずだ。

しかしアルベールの問いに、ゼレンシウスが不可解そうな顔をする。

「魔力の色の話なのだが……もしかして、そなたらはそれも知らないのか？」

「「魔力の色？」」

異口同音にシャーリーたちが繰り返すと、ゼレンシウスは合点がいったように頷く。

「いいだろう、そこからの説明が先だな」

ひとまずここは、余計な口を挟まずにゼレンシウスの話を聞いた方がよさそうだった。

シャーリーは紅茶に口をつけて一息つく。

シャーリーたちが固唾を飲んでゼレンシウスの話を聞く姿勢に入っている一方で、精霊たちは我関せずという様子でお茶とお菓子を楽しんでいた。

まあ確かに、彼らには関係のない話かもしれないが、口の周りを汚しながら能天気にチョコレートにむさぼりついているノームあたりを見ると、もう少し緊張感を持ってほしいと思ってしまうのはシャーリーだけではないだろう。

「まず、魔力にはそれぞれの色がある。何か特殊な効果が使えるものは少ないが、例えば風の色が強かったり、火の色が強かったりなどだな」

「ああ、それならわかる気がするね。要するに属性でしょ？」

暢気にお茶を飲んでいたはずのシルフが急に口を挟んできた。

「たぶんだけど、エドワルドは火の属性が強そうだね。アデルは風……いや、大地かな？　アルベールは水だと思う」

「わかるの？」

「何となくだよ？　あたしが知ってる魔力と少し違うから、確かなことは言えないもん。そんな気がするなーくらいの、勘なんだけど……うーん、でも、シャーリーとリアムはわからないんだよねー。もしかしたらあたしたちが知らない属性なのかもね」

それはつまり、イクシュナーゼとゼレンシウスと同系統の力だからだろうか。

ゼレンシウスを見ると、少し驚いたような顔で頷いた。

「ああ。その三人の色はだいたいあっている。わからないと言ったシャーリーは創世、リアムが循環だな」

（創世と循環？）

創世は何となくわかるが、循環とはいったい何だろう。

「話を戻そう。そもそも魔力というものは、神の力だ。イクシュナーゼをはじめ、神の世界に存在する神々の力。それをイクシュナーゼがこの世界を存続させるため、人にわずかに分け与えた。この世界を保てるくらいの魔力量を測り、分散させてな」

（なんか、急に話がややこしくなってきた気が……）

神の世界ってなんだろう、とシャーリーはまずそこで躓いたが、わからないことにいつまでも気を取られていては全部がわからなくなる気がして、わからないことはスルーすることにした。

あれだ。学校の勉強と一緒だ。わからないところを延々と考えていたら、気づけば授業が終わっていてほかの重要なことを聞き逃してしまうという、悪循環に陥るのだ。

「神であれば、魔力の色にそれぞれ意味を持つが、この世界に与えられた魔力は世界を存続させるためだけのものだ。人に与えられる魔力は大きくないことと、人が魔力の使い方を知らないがゆえに、特にその色は問題視されなかった。実際、魔力を使って何かをした人間はほとんどいないはずだ」

アルベールがちらりとシャーリーを見た。

シャーリーはかつて、アルベールに魔力のことを訊ねた日のことを思い出す。

アルベールは、魔力は使うものではなく、緑の塔から自然と世界に吸収されて行くものだと言っていた。使うという概念すらなかったのだ。

シャーリーとて、指パッチンで何かを呼び出せると知ったのは偶然にすぎない。指を弾いたら味噌が出て来ればいいのにな、なんてふざけたことを思いながら何気なく指を弾いたら、本当に出てきたのだ。あのときは驚いた。

「イクシュナーゼは世界を存続させるために人に魔力を与えた。人から魔力が大地に流れ、世界に魔力が循環し、滅びることなく世界は続いて行くはずだった」

「はずだった？」

「ああ。上手くいくはずだった。しかし誤算が生まれたんだ。人が魔力の使い方を知らなかったからだ。一部の人の身に魔力は宿した。しかしその魔力を大地に供給する方法を人々は知らない。大地を満たすと言うことがわからないのだ。イクシュナーゼは考えに考え、この世界の中心に力を循環させるための装置を、そして魔力を供給させるための緑の塔を作った」

「力を循環させる装置って……」

シャーリーはなんだか嫌な予感を覚えた。的中していなければいいなと思ったが、どうやらその願いはかなわなかったらしい。ゼレンシウスは苦笑して言った。

「私だ」

やっぱり、とシャーリーが息を吐いた横で、アルベールもテーブルの上で手を握りしめた。

アルベールはシャーリーよりも頭がいいから、ことの重要性にすぐに気づいたのだろう。

ゼレンシウスが力を循環させる『装置』なら、彼が鉱石に埋まっていたあれが『装置』だったのだ。それが破壊されてゼレンシウスが目の前にいると言うことは、『装置』は壊れたと考えていいはずだ。

つまり、魔力が世界に循環しなくなる。

「私は魔力を吸収し、巡らせることができる。それを使い、各地の緑の塔から吸収された魔力の一部を私に集め、世界に循環させていた」

「その循環と言うのがよくわからないんだが、それは具体的にどのようなものなのだろうか？」

アデルが真面目な顔で訊ねる。

「簡単に言えば、次に生まれる人の子に魔力を宿す、ということになるな。そうして常に世界に魔力持ちが誕生するようにするのが私の仕事だった。緑の塔はそのあたり一帯の大地を魔力で潤すと同時に、私へ魔力を送る役目をしていたのだ」

「ということは、緑の塔が枯れると、そのあたりの大地への魔力の供給が止まり、その大地が枯れると同時に循環させるために集める魔力も集まらなくなる、ということでいいんでしょうか？」

緑の塔を使って魔力を循環させていたのならば、それが枯れればそこからの魔力はゼレンシウスに送られない。

つまり、緑の蔦の鉢植えを緑の塔の代わりにするという案は、根本的なところを満たしていないと言うことにならないだろうか。

（って、循環装置が壊れちゃったんだから、今それを考えても仕方がないんだけどね）

シャーリーがゼレンシウスに確認すると、彼は「そう言うことだ」と頷いて続ける。

「本来であればこの仕組みは永遠に続くはずだった。だが、装置……すなわち私の問題で、少しずつ世界に循環される魔力が減っていくことに気がついた」

ゼレンシウスはそこで言葉を止めて、じっと自分の手のひらを見つめた。その顔には、僅かながらに自嘲に似たものがあった。

「私は人の子だ」

「え？」

「人の子なのだよ」

（ちょ、ちょっと待って？）

シャーリーは目をパチパチさせながら考える。

（ゼレンシウスって、数千年前……創世の時代から生きているんじゃないの？）

普通の人が数千年も生き続けることは不可能だ。

ゼレンシウスは自分の手を見つめながら続ける。

「私は人の親の間に生まれた。力こそ循環の色という特殊なものを持って生まれたが、それ以外は普通の人間だった。だがイクシュナーゼと出会い、彼女に求められて彼女の伴侶になった。同時にイクシュナーゼは私の時間を止めた。神ではないが、不死を手に入れた人間と言うわけだ。だが、この不死性を維持するには、皮肉なことに、魔力が必要だったんだ。……ここまで言えば、ある程度は察しがつくのではないか？」

シャーリーはまだ考えがまとまらなかったが、リアムが難しい表情で確認のために口を開いた。

「つまり、世界の循環装置に集まった力は、世界に循環される以外に、ゼレンシウスの不死性の維持のためにも消費されていた、ということでいいのだろうか」

「そう言うことだ」

「すると、世界から魔力持ちが少なくなってきた背景は――」

「私が消費した分、世界の魔力が減っているからだ。このままだと、あと数百年のちには魔力は枯渇し、世界は創世の前のように枯れるだろうな。そして私の不死性も失われ、普通の人のように死を迎えるだろう」

ゼレンシウスがいなければ世界に魔力は循環しない。けれどゼレンシウスがいるから世界の魔力の総量が減っていく。

（そんなの、結局いつかは終わりを迎えるってことなんじゃ……？）

シャーリーの前世でも、星には寿命があると言われていたし、地球はあと五十億年だかそこらで宇宙空間から消えてなくなるらしいというのをテレビで聞いた。それと同じようにそれがこの世界の寿命と考えるべきなのかもしれないが、納得はいかなかった。

（そんなの、世界を維持するための装置として存在しているゼレンシウスも、世界の存続のために緑の塔に入って来た王族たちも、可哀そうすぎるわ）

滅びを迎えるのが数百年先なら、そのころにはシャーリーたちは死んでいないだろうが、だからと言って関係ないと割り切ることもできなかった。

「何とかできないんですか？　例えばイクシュナーゼが再び世界の人々に魔力を分け与えるとか……」

「残念ながら、神の力は減ったからと言って簡単に補充していいものではない。それをすると逆に世界の均衡が崩れておかしなことになる」

「でも、このままだと世界も、あなたも死んでしまうんですよね？」

「そうだ。……そして、イクシュナーゼも、それは容認できなかった」

ゼレンシウスは自分の手のひらから顔をあげて、困ったように眉尻を下げる。

「イクシュナーゼは私を失うのが嫌だったようでね。世界を……というより、私を失わない方法を考えた。彼女は長い間考え、そして導き出した答えは、世界を創り直すと言うものだった」

「ちょ、ちょっと待ってください。創り直すって？」

「一度滅ぼし、もう一度創世するという意味だ」

「「そんな！」」

シャーリーとアデルの声が重なる。

（それって一回この世界の生きる人たちを見捨てるってことでしょ!?　砂場でお城を作るような簡単な問題じゃないのよ!?）

気に入らないから崩して創り直せばいいという問題ではないのだ。

それとも、神様にとってはその場に生きる人たちの命はその程度のものなのだろうか。

そうだとしたら、ひどすぎる。

ゼレンシウスはゆっくりと首を横に振った。

「私もそれには反対した。一度世界を砂だけの大地に戻して新しく創り直すのは、いくら何でも残酷すぎる。イクシュナーゼの計画には私の循環の力が不可欠だったため、私の反対で一度は彼女もこの方法を諦めた。だが、見つけてしまった」

「私を、か……」

リアムが半ば茫然とした顔で言う。

「ああ。私と同じ循環の力を持つそなたを利用すれば、私の協力がなくとも計画を推し進められるとイクシュナーゼは考えた」

「待ってくれ」

それまで黙って聞いていたエドワルドが目の前で手をかざして話を止める。からっぽになったチヨコレートの箱を押しやり、少しばかり身を乗り出した。

「その前に、その循環の力が何なのかを教えてくれ。女神が世界を創り直そうとしていることまではわかったが、それに循環の力が必要と言うのがよくわからない」

「ああ、そうだったな」

ゼレンシウスはもう一度自分の手のひらに視線を落とした。

「先ほども言ったが、私は魔力を循環させることができる。つまり、私自身に魔力を集め、それを放出することができるんだ。簡単に言えば、魔力持ちから魔力を奪い取ることができる」

「魔力を、奪い取る……？」

シャーリーはそこでハッとした。

クレアド国のサリタ王女が、魔力を失い緑の塔から放り出されたと言っていたが、もしかしてそれと関係があるのだろうか。

エドワルドも同じことを思ったのか、不安そうな顔でリアムを振り仰ぐ。

しかしリアムは、イクシュナーゼに操られていた間の記憶がない。何のことかわからず首を傾げていた。

アルベールが、少し言いにくそうに口を開いた。

「つまり、女神イクシュナーゼは、リアム殿を使って、魔力持ちの魔力を奪い取ろうとしたと言うことでいいのだろうか。そうして、この世界から魔力持ちを消し去ることが目的だった、と？」

「その通りだ」

ゼレンシウスは頷き、そして嘆息した。

「魔力持ちがこの世界から消え去れば、必然とこの世界は滅びる。集めた魔力を使えば、私の生命維持はできるので、その間に世界を創り直そうと考えたようだな」

やっぱり、クレアド国の一件にはリアムが関わっていたようだ。

（それどころか、きっと南の大陸で緑の塔が枯れ始めた原因もそれよね）

リアムはただ利用されただけだが、その事実を知れば心を痛めるだろう。シャーリーはどうやって彼に伝えるべきかと考えたが、シャーリーが伝えるまでもなく、聡明なリアムはゼレンシウスの説明でおおよそのことを理解したようだった。

「つまり、私が覚えていないおよそ一年の間、私は各国の魔力持ちの魔力を奪い続けていたということだろうか」

「そうだ」

「……そうか」

リアムは片手で目の上を覆って俯いた。

自分の意思ではなかったにしろ事実は消えない。リアムはぎゅっと眉を寄せて、それっきり黙り込んでしまった。

リアムのせいではないと声をかけたかったけれど、そんな慰めは逆に彼を追い詰めるような気がして、シャーリーは何も言えなかった。

（少し、そっとしておいた方がいいわよね……）

シャーリーはゼレンシウスに向き直る。

「世界を創り直すって言いますけど、イクシュナーゼは具体的にどうするつもりだったんですか？　魔力がないとこの世界は維持できないんですよね？　創り直したところで、結局同じことになるんじゃないんですか？」

「私もシャーリーに同感だ。世界に魔力が必要である以上、やはり魔力持ちが必要だし、その魔力を世界に循環させなければならないのだろう？」

ゼレンシウスはゆっくりと首を振る。

「イクシュナーゼが何を考えていたのかはわからない。だが、彼女は次は魔力が枯渇することはないと言っていた。私も、世界を存続する装置としての役割から解放される、と」

「そんなことが可能なんですか？」

「残念ながら、私にはわからない。私は神ではないからな。世界の創造がどのようなものなのかについては、考えも及ばない。だがこれだけは言っておく。私が世界の中心で魔力を循環させる装置ではなくなった今、魔力の供給が絶たれ私は死へと向かうだろう。世界の中心の鉱石が破壊された今、私があの場所へ戻っても意味がない。イクシュナーゼが望まない方法でこの世界は滅びへと向かうことになる」

シャーリーはハッとした。

そうだ。ゼレンシウスが世界へ魔力を循環させる『装置』だったのならば、世界の中心から彼が出てきてしまったら、魔力は循環されなくなるのだ。

ゼレンシウスによると、あの妙な水晶のような鉱石は、イクシュナーゼが緑の塔から吸収した魔力をゼレンシウスに送り込むために作ったものだったそうだ。

リアムが触れたことで、鉱石に蓄えられていた魔力がすべてリアムに吸収され、その結果、装置が壊れたのではないかとゼレンシウスが推測した。あれと同じものはイクシュナーゼでなければ作れないそうだ。

（どうしよう……）

このままでは、世界が滅びに向かってしまう。

シャーリーが暗い顔で俯いた時、それまで黙っていたリアムが顔をあげた。

「事情はわかった。私が不用意にあの鉱石に触れたために最悪の状況になっていることも含めてな。この責任は取らねばならないが、ひとまず、私が魔力を吸収したのならば、その魔力をゼレンシウスに渡せば、少なくとも寿命は延びるのではないか。今後の対策を考えるにもゼレンシウスの協力は不可欠だろう。死なれては困る」

「確かにそなたが吸収した魔力を用いれば私の寿命は延びるだろうが、だからと言って世界の滅亡が防げるわけでもないぞ」

「そうだとしても、このまま君を死なせるわけにはいかない。話を聞く限り、イクシュナーゼは伴侶であるゼレンシウスにかなりの執着があるようだ。ゼレンシウスがこの世を去れば、イクシュナーゼが怒り狂う可能性がある。女神の怒りは未知数だ。できればそのようなことになるのは避けたい」

シャーリーはふと、先日銀髪の女に襲われたことを思い出した。

確証は持てないが、話の流れから察するに、彼女がイクシュナーゼの可能性が高い。リアムを取り戻しに来たのだろう。その時の様子を思い出す限り、彼女は精霊たちが苦戦するほど強大だった。女神だから当然かもしれないが、そんな彼女が本気で怒り狂ったとしたら――、そこまで想像して、シャーリーはゾッとする。

「イクシュナーゼは頭に血が上ると周りが見えなくなるからな。昔からの悪い癖だ」

そんな言葉は聞きたくなかった。ゼレンシウスはけろりとしているが、こちらとしては「悪い癖」の一言で片づけられてはたまらない。

「私が生きていようと死んでいようと、イクシュナーゼが世界を滅ぼして創り直そうとしていることにはかわりがない。私が装置でなくなった今、世界は加速度的に崩壊へと向かうだろう。時間はあまりないぞ」

「わかっています。……魔力の扱いはよくわからないので、そちらから取っていただけますか？」

リアムがそう言いながら、すっとゼレンシウスに手を差し出す。

先ほどの鉱石に吸収されていた分の魔力をゼレンシウスが受け取るのを見ながら、シャーリーは、ふと、『魔力』とは何なのかと考えた。

漠然と世界を維持するためのものだと思っているが、その根本が何かは理解が及ばない。なぜなら前世では魔力なんて存在しなかったからだ。

（話を聞く限り、ゲームで言うところのＭＰとはちょっと違うみたいだものね）

魔力とは何か。それを知ることで、何か光明が見いだせないだろうか。

「あの、ゼレンシウス。魔力って、そもそもどんなものなんですか？」

「どんな、とは？」

「いまいちわからないんです。目に見えないし」

するとゼレンシウスは不思議そうな顔をしてから首をひねった。

「ああ、まあそうか。……そうだな。簡単に言えば、物質を物質として作る力だ」

「……どういうことですか？」

ますます解せなくてシャーリーが首をひねると、ゼレンシウスは目の前の紅茶に視線を落とした。

「魔力がなくなれば、これらのものを形作る源がなくなる。イクシュナーゼがこの世界に与えた源が、な。魔力とは、イクシュナーゼがこの世界に与えた物質を作る源をとどめておく力だ」

「え？」

(物質を作る源？　それをとどめておく力ってどういうこと？　物質の源ってあれよね、分子とか原子とか……。化学式を覚えるのがすごく大変だったやつだわ)

世の中の物質は陽子と電子の組み合わせで作られる原子と、それの結合体である分子の集合体で成り立っていたはずだ。シャーリーは化学が得意でなかったので、知識としては少々朧気ではあるのだが、高校の化学の授業でそんな話を聞いた気がする。

陽子と電子が組み合わさって原子になり、原子が組み合わさって分子になって、さらにそれが集まったり化学反応を起こしたりして物質になるのだ。

例えば人は、炭素と水素と窒素、酸素、リン、硫黄などからできていたはずである。

異世界であろうとも、さすがにこのあたりのことは同じだろうと思われた。

つまり、魔力とは原子や分子を世界に保つための力だと考えればいいのだろうか。

（まずい、だんだん混乱してきた……）

もちろん、魔力という存在がある以上、すべて前世の常識で考えてはいけないのだろうが、ひとまずのところはそう考えておけばいいだろうか。

そう考えると、確かにゼレンシウスの言うことは理解できた。同時に、魔力がなくなれば世界が滅亡すると言う意味も。世界から分子や原子がなくなったら、その集合体である物も人も動物ももちろんいなくなってしまう。

（でも待って、創世の前にも、この世界には岩や砂はあったんでしょ？　だったら全部が全部分解されるわけではないはずよ。……いや待って、そもそも、原子を作っている電子や陽子って、半永久的に存在してるんじゃないの？）

確か、質量保存の法則と言うやつだ。

例えば陽子と電子が組み合わさって酸素と水素の原子が作られ、それが結合して水分子ができたとする。その水分子が再び酸素と水素に分解された場合、目には見えないが水分子が構成されていた陽子と電子の数は変わらないのだ。

前世ではそのように物質は姿を変え、世界に存在していると習った。

陽子と電子は姿を変えて半永久的に――厳密にはヘリウムのような軽い気体は宇宙空間に逃げて

いくので少し違うとは化学の先生が言っていた気がするが――地球上を循環していたのだ。

（物質が宇宙空間に逃げて行かないのは、重力が関係していたはずだけど、この世界では魔力が関係するってこと？）

重力はこの世界にも存在しているはずなのだが、この世界の分子とか原子とかは、魔力でなければ世界にとどまっていられないのだろうか。

（そうなるとやっぱり世界には魔力が必要ってことね。そしてその魔力をうまく循環させないと、物質を作る分子とかがなくなっちゃうわけよ。よし、なんとなくわかってきた。……でも、理解はできたけど、全然問題解決にはならないわ）

魔力が何かを理解すると、まわりまわって世界にどうやって魔力を循環させるかというイクシュナーゼが抱えた課題と同じところに行きついてしまう。

そして、シャーリーには何も名案は思い付かなかったが、イクシュナーゼは半永久的に魔力が枯渇しない方法を思いついたから世界を創りかえようとしているのだろうか。それとももっと別の何かだろうか。

そうだとしても、それは世界を創り直さずに今のままどうにかすることはできないものなのだろうか。

（イクシュナーゼが思いついた方法って、何なの……？）

魔力が何なのかは朧気に理解できても、まったく解決策が思い浮かばず、シャーリーはため息を吐いた。

13　魔力の循環方法

（このまま何もしなかったら、あとどのくらいで世界は滅ぶのかしら……？）

シャーリーは緑の塔のベランダを作った部屋で、家庭菜園のミニトマトを収穫しながら、バルコニーの外を見上げた。

緑の蔦の奥から、燦々と日差しが入り込んでいる。

ゼレンシウスが世界の中心で魔力を循環させる『装置』ではなくなった以上、世界が滅ぶのは決定事項のようだ。

世界が自然と滅ぶのが先か、女神イクシュナーゼが世界を滅ぼし創りかえるのが先かという違いだけで、どちらにせよこのまま何もできなければ滅ぶのは変わらないのだ。

女神イクシュナーゼの計画では、リアムを使って魔力持ちをこの世界から一掃して世界を滅ぼすつもりだったようなので、リアムがこちらにいる以上、イクシュナーゼの計画は進まない。けれどそれが救いと考えるべきなのかは微妙なところだ。

（結局世界が滅ぶのなら同じことだものね）

世界が滅びに向かっていると言っても、目に見えて変化があるわけではなかった。

ゼレンシウスも、緑の蔦で大地の表面には魔力供給がされるので、すぐに植物が枯れはじめたり、砂漠化したりすることはないだろうと言っていた。

が、魔力が循環しなくなるということは、魔力持ちが生まれて来なくなるということで、いずれにせよ世界から魔力が枯渇するのだ。

（次世代の魔力持ちが生まれて来なくなるってことは、どんなに頑張っても百年足らずで世界が滅亡って考えていいのかしら……？）

人の寿命はどんなに頑張ってもせいぜい百年がいいところだろう。この世界は前世の世界のように医療が発達しているわけではないから、それを考えると百年生きる人はほとんどいないかもしれない。

（平均寿命ってどのくらいなのかしら？　平均寿命なんて考え方がこの世界にはないからわかんないわね）

シャーリーが知っているところで考えると祖父母だろうか。フォンティヌス家の祖母はまだ存命で、御年六十三歳だったはずだ。

母方の祖父母も、六十歳から七十歳の間だった。曽祖父や曽祖母は母方も父方も他界しているから、結婚年齢と出産年齢が前世よりも若いことを加味すると、曽祖父や曽祖母は百歳に満たないうちに他界した計算になる。九十歳も迎えていないかもしれない。

残念ながらシャーリーに医療知識はないので、前世の知識をもとに医療を発達させることはできない。できたとしてもせいぜい平均寿命を数年あげられればラッキーくらいのものだろうから、ほぼ何の役にも立たないだろう。

（そもそも世界に魔力が満ちてさえいれば、魔力持ちは必要ないわけよね？　世界に魔力が満ちていないから魔力持ちが世界に魔力を供給する必要があるわけで……つまり、世界に魔力が溢れていればそれでいいわけよ）

　それができないからイクシュナーゼは魔力持ちを誕生させ、ゼレンシウスを世界に魔力を循環させる装置としたのだから、不可能なこともわかってはいるのだが。

（というか、物質の源を保つのに魔力がいらなければもっといいのだけど）

　前世の世界では魔力なんてなくとも、原子も分子も普通に存在していた。

　何故この世界では、魔力がないと原子も分子も世界に留まっていられないのだろう。

「シャーリー、ここにいたのか」

　シャーリーがぷちぷちと赤く色づいたミニトマトを取っていると、リアムが顔を出した。

　アデルは夫が待つ家に帰っているし、エドワルドもいったん城に戻っている。

　エドワルドも、ゼレンシウスから聞いたことをどこまで国王に報告するか悩んでいたが、すべてを秘密にしておくこともできない。ゆえに、リアムの件も含めて、世界が滅亡しかかっていることを伝えに行ったのだ。ただし、イクシュナーゼのことは伏せておくそうだが。

（女神様って、特に王族にはリスペクトされているみたいだから、その女神様が世界を滅ぼそうとしているなんて知ったら、陛下が絶望しそうだものね。ひっくり返っちゃうんじゃないかしら？）

　シャーリーはミニトマトを入れた籠を手に立ち上がる。

「すみません。もうお昼の時間ですか？」

「いや、昼にはまだ早いが、弁当を頼みたいんだ。上に上がってみようと思う」

「上って……三十三階の変な部屋ですか？」

塔の最上階には巨大な砂時計のような変な物体があるのだ。

砂時計を逆さまにしたかのように下から上へと金色の砂のようなものが上っていっているのである。

その砂時計の上部には緑の蔦の根っこが絡みついていて、天井に向かって蔦が伸びているのだ。

おそらくそこから緑の塔の外壁を伝って蔦が下に降りているのだろうと推測できる。

リアムは以前から三十三階のあの部屋が気になっていて、階段をえっちらおっちらと上っては様子を見に行っていたのだ。

「お弁当を作るのはいいですけど、上るならウンディーネを連れて行った方がいいですよ。ほら、万が一イクシュナーゼが来たりしたら大変ですから」

「そうすると、シャーリーの守りがいなくなるだろう？」

「う……」

イフリートはエドワルドと一緒にいるし、シルフもイリスの元にいる。ノームとフェンリルはアルベールと一緒でブロリア国にいるので、ここにはウンディーネしかいない。

（……でも、リアム様が一番危険なのよね）

リアムはイクシュナーゼの計画に不可欠な存在だ。いつまた奪い返そうとしてくるかわかったものではない。

（ってことは……はあ、仕方がないのか……）

リアムを一人にできないが、シャーリーを一人にできないというリアムが、素直にウンディーネを連れて行ってくれるとは思えなかった。だったら、シャーリーがリアムについて行くしかあるまい。

「わかりました。わたしも一緒に行きます」

「いいのか？　シャーリーにはさすがにつらいんじゃ……」

「大丈夫です。少しは運動しないといけませんし、頑張ります」

正直言えば三十三階まで階段を上っていくのかと思うと気が遠くなりそうだった。一度だけ経験したが、本当につらかったのだ。心の底からシルフが恋しい。彼女のテレポートがあれば一瞬なのに。

「お弁当作りますね。ゼレンシウスはどうするんですか？」

「ああ、彼もいっしょに行くそうだ。何でも、三十三階のあの妙なものが、塔の中の魔力持ちの魔力を吸収する装置らしい。緑の蔦だけでも吸収できるが、あの装置がないと地下のゼレンシウスの元に魔力が供給されなくなっているらしいんだ」

「へえ、そうだったんですか？」

妙なものだとは思ったが、ちゃんと意味があったらしい。

「ああ。だが、世界の中心の装置はその……私が不用意に触ったせいで壊れただろう？　ゼレンシウスが地下に魔力を送ったところで意味がないから、あの装置を少し改造できないかと言っているんだ」

「改造？」

「どこまであげるかわからないが、あの装置で回収した魔力を、私やゼレンシウスが吸収できるようにして、それを適性のありそうなこれから生まれてくる赤子に魔力を回して、魔力持ちとして誕生させられないかと考えているらしい」

「えっと、つまり、魔力持ちを増やせるかもしれないってことでいいんでしょうか？」

「ああ。魔力持ちになれる条件としては、イクシュナーゼが最初に魔力を渡した人間……王族の血を引くかどうかが重要らしいが、血の濃さは別として、伯爵家以上の貴族の大半はどこかで王族の血が入り込んでいるだろうからな。そのあたりはあまり深く考えなくても大丈夫だろう」

（なるほど、付け焼刃感は否めないけど、何もしないよりはましだものね）

このまま何もせずに指をくわえて見ていることはできない。できることがあるならするべきだ。

「ゼレンシウスもどこまで可能かわからないので、先に様子を見に行きたいということだったが、シャーリーがついて来てくれるなら話が早いかもしれないな」

「どういうことですか？」

「あの装置を改造するのに、最終的にシャーリーの力が必要だろうとゼレンシウスが言っていたんだ。だがシャーリーは上まで上るのはつらいだろうから、様子を見に行ったあとで、シャーリーに必要なものを呼び出してもらい、それを持ってまた上がろうという話になったんだ」

以前、シャーリーが三十三階に上るのを嫌がったことをリアムは覚えていたらしい。シャーリーを連れて上がろうとするゼレンシウスを止めて、どうにかしてシャーリーが上らなくていいように考えてくれたようだ。

（リアム様優しい……）

何かあればシャーリーを巻き込もうとするエドワルドにも、リアムのこの気遣いを少しは見習ってほしいものである。

「じゃあ、全員分のお弁当を作っちゃいますね。ミニトマトもたくさん収穫できたし、ついでにこれも使っちゃいましょう」

シャーリーは籠を持って階下へ降りる。

（おにぎり、唐揚げ、卵焼きは鉄板として、他には何を作ろうかな？）

リアムがよく食べるのは知っているし、ゼレンシウスもあれでなかなか健啖家だ。特にずっと地下で『装置』の一部としてすごしてきたゼレンシウスは食事の必要性がなかったそうで、もう何百年も食事を取っていなかった。そのせいか、それともシャーリーが作るものが珍しいからなのか、本当にあれもこれもよく食べるのだ。

（うーん。いろいろ作ってあげた方がいいよね？　追加で肉巻きごぼうに、カボチャの煮物、マカロニサラダ、さっぱり系もほしいから……昨日作ったレンコンの梅酢漬けがそろそろ食べ頃かしらね？　彩りにミニトマトを添えて、緑がないからキュウリを塩昆布であえたものでも入れて、あとはデザートはプリンでいいでしょ）

これだけあれば足りるだろう。

プリンはたくさん作っておけば、夕方くらいに戻ってくると言っていたエドワルドが食べるだろう。

イリスの食事を取りに来るアデルにも持たせてあげればいい。

「あ、ウンディーネ。『水鏡』でアルベール様にお弁当作るけどいる？　って聞いてみてくれる？」

「ええ、いいわよ」

どうせお弁当を作るなら、アルベールの分も作ってあげればいいとウンディーネに頼めば、すぐにフェンリルと『水鏡』をつないで確認してくれる。

アルベールからは「いる」と即答があったらしい。

（アルベール様は唐揚げが好きだから多めに入れてあげよっと）

ウンディーネにお礼を言いつつ、シャーリーは指パッチンで鶏もも肉を取り出した。


お弁当を持って階段を上りはじめて十五分。

シャーリーは早くも後悔をしはじめていた。

（行くなんて言うんじゃなかった。太ももがはちきれそう……）

現在、十六階の踊り場だ。つまり上ってきたのとほぼ同等の階段がまだ残っている。

ぜーぜーと肩で息をするシャーリーに、リアムが心配そうな顔で休憩を申し出る。

リアムもゼレンシウスもけろりとした顔をしているのが不思議で仕方がなかった。

（リアム様はまだしも、ゼレンシウスってずっと地下の水晶みたいなやつの中に閉じこもっていたんじゃないの？　なんでこんなに体力があるわけ？）

人間、一週間も寝たきりになれば体力はがくんと落ちる。創世の時代から最近まで閉じこもっていたゼレンシウスはその比ではないはずなのだ。それなのに、おかしい。

（まあ、それを言ったら老化せずに今の時代まで生きていること自体が不思議なんだから、深く考えるだけ無駄かもしれないけど）

ゼレンシウスの老化を止めているのは魔力だと言っていた。魔力を吸収しているから、ゼレンシウスは老けもせず、今まで生きてこられたのだ。きっと体力にしても魔力に秘密があるに違いない。

ゼレンシウス曰く、イクシュナーゼと同等の魔力の「色」を持っているらしいシャーリーには、どうやらそのような素敵な恩恵はないようだが。

「少し早いが、食事にしようか」

そう言って、リアムが手に持っていた弁当を広げる。

動く気力の残っていないシャーリーに代わり、王子様であるリアムがてきぱきと準備を整えてくれた。申し訳ない気持ちもあるけれど、疲れ果てたシャーリーはリアムの優しさに甘えることにした。

「ほら、シャーリー。お茶だよ」

リアムが水筒からコップにお茶を出して渡してくれる。

「ありがとうございます」

もらったお茶を一気に飲み干して、シャーリーははーっと息を吐いた。

「生き返る……」

「大げさだな」

ゼレンシウスがあきれ顔だが、シャーリーはそのくらい疲れていたのである。貴族令嬢を舐めないでほしい。この体は、前世以上に体力がないのだ。

「シャーリー、冷やしてあげるわ」

ウンディーネがくすくす笑いながら、シャーリーの額に手を置いた。水の精霊王であるウンディーネの手は冷たくて気持ちがいい。

「ありがとう、ウンディーネ」

お茶とウンディーネのおかげで疲れが少し取れてきたシャーリーは、お弁当を食べつつ上を見上げる。

階段はまだまだ上へと伸びていて、うんざりするほどだが、ここまで来たら頑張るしかない。

（わたしが自分で行くって言ったんだから、嫌がってたらダメよね）

お弁当を食べて体力を回復したシャーリーは、よし、と気合を入れて立ち上がった。

そして、同じく十五分かけて残りの階段を上り切ったシャーリーが、部屋の隅に座り込んで休んでいる間に、リアムとゼレンシウスが巨大な砂時計のような装置を眺めては何やらぶつぶつ話し込んでいる。

（魔力をあれに集めているって言ったけど、なんか充電みたいね）

あの変な砂時計のようなものにいったん魔力をプールして、そこから地下へと届けるらしい。

（あんな巨大なものじゃなくて、それこそスマホ用のモバイル電源みたいな小さなものでもいいいんじゃない？　その方が楽そうなんだけど。というか、コンセントみたいにできないのかな。いちいち上に上がってあの砂時計から魔力を吸収するの面倒だし）

そんなことを思いながら眺めていると、砂時計もどきを眺めていたゼレンシウスが振り返った。

「シャーリー、これと同じものを作り出せるか？」

「いや、無理だと思いますけど」

いきなり無茶を言うものである。

もしかしなくとも、シャーリーの力が必要だと言ったゼレンシウスは、シャーリーに同じものを作らせようと思っていたのだろうか。

試しに指をぱちんと鳴らしてみたが、出てきたのはただの小さな砂時計だった。シャーリーの想像力が足りないのだろう。あれと同じものは出てこない。

（そもそもどうなっているのかわかんないから、想像しようがないんだよね）

あの砂らしいものが魔力だということはわかったが、それだけだ。

「いっそ、あの砂が下に落ちるようにしたらどうですか？　玄関ホールあたりに落ちるようにするとか……」

天井から砂がバラバラ落ちてきたら邪魔でしょうがないし、掃除が大変そうではあるが、あれは魔力らしいので、たぶん大丈夫な気もする。

　上に上がりながら砂が消えて行っているのだから、魔力が使われれば消えていくはずだ。つまり、リアムやゼレンシウスが吸収したら消える――と思う。

「できるのか？」

「うーん……、たぶん？」

　砂時計を破壊して砂が落ちるようにすればいいだけなのだろうから、できなくないと思う。

「とりあえず、その装置をひっくり返してみませんか？　そうしたら魔力の砂が上に上がるのではなくて落ちてくるようになりませんかね？」

　上に上っているものをひっくり返せば落ちて来るはずだと言えば、ゼレンシウスが腕を組んで唸る。

「そう簡単に行くとも思えないが……」

「うまくいかなければその時考えればいいじゃないですか。ウンディーネ、あの砂時計っぽい装置の上の蔦の根っこを切って、砂時計をひっくり返せる？」

「できると思うわ」

　ウンディーネが快諾して、ふわりと宙を飛んで天井付近まで行くと、砂時計の根をウォーターカッターで切り取った。そしてそれをくるりとひっくり返す。

「ほら、落ちて来ましたよ！」

　シャーリーの予想通り、魔力の砂は上に上がるのではなく落ちてくるようになった。

「それで、これをどうするんだ？」

リアムが興味津々に訊ねてきたので、ウンディーネに頼んで部屋の外へ運んでもらう。

そして、吹き抜けまで運んでもらうと。指パッチンで太いロープを呼び出し、ウンディーネに天井に砂時計もどきをつるしてもらった。

「これだと魔力の砂は落ちてこないぞ」

「だから穴を開ければいいじゃないですか。ウンディーネ、そこに穴をあけてくれない？」

「いいわよ」

ウンディーネが水を刃に変えて、砂時計の底に直系十センチくらいの穴をあけてくれた。あいた穴から、金色の砂の粒が水のように吹き抜け部分から流れ落ちて、玄関ホールにたまっていく。

「……なんて乱暴な」

ゼレンシウスが吹き抜けから下を眺めて茫然としたが、リアムは逆に面白そうに目を輝かせていた。

「なるほどな。単純だがうまい手だ」

「これでもう上に上る必要はなくなりましたね」

「それが狙いか？」

くすくすとリアムが笑う。当然だ。何度も何度も上に上る羽目になるのは勘弁である。ほしいのはあの魔力の砂粒なのだから、下に落としてしまえばそれでいいのだ。

「でも、この速度だとあっという間に砂がなくなりそうですね」

「なくなってもまた少しずつ溜まっていくはずだ。速度は落ちるだろうが、塔の中に魔力持ちが入っている限り、なくなることはない」

ゼレンシウスによると、この装置は、塔の中にある魔力を吸い上げて結晶化するらしい。そのため、中の結晶がなくなっても、また生まれてくるという。

(よくわかんないけど、まあいいや。とりあえずこれで当初の目的は達成されたわよね？)

魔力の循環と言われてもシャーリーにはさっぱりだし、できることもないだろう。あとはゼレンシウスに任せておけばいい。

これで、世界の滅びが一日でも伸びてくれることを祈るだけだ。

(根本的な解決にはならないけど、できること一つ目って感じかな？)

このような地道な作業を続けながら、何か解決策の糸口が見つかればいい。

世界の滅びは今日明日ではなく、まだ何十年もあるはずだ。それだけの時間があれば、きっと何か名案が思い浮かぶかもしれないと、シャーリーは前向きに考えることにした。

——この時シャーリーは、まさか、事態が急速に悪化するとは、想像だにしていなかったから。

14　イクシュナーゼの本気

その日、シャーリーはいつものように朝食の準備をしていた。

リアムとエドワルドはまだ起きて来ていない。

ゼレンシウスは早起きで、ダイニングのソファでくつろいでいた。

（そう言えば、ゼレンシウスは女神イクシュナーゼの伴侶……つまり旦那さんなんでしょ？　今の状況って大丈夫なのかしら？）

イクシュナーゼはゼレンシウスのために世界を滅ぼして創り直したいと考えている。

けれどゼレンシウスはこちら側にいて、シャーリーたちの味方をしているのである。――つまり、イクシュナーゼと対立するような立場になっていると考えられるが、そのあたり、彼はどう思っているのだろう。

（ゼレンシウスが何を考えているのか、よくわからないわね。世界を滅ぼしたくはないみたいだけど……）

長い時間を「循環装置」としてすごしてきた彼の気持ちはわからない。

もともと人間だったらしいゼレンシウスだ。時間の感覚はシャーリーたちと同じはずである。そう考えると、創世の時代から今日までの長い長い時は、彼にとっては苦しかったのではないかと思うのだが、彼は飄々として全然つかめないのだ。

（考えてみたら、食事もとっていなかったのよね。イクシュナーゼが会いに行っていたんでしょうけど、それでも……）

イクシュナーゼ以外とは誰とも会わずに、ずっと地下の鉱石の中で過ごしていた。

（……緑の塔といい、「循環装置」といい、イクシュナーゼはどうして、人が不幸になるような方法でしか世界の存続を思いつかなかったのかしら？）

それは、イクシュナーゼが神様だからだろうか。人と感覚が違うからなのかもしれない。そうかもしれないけれど――、長い時を鉱石の中で過ごしてきたゼレンシウスや、過去に緑の塔に閉じ込められて苦しんだ大勢の魔力持ちのことを考えると、沸々と怒りに似た何かが胸の底から沸き起こって来る。

たった一人で緑の塔に閉じ込められていたアルベールやリアムを知っているからこそ、この苦しみの連鎖を生んだ根本を、どうしても許せなく思うのだ。

女神にとっては人の一生など一瞬なのかもしれない。ましてや緑の塔で過ごす数年など、取るに足らない時間に思えるかもしれないけれど、少しは人の気持ちも考えてほしい。

（まあ、そういう気持ちがわからないから、簡単に世界を滅ぼして創り直せばいいって考えに及ぶんでしょうけどね）

神様は理不尽だ。

前世の聖書に登場した神様も、神話に登場した神様も、理不尽な神様が多かった。

その絶対的な力の前では、人々は蟻のようにちっぽけで、簡単に踏みつぶされてしまう。

「おっと、焦げちゃう！」

考えに没頭していたシャーリーは慌ててオーブンを確認して、ホッと息を吐きだした。

今日の朝食のメインは鮭の西京焼きだ。魚焼きグリルがないのでオーブンで作っているが、味噌を塗ってあるので火加減に注意しなければすぐに焦げてしまうのである。

おかずの味が濃いので主食は白ご飯。エドワルドの好きな味噌汁は、豆腐とわかめでシンプルに。味噌汁にはほんの少し隠し味でおろしショウガも入れた。

それから大根おろしとオクラのさっぱり合え。これは鰹節とほんの少しのだし醤油であっさりした味付けだ。あとはだし巻き卵と、白菜の浅漬けで完成だ。

ここ数日リアムにお茶漬けブームが到来したので、おそらく最後にほしがるだろうから、沢庵や梅干し、キュウリとニンジンの糠漬けも別の小鉢に入れておく。

西京焼きも焼き上がったし、あとは味噌汁の味噌を溶くだけなので、そろそろリアムとエドワルドを起こしに行った方がいいだろうか。

リアムは放っておいても起きてくるだろうが、エドワルドはその日の気分で、起こすまで惰眠をむさぼっているときがあるのだ。

（エドワルド様、昨日は遅くまでゲームしていたから、今日は起きてこない可能性が高そうだものね）

仕方がないなと息を吐いて、シャーリーはキッチンを出ると二人を起こしに行こうと階段を上りかける。

だが、階段の上り途中で、玄関ホールにアデルが現れて、シャーリーは足を止めた。

「アデル様、どうされたんですか？」

今日、朝から来ると聞いていただろうか。

（しまった、朝ご飯が足りない……）

味噌汁などの副菜はたくさん作っているからいいとしても、西京焼きは人数分しか作っていなかった。さっと作れるものを思い浮かべていると、アデルが切羽詰まったような声をあげて、シャーリーは目を丸くする。

「シャーリー、大変なんだ！」

これは何かあったようだ。

アデルの顔色は悪く、かなり動揺しているのがわかる。

シャーリーは頷き、階段を駆け上りながら返した。

「急いでリアム様とエドワルド様を起こしてきます！」

リアムとエドワルドを起こした後、アデルに訊ねたところ朝食はまだだと返って来たので、さっと追加で薄切りの牛肉をすき焼き風に味付けて、朝食をダイニングテーブルに並べた。

アデルが動揺しているようなので、食事を取りながらの方が気分も落ち着くだろう。

全員そろってダイニングテーブルについた時に、エドワルドがアデルだけに出されたすき焼き風に味付けた牛肉を羨ましそうに見ていたから、残っていた分を出してあげる。まったく、エドワルドは朝から食いしん坊である。

「それで姉上、何があったんですか」

ほくほく顔で食事に口をつけながらエドワルドが訊ねると、アデルが味噌汁を一口飲んで、ふぅっと息を吐きだした後で答えた。

「それが、南の大陸の西側に、変な軍隊が現れたそうなんだ」

「変な軍隊……？　まさか、戦争がはじまったんですか？」

戦争回避のために、エドワルドの案で精霊たちに緑の蔦を植えてきてもらったはずだ。

戦争をはじめるにも準備が必要なので、今日明日の開戦にはならないと踏んでいた。その間に緑の蔦がうまく機能して、国の滅びが止まれば戦争が回避できるかもしれないと考えていたのに、予想よりもあまりに動きが早い。

シャーリーが食事の手を止めると、リアムもエドワルドも眉を寄せて食べるのをやめる。

ゼレンシウスと精霊たちは食事を続けているが、視線はアデルに向けられていた。彼らも何が起こっているのか気になるようだ。

「それがよくわからないんだ。全員が全身黒い鎧に覆われているそうなんだが、国旗を掲げているわけでも、鎧に紋章が入っているわけでもないらしい。それから、どこから現れたのかもわからないと聞いた。噂に聞くと、突然現れて、襲い掛かって来たそうだ。兵士だけではなく非戦闘員であろうとも容赦なく斬りかかってくるのだと……。そして不気味なのが、殺してもまるで死なないらしい。本当かどうかはわからないけど、情報を集めてきた諜報官によると、そんな噂があるそうだよ」

「殺しても死なない!?」

エドワルドが目を剥いて、リアムがさっとゼレンシウスを見やった。

ゼレンシウスが難しい顔をして顎に手を当てて考え込む。

「……実際に見て見ないとわからないが、本当に不死だと言うのならば、イクシュナーゼが関わっている可能性が高い。おそらくだが、不死なのではなく、そもそも生物ですらないと考える方が正しいかもな」

「生物でない……人ではないということですか？」

そんな馬鹿なとシャーリーは目を見開いたが、ゼレンシウスはあっさり頷いた。

「鎧そのものが動いていると考える方がいいだろう。イクシュナーゼが女神の力で創り出したのだろうな」

「そんなこと、できるんですか!?」

「何を驚いているんだ。現にシャーリーも同じようなことをしているじゃないか」

ゼレンシウスがそう言って、精霊たちに視線を向けた。

「彼らは生きて動いているように見えるが、厳密に言えば生物ではないだろう？」

「あ……」

確かにその通りだ。精霊たちは、シャーリーがゲームに登場するキャラクターを想像して呼び出したものだ。意思があり、食事もとっているが、彼らが「生物」かと聞かれれば即答できないものがあった。

ゼレンシウスが生物でないと断言したからには、彼らはやはりゲームのキャラクターで、生物ではないのだろう。あくまでシャーリーが想像した通り――ゲームの設定どおりの、生物とは別の存在なのだ。

「リアムが奪われ、そして私も地下の装置から解放されたことを知って、イクシュナーゼも手段を変えたのかもしれない。物理的に世の中の生物を消し去ることにしたのかもな。魔力持ちがどこに存在しているか、また次にどこから生まれるかわからないのなら、世界に存在する人間を全員殺してしまえばいい。そういう結論に至ったのだろう」

「そんな……！」

無茶苦茶だ。

シャーリーは愕然としたが、ゼレンシウスは苦笑しただけだった。

「イクシュナーゼにとって、この世界は積み木と同じなんだよ。気に入らなければ崩せばいい。この世界に生きる人々を消し去ることに、何の感慨も抱いていないだろう。そういうものなんだ、神と言うのは。そうでなければ、永遠を生き続けることなんてできない。神は執着しないものなんだ。おそらくだが、イクシュナーゼが執着しているものは、私だけだろうよ」

つまり、ゼレンシウスさえ生きていられればそれでいいという考えなのだろうか。

それ以外は無機質な積み木と同じに見えている、と？

「もちろん、実際に見ていないから、イクシュナーゼが関わっているかいないかはわからない。だが、可能性は高いだろう」

「それについては、イリスに頼んで、シルフに様子を見に行ってもらった。じきに報告があると思う」

アデルが青ざめた顔で言う。

さすがに女神の仕業だとは思っていなかったアデルは、事態が思っていた以上に深刻だとわかって今にも倒れそうな顔色だった。

リアムもエドワルドも、顔色をなくしている。

シャーリーもさすがに血の気が引いた。

女神が本気になったら、もはや人間には太刀打ちできないのではないか。

（アルベール様にも教えてあげないと……）

ゼレンシウスの言う通り、南の大陸で発見された鎧の集団がイクシュナーゼの仕業ならば、いつこちらの――北の大陸にやって来るとも限らない。

教えたところで、女神の勢力に対抗しうる手段はないかもしれないが、ただ滅ぼされるのを待つのは違う気がした。

エドワルドがごくりと息を呑み、ゼレンシウスを見る。

「もし……、もし、本当に女神イクシュナーゼが生み出した軍勢だったとして、対抗手段はあるのか？」

「女神の意思が変わらない限り、一度退けたとしても再び方法を変えて来るだけだろうが、全く手がないわけではない」

「それは何だ!?　どうすればいい!?」

ゼレンシウスはシャーリーに視線を向けた。

「簡単なことだ。女神の力に対抗するなら、同じ魔力の色を持ったシャーリーが出ればいい。シャーリーがどこまでできるのかは私にもわからないが、どうやら魔力の使い方はわかっているようだ。イクシュナーゼを足止めするくらいはできるだろう」

シャーリーはぎくりと肩を揺らした。

シャーリーは女神イクシュナーゼと同じ色の魔力の持ち主――つまり、無から有を生み出すことができる力であると言うのは教えられて知っている。

だからと言って、相手は女神だ。シャーリーが対峙して、果たして無事で済むのだろうか。

（しかも、せいぜい足止めできるくらいなんでしょ？）

足止めして、そのあとは？

女神を倒すか引かせることができない限り、どうあってもこちら側が負ける。

まあ、どの道、出向かなくても、女神が人々を殺しつくすことを望んでいるのならば、生き残るすべはないだろうが。

シャーリーがぎゅっと拳を握りしめていると、エドワルドが声を荒らげた。

「ふざけるな！　そんなことをすればシャーリーが危険じゃないか！」

「その通りだね。シャーリーをそんな危ない場所へは送れない」

「シャーリーが出向いたところで足止めだけしかできないのならば、行く必要はない。ほかに方法があるかもしれないだろう？」

エドワルドに続き、アデル、リアムもシャーリーをかばうように声をあげる。

シャーリーはアデルたちに視線を向けて、ゆっくりと息を吐きだした。

落ち着いて、冷静になろう。

（最悪、わたしが出るのはいいわ。どこまでできるかわからないけど、何もしなくても殺されるだけだもの。だけど――）

ゼレンシウスは先ほど、重要なことを言った。

「女神の意思が変わらなければ、と言いましたよね？　ゼレンシウスは、どうすればイクシュナーゼの意思が変わるか、わかりますか？」

ゼレンシウスはだし巻き卵を口に入れながら、こともなげに答えた。

「簡単なことだ。私が死なない世界に創りかえればいい。そうすれば、イクシュナーゼは止まる」

（まったく、簡単に言わないでほしいわ！）

シャーリーはぷりぷり怒っていた。

朝食後、シルフが戻って来るまでアデルも緑の塔にいると言ったので、食後のお茶を用意した後、シャーリーはキッチンで洗い物中だ。

(ゼレンシウスが死なない世界に創りかえればいいって、無茶言わないでよ！)

女神はそのために世界を創りかえようとしている。そのために一度世界を無に戻すつもりなのだ。

つまりゼレンシウスが言ったことは、女神がしようとしている方法以外——すなわち、世界を無に戻さない方法で、ゼレンシウスが死なない世界を創ればいいと言っているのである。無茶苦茶だ。

ゼレンシウスが死なない世界。それは——
一、魔力がゼレンシウスなしでも自然と循環し、枯渇しないこと。
二、ゼレンシウスが生命維持をする魔力分を確保すること。
この二つが大きな条件となる。

だが、よく考えてほしい。

ゼレンシウスが生命維持に魔力を消費しているため、世界の魔力の総量が減っているのだ。上手く循環方法を見つけたところで、ゼレンシウスが魔力を消費し続ける限り無理なのである。

(ゼレンシウスの生命維持のための魔力……はひとまず置いておくとしても、世界が滅びないように魔力を循環させるのってどうすればいいのかしら。というか、魔力がなくても原子とか分子が消えてなくならなければそれでいいんだけど。大体なんで魔力を使わないと原子や分子が消えてなくなるのかしらね……ん？)

シャーリーはそこで引っかかった。

（この世界には太陽も空気もあるわよね？　体に血が流れているのも一緒で、植物も前世にあったものとほぼ変わらないものばかりだし……、つまりここは、わけのわからない魔力とか緑の塔とかを除けば、前世の環境とさして変わらないのよね？）

人が生きるためには空気——酸素がいる。

紫外線から人や動植物を守るためにはオゾンが必要で、それらを含め、空気をとどめておくためめに重力がいる。もっと言えば、物質をとどめておくのにも重力が必要だ。

（確か重力って、自転の関係もあるらしいけど、結局のところは天体の重さによって変わるのよね？　だから月の重力は地球の六分の一で……）

朝が来て夜が来るのだ。この星が自転しているのは間違いない。だから、重力を考えた際に問題になるのは質量のはずだ。

この星に、地球と同じだけの重力があれば、そもそも魔力なんて存在は必要なかったのではなかろうか。だって、同じだけの重力があれば分子も原子も質量保存の法則に則って世界に留まっていられるはずだからである。

ということは、だ。

（つまり魔力って、重力のかわりをしているんじゃないの？）

ユーグレグース創世記がまさしく本当にあったことならば、イクシュナーゼの創世が失敗したのは、もしかして物質を生んでも、それを維持する環境を作り出す重力がなかったからではなかろうか。

　シャーリーは天文学や物理学の専門家ではないので詳しくはわからないが、地球と同一環境にある星であれば生命体が発生してもおかしくないとテレビ番組で見たことがある。

　つまりこの星に足りないものをプラスして、地球と同じ環境に整えられれば、魔力なんてものがなくても世界は維持できるのではなかろうか。

（足りないものが重力だとしたら……、ええっと重力は天体の重さだから、この星が軽すぎるってことでいいの？）

　魔力が、重力の代わりに地上に物質を引き付ける役割をしていると仮定するなら、つまりこの星を地球に近い質量に変更できれば、魔力は必要ないということにならないだろうか。強引すぎるかもしれないが、仮説としては悪くない気がする。

（大地に魔力を供給しなければいけなかったのは、磁石のように物質――分子とかを引き付ける作用をさせるため。だから魔力がなくなった大地は分子とかを引き付けることができなくなり、宇宙空間に放出され続けて、やがて人も動植物も住めない場所になる。……何も引き付けることができないなら、空気も宇宙空間に消えていくでしょうし）

　砂鉄実験のようなものだ。磁石があるところに砂鉄は集まるが、ないところには当然集まらない。物質を引き付ける重力がないところには、何も集まったりしないのだ。だから魔力が供給されていないと、その大地が枯れて国が亡びる。

（そう考えるとしっくりくるわ！）

もちろん、シャーリーが物質を生みだしたり、ゼレンシウスの生命維持に使われたりと、魔力はそれ以外の性質ももっているのだろうが、大地に供給する役割が重力の代わりだとするのならば納得だ。

（大嫌いだった物理とか化学の授業も、役に立つときがあるのね！　必要ない学びはないって本当だったわ!!）

問題は、この星をどのようにして、地球と同じ質量にするかだが——

「わたしにはこの力があるもの。何とかなるはずよ」

それでうまくいくかどうかはわからないが、試してみない手はない。

（そうと決まれば、地球が何でできていたのかを調べなきゃ。できるだけ近い物質を使った方がいいものね！）

確か、地球は水の惑星と呼ばれると同時に、鉄の惑星とも呼ばれているはずだ。

つまり、鉄の含有量が多いのだろう。

「ちょっと記憶があいまいだけど——高校の時の、物理の教科書！」

シャーリーが物理らしいものを学んだのは、後にも先にも高校のときだけだ。

物理の教科書を読めば、きっと知りたいことが書いてあるはずだとシャーリーは指を鳴らした。

シルフが南の大陸の偵察から戻ってきて、シャーリーたちはダイニングに集まった。

先ほど思いついた重力の仮説については、ひとまずみんなにはまだ伏せておくことにした。

仮説は仮説でしかないし、この世界では前世ほど物理や化学は発展しておらず、ましてや地学や天文学については論外だ。なぜなら「この世界はイクシュナーゼが創った」という概念ですべて片付くからである。

まあ実際に神様がいて、神様がこの世界に人々を誕生させたのは間違いないようなので、根本はやはりシャーリーが暮らしていた世界とは違うので仕方のないことかもしれないが。

「シルフ、どうだった？」

アデルがシルフに訊ねると、シルフは難しい顔で頷いた。いつも飄々としている彼女にしては珍しい。

「噂通りだったよ。変な鎧が大群で人を襲っていた。あれは生き物じゃないね。試しにこっそり攻撃して一つをバラバラにしてみたけど、中には何もいなかったし、それどころか、バラバラになっても動いていたよ」

「イクシュナーゼの仕業で決まりだな」

ゼレンシウスが信じられないくらい冷静に判断した。

アデルは蒼白な顔で黙り込み、エドワルドがごくりと唾をのむ。

リアムがダイニングテーブルの上に広げた地図をシルフの方へ向けた。

「その、鎧の軍隊がいたのはどこだった？」

「ええっと、ここだね」

「ビッセリンク国か。……あまり情報がない国だな」

シルフが指をさしたのは、南の大陸の南西の端に近い国だった。以前滅びたと言われている旧ゼラニア大陸の東隣りだ。

「軍の進行方向はわかるか？」

「西に向かって移動していたよ」

「この、ビッセリンクだっけ？　この国、結構な軍事力があるみたいで、今のところ国の西付近でその鎧の軍を何とか抑え込んでるって感じだけど、相手は体力とか関係なさそうな鎧のお化け集団だからね。そのうちじり貧になるのはビッセリンクの方だろうね」

「ビッセリンクは、大国であるフランセンと同盟関係にあるはずだ。応援は入るだろうが……それでも、やはり時間稼ぎにしかならないか」

リアムが眉間にしわを寄せて、脳内にある少ない情報をかき集めるように考え込みながら言う。

「その鎧の軍団がどういう動きをしているか、見張ることができればいいんだけど……」

どのくらいの期間でビッセリンク国を突破し、違う国へ向かうのか。どの程度ビッセリンク国が苦戦しているのか。鎧の軍団の強さはいかほどなのか。シルフの話だけでは、情報が少なすぎる。

シャーリーがつぶやけば、シルフが「それなんだけど」とウンディーネを見た。

「さすがにあたしがずっと張り付いて監視するのは疲れるし、いつ女神が襲ってくるかもわからない状況でこっちの守りが手薄になるのも困るでしょ？　だから、『水鏡』を応用しようと思うんだけど、どう思う？」

「応用……？」

シャーリーが首を傾げると、シャーリーが呼び出したロールプレイングゲームに夢中のエドワルドがポンと手を打った。

「広域魔法とかいうやつだな！　『プロビデンスの目』とかいう」

（そういえばそんな魔法もあったわね……。でも、それ、かなりマイナーだと思うんだけど）

やたらとストーリーの長いゲームの終盤に、一度だけラスボスを偵察するのに使用する、広域魔法だ。

これの習得には、ある条件をクリアしなくてはならず、少なくとも風の精霊と水の精霊が必要で、主人公のレベルが六十を超えて、さらにいくつかのクエストをクリアしないといけない。

（……知ってるってことは……エドワルド様ったら、いつの間にかもうそんなところまで進んでいたわけ？）

おそらくだが、アルベールの進度を超えている。アルベールが知ったらさぞ悔しがることだろう。

シャーリーがちょっぴりあきれていると、シルフが「そうそう」と頷いた。

「それならここからあっちの様子が監視可能になるよ。一回ウンディーネとあたしで行ってくる必要はあるけど、テレポートを使うからそれほど長い時間はかからないし」

「あちらの様子がわかるのは助かる。……何とかして、打開策を見つけなくてはいけないからね」

アデルが緊張した面持ちで言った。

リアムも、異論はないようである。

「わかった。じゃあ、ちょっと行ってくるよ！　ウンディーネ、準備はいい？」

「ええ」

シルフがウンディーネを連れて目の前から姿を消した。

願わくは、ビッセリンクができるだけ長く女神の軍勢を足止めしてくれればいいが――その願いもむなしく、三日後、ビッセリンク国は女神の軍勢によって滅ぼされた。


（ゼレンシウスがいた場所が、世界の中心らしいってシルフは言っていたわよね？）

夜。自室で物理の教科書を開いて、シャーリーはむむっと眉を寄せていた。

教科書によると、地球の中心までの距離は約六千三百七十キロメートル。

シルフがテレポートでゼレンシウスの眠る地下を調べた際に、歩いて向かっていたら何百日もかかっていただろうと言っていた。

地球であれば、一日二十キロメートルから三十キロメートル歩けるとして仮定した場合、三百十八日から二百十二日くらいで中心に到着すると考えられることから、この星と地球の直径はさほど変わらないのかもしれないという結論に至ったのだ。もちろんこれは、シルフに頼んでもう少し詳しく調査してもらった方がいいだろうが。

つまり、重力が足りていないという推測のもと仮定すると、星を構成する密度が低いために質量が足りていないという結論に至るのである。

「あああああ、普段使わない頭を使ったせいか、ガンガンするわ……」

これが料理研究なら上機嫌でいつまでも続けられるのだが、大嫌いな物理学となると話は別だ。

「でも、そうよね、どれだけの空間が広がっていたのかはわかんないけど、ゼレンシウスがいたあのだだっ広い空間は洞窟だったんだもの。つまり空洞。あれだけの大きさが空っぽなら、密度だって低いはずよ」

あの場所がどのくらいの空洞であるのかはわからないが、中心の洞窟、そして各国の緑の塔から地下に伸びているのであろう階段の空間をすべて埋めてしまえれば、密度問題は解決するのではあるまいか。

「地球の内核は主に鉄で、若干のニッケルを含む……ってことは、鉄でいいでしょ。あの空間全部を鉄で埋めることができれば、この星の質量はぐんとあがるはず」

地球とほぼ大きさも同じ、自転もしていて、太陽もある。あと足りない条件が星の質量であるなら、それを揃えれば、自然と生命を維持するのに必要なだけの重力が発生する――と、思う。

ここまですべてが仮定だが、試してみない手はない。

もしこれで生命維持についてうまくいったならば、あと残る問題はゼレンシウスの生命維持に必要な魔力問題だ。

「シャーリー、何を難しい顔で考え込んでいるんだ？」

「アルベール様！」

すぐ近くから声が聞こえてきたのでハッと顔を上げると、アルベールが立っていた。シルフがテレポートで連れてきてくれたのだろう。

シャーリーが腰かけているベッドの隣に座って、アルベールは物理の教科書を覗き込む。

「それは？」

「これは教科書です。ええっと……前世のときに使っていた」

「へえ」

アルベールは興味深そうな顔をしたが、書いてある文字が日本語だったため読めなかったようだ。

肩をすくめて、教科書から目を離した。

「それで、その教科書をどうするつもりなんだ？」

「魔力がなくてもこの世界を存続させられる方法がないか調べていたんです」

「見つかったのか？」

「なんとなく、仮定レベルのものですけど。ただ、この仮定が正しかったとした場合も、イクシュナーゼを止めるもう一つの問題……ゼレンシウスの生命維持の問題が残るんです」

「ああ、魔力か」

「はい。あの、わたしには、魔力がそもそも何なのかが、あまりわかっていなくて」

「そうだな。魔力は本来、神だけが持ち得る力だからな。私たち魔力持ちが持つ魔力は、はるか昔にイクシュナーゼから分け与えられた力の残滓にすぎない」

「神だけが……。イクシュナーゼに分け与えられた残滓……。あの、神様の持つ魔力って、有限なんですか、それとも無限なんでしょうか？」

「無限に決まっているだろう？　永久のときを生きる神だ。その力が有限であればいつか尽きてしまうじゃないか」

（んんん？）

シャーリーはむ？　と首を傾げた。

何かがおかしい。

（イクシュナーゼの魔力は無限……）

ならばなぜ、ゼレンシウスはイクシュナーゼではなく世界から魔力を得ていたのか。

ゼレンシウスによると、世界にイクシュナーゼが再び魔力を与えるのはダメらしいが、対象がゼレンシウスでもダメなのだろうか。

イクシュナーゼがゼレンシウスの伴侶で、彼を失いたくないと思っているのならば、イクシュナーゼ本人がゼレンシウスの生命維持に使う分の魔力を分け与えればよかったわけで――

（何かこのあたりにからくりがありそう……）

イクシュナーゼ本人が、ゼレンシウスに魔力を与えられなかった理由は何なのだろうか。

「ねえ、アルベール様、イクシュナーゼはこの世界にいるんですよね。だって、実際に見ましたもんね？」

「ああ、そうだな……」

「神の世界に帰っていないのなら……ゼレンシウスには、イクシュナーゼが直接魔力を与えればいいと思いませんか？」

アルベールはハッとした。

「確かに！」

これは、ゼレンシウスに確認する必要がありそうだ。

なぜなら、イクシュナーゼ本人がゼレンシウスに魔力を与えていたならば、この世界の魔力の総量は減らなかったはずなのである。

そこまで考えて、シャーリーは「うん？」とまた首を傾げた。

（ゼレンシウスが魔力を吸収して生命維持に使っていたって言ってたけど……使われた魔力って、消えたのかしら？　じゃあ、消えた魔力はどこにいったの？）

魔力が何かはわからないが、世界にある物質は、常にめぐるのだ。

例えば人が水を飲んでも、その飲んだ分だけの水が世界から消えるわけではない。

姿を変え、循環し、水はやはり水のまま世界に存在し続けるのである。

消費した分だけその世界から水が消えていれば、やがて世界から水がなくなってしまうのだから。

つまり――ゼレンシウスが消費した分だけ世界にいきわたる魔力は減っているのかもしれないが、消費した魔力はどこかに残っているのではないだろうか。

（それは一体……どこに……）

まだ、ゼレンシウスは何かを隠している。

シャーリーはふと、そんな直感めいたものを覚えた。

「壁に穴をあけようなどと、普通は考えないものだが……これはなかなか面白いな」

シャーリーが作り上げたベランダの菜園で、実っているミニトマトを指先でつつきながらゼレンシウスが笑った。

そうしていると、本当にリアムにそっくりだ。

ビッセリンク国が滅ぼされ、女神の軍勢がフランセン国を襲っている現在、シャーリーたちは悠長に構えていられないのだが、ゼレンシウスにとってはそんなことは些末なことなのかもしれない。

「ゼレンシウス……。ここにはわたしとあなたしかいません。隠し事はなしにしませんか？」

ゼレンシウスの背中を見つめながらシャーリーが問いかければ、彼は微苦笑のような笑みを浮かべて振り返った。

「隠し事、とは？」

「まだ、何か隠していますよね。魔力の……あなたの生命維持のことで」

ゼレンシウスは笑みを浮かべたまま答えない。

シャーリーは質問の仕方を変えた。

「あなたの生命維持に使われた魔力……それは一体どこに消えたんですか？　完全に消えたりなんてしませんよね。だって、世界の魔力だって、使われてもあなたの力でまた巡っているじゃないですか。魔力が同じ質量だけ存在しているのなら、ゼレンシウス、あなたが使った魔力だって、消えてなくなるはずはないんじゃないですか？」

ゼレンシウスはぱちぱちと目をしばたたいた。

「……驚いたな。どうして気がついたんだ？　普通は、そんなこと考えたりしないだろう？」

確かに、物理や化学が発展していないこの世界の住人は、そんな疑問を持たないかもしれない。

だがシャーリーは知っているのだ。

世界に存在する物質は、消費されてもめぐり、その総量を維持し続けることを。たとえそれが、目に見えないものであろうとも。

「わたしはちょっと、変わった存在なので」

「どんなふうに？　それを教えてくれるなら、私も答えてあげる気になるかもしれないよ」

シャーリーは肩をすくめた。

この秘密は、アルベールにしか打ち明けていない。

言ったところで荒唐無稽で、正直、信じてくれる人の方が少ないだろう。

打ち明けたところでゼレンシウスが信じるかどうかはわからない。

アルベールと二人だけの秘密だった前世の記憶持ちという事実を、ゼレンシウスに教えるのは少し躊躇いもある。

アルベールと二人だけの秘密が、二人だけのものでなくなるのは、なんだか淋しいとも思う、けれど。

（ゼレンシウスと本音で話をするには、教えるしかないかな）

どこか面白がるようなゼレンシウスの顔が、まるでシャーリーを試しているかに見える。

「……わたしは、わたしがシャーリー・リラ・フォンティヌスに生まれる前の記憶――小日向佐和子という人間だった時の記憶を持っているんです。ここことは違う世界の。だからですよ」

さすがに想像し得なかったのか、ゼレンシウスはぱちぱちと目をしばたたき、そしてぷっと吹き出した。

「ああ、なるほど、だからか」

馬鹿にされたと一瞬ムッとしたシャーリーだったが、ゼレンシウスの言葉に逆に虚を突かれる。

（信じたの？）

さすがに、あっさり信用すると思っていなかった。

驚いていると、ゼレンシウスは笑いながら続けた。

「ここには妙なものが多すぎたからな。想像だけで作り上げたのならずいぶん想像豊かな子なんだなと思ったけれど……なるほど、別の世界の記憶をもとにしていると考えれば納得できる」

くすくすとひとしきり笑ったあとで、ゼレンシウスはふと真顔になった。

「いいよ。そんな重大な秘密を打ち明けてくれたんだ、私も真実を話そう」

ゼレンシウスは、ベランダから入り込む日差しに目を細めて、言った。

「魔力は私の中にある。……私はね、おそらく、この世界の魔力をすべて取り込めば、神になれるんだよ」

「……え？」

「まあ、これはイクシュナーゼが言ったことだから、本当なのかどうかは彼女しかわからないけどね」

「ちょ、ちょっと待ってください。意味が……」

シャーリーは混乱した。

人が神になる？　それは一体どういうことだろう。

（いやでも、お釈迦様はもともと人だったし。あれ、でも、え……？）

頭を抱えたシャーリーに、ゼレンシウスは口端を持ち上げた。

「これは、私の体質と、イクシュナーゼの伴侶という特殊な立場が影響しているみたいだけどね。生命維持に魔力を消費していると言っただろう？　その消費した魔力は、私の中にどんどん蓄積されているんだ。その魔力が一定量を超えたとき――この世界の魔力の総量ほどの魔力を蓄積したとき、私はどうやら神になるらしい。イクシュナーゼがそれに気づいたのが、二年くらい前のことかな。これはイクシュナーゼも想像できなかった、偶然の産物みたいな現象らしいけど」

ゼレンシウスはベランダから出て、日向ぼっこ用にシャーリーが用意していたデッキチェアに浅く腰かけた。

シャーリーが近くの椅子に腰を下ろすと、ゼレンシウスは日差しを眺めながら続ける。

「神になれば、生命維持に魔力を消費しないので不老不死だ。イクシュナーゼと永遠に一緒にいられる。だけどね、これには一つ問題があったんだ。なぜなら、今のまま生命維持に魔力を使いながら循環装置でい続けるとね、世界の魔力をすべて取り込む前に、魔力不足で世界が崩壊するんだよ。そうなれば、私も一緒に死んでしまう」

「待ってください。世界と同じだけの魔力をゼレンシウスが得られればいいのなら、世界の魔力を奪わなくても、イクシュナーゼにもらえばいいじゃないですか」

「シャーリー、物事はそう単純なことではない。人にルールがあるように、神の世界にもルールがあるんだ」

「ルール……？」

「魔力というのは本来、神しか持ちえない力なんだよ。イクシュナーゼは世界の維持のために魔力を使ったが、魔力はね、いわば薬のようなものだ。薬は必要量以上を口にすると、毒にもなるだろう？　魔力とはそういうものなんだよ。人の身には、過ぎた力だ」

「つまり……？」

「イクシュナーゼは、この世界を創ったときに、動植物に害のない量の魔力量を見極めて与えた。魔力は、与えすぎてはいけない。それが神様のルール。つまり、世界の魔力の総量は、イクシュナーゼが当初与えた量を超えてはいけないんだ」

「でも、ゼレンシウスが消費した分の魔力は世界から消えているじゃないですか？」

「消えてはいない。私の中にあると、先ほど言っただろう？　万が一私が命を落とした際は、私に蓄積されている魔力は世界にあふれる。……言いたいことはわかるか？」

「要するに……、イクシュナーゼがゼレンシウスに魔力を与えてしまった場合、あなたが死んだときに過剰な魔力が世界にあふれるってことですか？」

「そういうことだ。そして、それが神の理だ」

（なるほど、だからイクシュナーゼは、与えたくても与えられないのか……）

ただひたすら、世界の魔力を消費してゼレンシウスが神になるのを待つしかない。けれど、このままではゼレンシウスが神になるよりも早く世界が滅びる。――イクシュナーゼが世界を創りかえようとしている理由は、そこにあるということか。

「イクシュナーゼは、何をしようとしているんですか？」

「……一度、世界を滅ぼし、その魔力すべてを私に与えるつもりなんだ。そして、私が神になった後で改めて魔力を世界に与えて創造しなおす。そういう計画らしい。もちろん、私は止めたがね。だが、イクシュナーゼはそんな言葉では止まらないよ。神様は、理不尽で我儘なんだ」

ゼレンシウスが神になった暁には、彼は不老不死となり、死ぬことはなくなる。彼の中に蓄積された魔力があふれ出ることはなくなるから、改めて必要な総量の魔力を与えて創造しなおすというのか。

（……でも、待って）

「ゼレンシウスは、魔力の循環装置だったんですよね？　循環装置がなくなれば、世界は……」

「リアムがいるだろう。イクシュナーゼはリアムを使うつもりだ。そして、私のときとは違い、おそらく世界そのものに組み込むつもりじゃないのか？　どうするつもりなのかはわからないが、リアムのような色を持った魔力持ちを見つけては、装置の核となる人物を入れ替えていけば、生命維持に魔力を消費する必要はなくなるな」

「なん……ですって？」

シャーリーはぞっとした。

（そんな……そんなのって）

あまりに理不尽だ。装置に使われる人のことなど、何も考えていない。

いや、人のことなど何も考えていないからこそ、簡単に世界を創りかえようなどと言えるのだ。

「これが真相だ。どうする、シャーリー。イクシュナーゼを止めることができそうか？」

ゼレンシウスは真面目な顔で訊ねた。

女神の計画に反対したということは、彼はこの世界を創り直すことには反対ということで、きっと何とかしてイクシュナーゼを止めたいと考えているのだろう。

それでいて、シャーリーたちに真実を今まで教えてくれなかったということは、彼はイクシュナーゼを止めることは不可能なのだと諦めてもいるのだ。

（でもこれでわかったわ。イクシュナーゼの望みは、ゼレンシウスを神にすることだったのね）

そして、神になりさえすれば、ゼレンシウスの生命維持に、魔力は必要なくなる。――ならば。

「百パーセントうまくいくとは断言できませんけど……、もしかしたら、何とかなるかもしれません」

15　女神を止めるもの

「アルベール様、本当にこちらに来てよかったんですか？」

ローゼリア国の緑の塔には、シャーリー、アデル、エドワルド、リアム、そしてアルベールが集まっていた。

精霊たちも全員集合していて、当然、ゼレンシウスもいる。

今朝、シルフのテレポートでこちらにやってきたアルベールがシャーリーは心配になったけれど、彼は平然とした顔で頷いた。

「こんな大事な時に、私だけ高みの見物はできない。大丈夫だ。父上に国王の業務は一時的に代わってもらっている。父上も、世界の危機以上に優先されるものはないだろうと言っていた」

アルベールはここに来るために、父親である前王に南の大陸で起こっていることについて説明をし、国に関する全権をゆだねてきたという。もちろん、すべてを語ることはできないので断片的なものにはなるが、女神イクシュナーゼが関わっていることは伝えたそうだ。

（前ブロリア国王陛下も、さぞびっくりしたでしょうね……）

アデルも、夫であるヘンドリックに、エドワルドとリアムはローゼリア国王夫妻に、ともに同じ説明をしている。

説明を受けた彼らもひどく驚き狼狽したというが、最終的には信じたらしい。

実際、南の大陸で起こっていることは、女神が関わっていると言われても不思議に思わないほどの異常事態だからだろう。

「それで、シャーリー、作戦というのは？」

お茶を用意し、全員が席に着いたところでアデルが目の前に広げられた紙を不思議そうに見ながら訊ねてきた。

ダイニングテーブルの上には、シャーリーが物理の教科書を参考にして描いた、星の断面図がある。シャーリーがこくんと頷いて説明を開始しようとしたとき、シルフが待ったをかけた。

「待って。その前にイリスから伝言だよ」

「イリス様から？」

イリスと定期的に文通しているシャーリーが首をひねると、シルフがちょっぴりいたずらっ子の様な顔をして続けた。

「うん。じゃあイリスの言葉をそのままいうね。『シャーリー、わたくしをのけ者にするなんてずるいわ。塔の中には入れないけど、そうじゃなかったらわたくしが手伝ってもいいわよね。これでもわたくし、ゲーマーだったんだから、絶対に役に立てるはずよ。わたくしをおいていったら、一生口きいてあげないんだから！』だって」

「……へ？」

シャーリーはぱちくりと目をしばたたいた。

イリスには、今回の事情はすべて手紙に書いて説明してある。前世の記憶持ちの彼女にも助言を求めたからだ。ゆえに、今からシャーリーが語ろうとしている詳細を、すべてイリスは知っているわけだが――

「……ってことは、イリス様もついてくるってこと!?」

「みたいだね。今朝、かなりやる気満々だったから」

シャーリーは戸惑ったが、それはイリスの姉や兄であるアデルとエドワルド、リアムも一緒だった。けれど、それは一瞬のことで、王族である彼らは、勝手に「イリスも世界の危機を見過ごせないのだろう」と納得してしまった。王族である彼らは幼少期から世界の存続についてと、自己犠牲的な自分たちの役割を叩きこまれて育っているため、少し感覚がずれている気がする。

シャーリーはこめかみを押さえた。

シルフがイリスの言葉をそのまま伝えたのだとすれば、作戦からはずせばイリスが激怒するのは間違いない。

（一生口をきいてもらえないのは嫌だなぁ。……シルフは今回の作戦に欠かせないけど、万能タイプのウンディーネを預ければ大丈夫かな？）

不安は残るが、のけ者にしようとしても、イリスのことだ、シルフを使って無理やり参戦してきてもおかしくない。どうもイリスとシルフは仲がいいようなのである。

（仕方ない）

イリスの姉や兄たちが止めるつもりもないようなのだ、諦めるよりほかはないだろう。

シャーリーは頷き、改めて作戦について説明することにした。

「わかったわ。その時はイリス様もお連れしますって伝えておいてくれる？……じゃあ、今から作戦を説明しますね」

シャーリーは手書きの星の断面図をみんなに見えるように中央に置いた。

「わたしも詳しくないので、少しわかりにくい説明になるかもしれないんですが……、これは、この世界の断面図です。想像で描いたので、少し違うかもしれませんけど、ええっと、この世界の中心には、このような巨大な穴が開いています。世界の循環装置――ゼレンシウスがもともといたのは、この空洞にあたる世界の中心部なんです。ゼレンシウスにも確認したので、これは間違いはありません。地上から中心までの距離も、ゼレンシウスに確認してシルフにも確かめてもらったので大体あっています。およそ六千三百キロメートルです」

地球の半径より七十キロメートル程度小さいが、このあたりは誤差として考えることにする。さすがに星の大きさまで指パッチン魔法で変えることはできない。

「この世界が球体だというのは知っていたが、こんな風になっていたのか。面白いな」

星を見るのが好きなリアムが目を輝かせて身を乗り出した。

「しかしずいぶんと大きな空洞だ。シャーリーの図が正しいなら、この世界の三分の一はこのような空洞になっていることになる」

「はい。イクシュナーゼがここに世界を創造する前からこうだったのか、それとも創造したからこうなったのかはわかりませんけど、この星……世界は、穴だらけなんです。まるっきり空洞というわけではなくて、洞窟みたいに入り組んではいるみたいなんですが、わたしにそれほど画力がないので、わかりやすいように全部空洞で描かせてもらいました。ただ、三分の一くらい空洞なのは間違いないらしいです。そうですよね、ゼレンシウス」

「そうだね」

ゼレンシウスが頷き、面白そうな顔をして星の断面図を指さした。

「このように地下の奥深くが空洞になっているのは間違いない。だが、それがどうしたというんだ？　世界の存続や滅びに、これが何か影響するとでも？」

「はい。その通りです。実際に目で見てもらった方が早いので、……ちょっと待ってくださいね」

シャーリーは一度椅子から立ち上がり、冷蔵庫からペットボトル飲料を持ってきた。

「世界には、本来重力って呼ばれるものが存在しているんです。これがないと人も動物も生きていけないんですけど……、わかりやすく言うと、これです」

シャーリーはペットボトルを宙に掲げて、ぱっと手を離した。

当然、ペットボトルは床に向かって落下していく。

「シャーリー、わかりやすくというが、何がだ？」

エドワルドが怪訝そうな顔をした。

アデルやリアムも同様で、アルベールも床に転がったペットボトルを持ち上げて首を傾げている。

「ものを落とせば落下するのは当たり前だろう」

「その、当たり前だと思っているものが重力なんですよ。でも、おそらくですけど、この世界は、人や動物が生きていく上での重力が足りていないんです。そしてその重力の代わりをしているのが、大地を満たしている魔力だと思います。……実際にシルフにも事前に調べてもらいましたけど、滅びた旧ゼラニア国の上で同じようにペットボトルを落としてもらったところ、このように落下はしなかったみたいです。ゆっくりと、羽が落ちるみたいに、ふわふわとした落下だったって……シルフ、そうよね？」

「うん！　こんな感じだよ」

シルフがアルベールからペットボトルを受け取り、魔法をかけて目の前で実演した。

シルフが落としたペットボトルは、先ほどとは比べ物にもならないくらいにゆっくりと、宙を漂うようにしながら落ちていく。

それはまるで、前世にテレビで見た、月の上を歩く宇宙飛行士のようだった。

完全に無重力ではなく、重力はあるが、おそらく月と同じくらいの重力なのだろうと予想できる動きだ。

旧ゼラニア国でシルフに実験してもらって、これを知ったことにより、シャーリーは自分の仮説に自信が持てたのだ。

「詳しくないので、細かい理由は説明できないですけど、この状態では人は生きていけないんです。つまり、この世界は、もともと人や動物、植物が生きていける環境になかったってことです。人が生きていけるように重力の代わりをしているのが魔力なんですよ」

「……ええっと、エドワルド、わかった？」

「さっぱり」

アデルとエドワルドは、どうやら理解の外にいるらしい。

アルベールは難しい顔で顎に手を当てて、リアムがじーっと紙を凝視しながら考え込んでいる。

「シャーリーの言うところの、重力というものがなければ人が生きていけないというのは、なんとなくだがわかる気がする。だがシャーリーの説明では、単純にその重力の代わりをしているという魔力がなければ、結局、人も動物も生きていくことはできないということの再確認をしているだけではないのか？」

「シャーリーは先ほどこの空洞の話をしたが、この空洞とその重力というのは何らかの関係があるということか？」

さすがリアムとアルベールである。シャーリーのへたくそな説明にも、何とかついてきてくれているらしい。

「そうです。ここからが本題なんですが……、この世界に、人が生きていけるだけの重力を生めば、魔力は必要なくなるんですよ。そして、重力には星の……ええっと、この世界の重さが関係するんです。つまり……」

「この空洞を埋めれば、この世界の重さが増える、ということか？」

リアムがいち早く気が付いた。

アルベールも、なるほど、と頷く。

「なるほど。これだけ空洞ばかりなら、さぞこの世界は軽いのだろうな」

「おおむねその通りです。わたしは、この空洞の部分を埋めようと思います。そうすれば、きっと、必要な重力が発生するはずです」

「シャーリー、埋めると言うが、どうやって……」

「わたしには、指パッチン魔法がありますから！」

試しにぱちんと指をはじいて目の前にチョコレートの箱を出すと、誰もが合点したように頷いた。

重力の話についてこられなかったアデルとエドワルドも、シャーリーが指パッチン魔法で空洞を埋めるというのは理解できたようだ。

「確かにシャーリーのその力ならできそうだね」

「なんたって、女神イクシュナーゼと同じ力だからな！」

「はい。そして、世界に魔力が必要なくなれば、その魔力はそのままゼレンシウスが使えます。世界に残る魔力全部をゼレンシウスが使用できるようになれば、女神は満足なんですよね？」

ゼレンシウスを見やれば、彼は小さく笑って頷いた。

「面白い方法を考えるものだ。本当にそれでうまくいくなら、イクシュナーゼも満足するだろうな」

ゼレンシウスがそう言ったのだ。シャーリーの計画通りに進めば、イクシュナーゼも世界を滅ぼして創り直そうとはしなくなるはずである。

「でも、どうするつもりだ？　下手に地下で作業をしていると、イクシュナーゼに気づかれるぞ。

イクシュナーゼはすでにそなたらを自分の計画を邪魔するものとして認識しているからな。この上妙な動きを見せれば、容赦はすまい」

「……ちなみに、イクシュナーゼは話し合いを持てそうな相手ですか？」

「無理だろう。そもそも神が人の話に耳を傾けると思うか？」

予想はしていたが、予想通りの回答が戻ってきてシャーリーは息を吐いた。

「じゃあやっぱり、イクシュナーゼを足止めしてもらうしかないですよね」

「足止め？　シャーリー、どうするつもりだ？」

エドワルドがシャーリーが先ほど指パッチンで呼び出したチョコレートの箱を開けながら訊ねた。

シャーリーはきゅっと口を引き結ぶ。

これこそが、イリスがおいていくなとシルフに伝言させた計画だからだ。

（かなり無茶なお願いにはなるけど――）

シャーリーが思いつく方法は、これしかない。

そして、時間が経てば経つほど南の大陸に被害が出るのだから、ゆっくりと代替案を考えている暇もないのだ。

シャーリーは覚悟を決めて口を開いた。

「わたしが、シルフとノームとともに地下に行って作業をしている間……、アルベール様たちには、イクシュナーゼがわたしを追ってこないように足止めしてほしいんです」

精霊たちがついているとはいえ、相手は女神だ。

イクシュナーゼを相手にするのは、かなりの危険が伴う。

でもこれしか方法がないから、シャーリーはまっすぐに彼らを見つめた。

「お願い、できますか？」


「おつかれ、シャーリー」

話し合いが終わり、アデルはヘンドリックのもとに、エドワルドは国王のもとに報告に行くと言うので、シャーリーはアルベールとともにベランダのある部屋にやってきた。

この部屋を作ったのが、まるでずっと昔のことのように思える。

（なんだか不思議ね）

この世界に転生したのだと気づいて、アデルと出会い、アルベールと出会い……、緑の塔の秘密を知って、その理不尽さに腹が立って――そしていろいろあって、あっという間の出来事のようだったけれど、それでいてずっと以前からのことのようにも思える。

記憶を取り戻してからは三年くらいしか経っていなくて、アルベールと出会ってから二年も経っていないというのが不思議だ。

「みんな、あんなにあっさり引き受けて、本当にいいんでしょうか？」

シャーリーがイクシュナーゼの足止めを頼むと、アデルたちはこちらがびっくりするくらいあっさりと頷いた。一切悩むそぶりも見せず、当然のように。

「アデル様たちは王族で……アルベール様は国王陛下なのに」

「どのみちこの作戦がうまくいかなければ、世界がイクシュナーゼによって滅ぼされるんだ。そうなれば王族も何も関係ないし……私を含め、みんなそなたを信じているんだよ」

アルベールがそっとシャーリーの頭に手を伸ばして、優しく胸に引き寄せる。

「そなたは、私たちにたくさんのものをくれた。目に見えるもの、見えないもの、本当にたくさんのものだ。そんなそなたが、一生懸命考えてくれた計画に、私たちが反対するはずはない。たとえそれが命がけなことであっても、そなたのお願いを断ったりはしないよ」

「でも――」

ダイニングで、みんなに計画を話してお願いしたときは夢中だったけれど、今になって怖くなってきて、シャーリーはぎゅっとアルベールにしがみつく。

シャーリーには、この計画しか思いつかなかった。けれど、それはアルベールたちを、本当に危険にさらしてしまうのだ。本気になったイクシュナーゼがどれだけ強敵なのかは計り知れない。

精霊たちがついていても、彼らが無事でいる保証はどこにもないのである。

（もし……アルベール様や、みんなが、死んじゃったりしたら……）

シャーリーがこんな計画を立てたせいで、誰かが犠牲になったりしたら――、そう考えると、足が震えてくる。

もし、シャーリーが地下の空洞を埋めて戻ってきたときに、誰か一人でも欠けていたらと想像すると、それだけで身がすくみそうになる。

そんなシャーリーの不安がわかっているのか、アルベールがぽんぽんとシャーリーの頭を撫でた。

「シャーリー、そなたは優しすぎるからこそ、誰かを心配しすぎる。優しいのは美点だが、今のままでは神経をすり減らすだけだぞ。たまには相手を信じて任せておけばいいんだ」

「アルベール様……」

「不安を抱えていたら、成功するものも成功しなくなるかもしれない。ただ信じて、絶対に大丈夫だと思っていればいい」

「そう……、ですね」

「ああ。そして、全部が終わったら、改めてブロリア国王としてそなたを迎えに来るよ。――結婚しよう」

（結婚……）

その二文字に、シャーリーはゆるゆると目を見開く。

アルベールと結婚するという話は、以前からしていた。

けれどもシャーリーは緑の塔にいて、いつか出られるとは思っていたけれど、明確にはわからなくて――、結婚という言葉は、自分の中で現実味を帯びていなかったのかもしれない。

それが今、明確な区切りを帯びて、ようやく目の前に提示された。

（全部終わったら……）

この世界には緑の塔は必要なくなって、王族はもう、魔力供給という責務から解放される。

世界の滅亡とか、女神とか……、そんな重たい物事を考える必要もなくなって、シャーリーは、自分自身のことを考えてもよくなるのだ。

アルベールと結婚するということは、ブロリア国の王妃になるということで、もちろんその責務は重たいだろう。

それでも、大好きなアルベールの隣で生きていける。

「しましょう、結婚。……絶対に」

大好きな人との未来も、大切な人たちの人生も、全部守り抜いて最後に笑うのだ。

心配も不安も恐怖も全部覚悟に変えて、シャーリーは笑った。


——ゼレンシウス……大好きよ。大好きなの……。

甘く優しい、けれどもすがるようなイクシュナーゼの声を聞いた気がして、ゼレンシウスは目を開けた。

「……夢か。夢なんて、久しぶりに見たな」

地下で循環装置として存在していたときは、ずっと眠っているようなものだったけれど、夢なんて一度も見たことはなかった。

長い時をまどろんで、たまに覚醒すればイクシュナーゼと他愛ない話をする。

その、繰り返し。

「イクシュナーゼ……」

相容れない考えを持つ女神なのに、どうしてか嫌いになれない、自分の伴侶。

神は身勝手で理不尽で、そしてものすごく孤独な生き物だということを、ゼレンシウスは知っている。

数千年前に、そんな身勝手で淋しがり屋なイクシュナーゼの手を取ったことを、後悔はしていない。

ただ――

「この世界を滅ぼしたりしたら、私の数千年が、全部無駄になるじゃないか」

何のために、世界の一部として組み込まれる人生を選んだと思っているのだろうか。

淋しがり屋で身勝手なイクシュナーゼ。

彼女は一度知るべきだ。

人間は、神の前にひれ伏すだけの存在ではないことを――

「気をつけていってきてくださいね」

久しぶりに緑の塔の外に出たシャーリーは、不安をぐっと押し殺して微笑んだ。

塔の前には、アルベール、アデル、エドワルド――そして、イリスとアデルの夫ヘンドリックがいる。イリスが本当についてくるとは思わなかったが、アデルのようにシャツとズボン姿の彼女はなかなか様になっていた。

シルフとノームはシャーリーとともに地下に行くので、イリスにはウンディーネを預けてある。

アルベールがフェンリル、エドワルドがイフリートを連れていた。

アデルの説明を聞いたヘンドリックは、迷うことなく自分も行くと申し出たそうだが、さすがに現実に精霊を見るとしばらく茫然としていた。

時間をかけてようやくこれが現実なのだと理解したようだが、まだ少し目が泳いでいる。

アデルが笑いながら、「そのうち慣れるよ」と言ってヘンドリックの肩を叩いていた。

イクシュナーゼの居場所は、ゼレンシウスが知っていた。

彼女はずっと北にある島——人も動物も植物も、何も存在していない極寒の大地に居城を作っているらしい。

アルベールによると、地図上には存在しているが詳細は不明で、どのような場所であるのかは誰も知らないところだという。

「シャーリーも気をつけて。何かあればすぐに逃げるんだぞ」

「アルベール様も無茶をしたらダメですよ」

「ああ。こちらの目的はあくまで女神の足止めだからな。大丈夫だ」

アルベールはそういうが、シャーリーが地下の空洞を埋め尽くすのにどのくらいの時間がかかるかはわからない。

長引けば長引くほどみんなが危険にさらされることになるのだ。

（って、不安になったらダメよね。絶対大丈夫。アルベール様がそう言ったもの）

誰一人欠けることなく目的を達成して、アルベールと結婚するのだ。

覚悟はもう、決めている。だから、大丈夫。

ここでぐずぐずしていると、なんだか最後の別れのように思えてくるから、シャーリーは笑った。

「できるだけ早く地下を埋めてそちらに合流します。だから、しばらくの間よろしくお願いします」

みんなが頷くのを確認して、シャーリーはシルフを振り返る。

「じゃあ、お願い」

「オッケー。『外気操作』で寒さは感じなくしてあるけど、相手が女神だからね。もし凍えそうになったら、イフリートにあたり一面を火の海にしてもらうといいよ！　じゃあ、いってらっしゃい！」

冗談なのか本気なのかわからないことを言って、シルフがアルベールたちをテレポートで極寒の大地に飛ばした。

目の前から全員が消えると、シャーリーはきゅっと表情を引き締める。

心配している暇はない。

シャーリーはシャーリーで、自分ができることをしなくては。

「わたしたちも行きましょう。シルフ、ノーム、お願いね！」

サイドストーリー　女神軍との戦い　sideイリス

（シャーリーともっとゆっくり話がしたかったのに……ま、こんな状況じゃあ仕方がないわよね）

シルフのテレポートで極寒の大地に飛ばされたイリスは、氷と雪に覆われた真っ白な大地を見やりながら小さく息を吐いた。

空は晴れているのに、雪が降っている。

これだけ見れば実に幻想的で美しいが、ゆっくり景色に浸っている暇はないだろう。

「イリス、大丈夫？」

ウンディーネが心配そうにイリスに問いかける。

シャーリーがしつこいくらいにイリスのことをウンディーネに頼んだせいだろう。

（前世と違って、今の体は健康体なのよ）

食事が摂れなくなってやつれていたころのイリスが頭から離れないのかもしれないが、シャーリーは心配しすぎなのだ。それはそれで嬉しいのだけれど、これまで魔力がないからと言ってのけ者にされていたイリスにとって、ようやく巡ってきた役に立てそうな機会なのである。せっかくのチャンスをふいにするつもりはない。

「女神の城というのはあれだろうか」

吹雪いてはいないが、はらはらと舞い落ちる雪と、それから日差しを反射して輝く氷と雪がまぶしいのか、アルベールが目の上に手をかざしながら遠くを指さした。

そちらを見れば、まるでガラス細工のようにきれいな城が雪に埋もれるようにして立っていた。

きれいだが、見るからに寒そうで、どう考えても生身の人間が住めるような城ではない。

だからこそ、あれが女神の古城だろうと言うのが信じられる。あんなものに住もうなんて思うのは神か、幽霊か、はたまた魔物くらいだ。

「そうだとしても、みすみす女神の待ち構えている城に乗り込むのは無謀だな」

エドワルドがもっともらしく言う。

（こういうのは作戦を立てて乗り込まないとね。まずは気づかれずに侵入するための、侵入口を探すのがベストのはず……）

前世にゲームで得た知識から最善の行動を割り出そうとしたイリスだったが、失念していた。ここには、決して組み合わせてはいけない猪突猛進型の面倒臭いコンビがいたのだ。

「わざわざ乗り込まなくてもおびき出せばいいではないか」

「イフリート、策でもあるのか？」

「ふんっ、任せろ！」

あ、まずい、と思ったが遅かった。ちらりとウンディーネを見たイフリートが、無駄にマッスルポーズをしながら、止める間もなく上空まで飛んでいく。

「何をする気なんだ?」

「さあ。……アデル、念のため俺のそばから離れないでくださいね」

アデルが不思議そうに空を見上げて、ヘンドリックがアデルを背後に守るようにしながらどんどん上空に飛んでいくイフリートを見やる。

「……嫌な予感がするんだが」

リアムがぽそりとこぼした言葉に、イリスは大いに同意した。

(同感よ、お兄様)

だが、あんなに高く昇ってしまったイフリートに指示を出そうとすると大声を張り上げる必要があって、そんなことをすればすぐに女神に気づかれるのはわかり切っていた。ものすごく不安だが、イフリートの行動を止めるのは諦めて見守るしかない。

「フェンリル、『絶対防御』を全員に張れる?」

「任せろ」

アルベールもイフリートが何かをやらかすのを察して、フェンリルにそう指示を出していた。

そして、フェンリルが『絶対防御』を全員に張るのとほぼ同時のことだった。

「ふはははははは!! 見るがいい、我が最強奥義!! 灼熱のぉ――」

「あの、愚か者が……」

ウンディーネがひくっと頬を引きつらせた。

できることなら、イリスも完全に調子に乗っているイフリートの頭をひっぱたいてやりたいところだがもう遅い。

「炎獄弾!!」

彼が掲げた両手には、真っ赤に燃える巨大な球体が生み出されていた。

皆があきれる中、エドワルド一人がキラキラと目を輝かせてイフリートを見上げていた。

「なるほど、あれで城ごと吹っ飛ばすことができたら楽だな！」

「……エドワルド、水を差すようで悪いが、私はそう上手くいくとは思えない」

リアムの言葉にエドワルド以外の全員が同意を示す中、生み出した巨大な炎の塊をイフリートが城に向かって「ふんっ!!」と投げつけた。

隕石でも降ってきたのかという勢いで飛んで行った炎の塊は、爆音を上げて城に激突した。

幸いにして、フェンリルとウンディーネが防御結界で周囲を囲ってくれたため、こちらにはそれほどの被害はない。

イフリートだけは、爆風が飛んでくる想定をしていなかったようで、見事に後方に吹っ飛ばされたが、元気いっぱいに戻ってくる。

「どうだ？　見たか、ウンディーネ！」

どや顔でそんなことを言うイフリートを、ウンディーネは見向きもしなかった。

（こんな風だから嫌われるのよ。はあ……）

大方、ウンディーネにかっこいいところを見せようと張り切ったのだろうが逆効果だ。

「それにしても、あれだけの衝撃なら、さすがに壊れたかしら？」

白い水蒸気のような煙が城の周りに充満しているためわからないが、全壊は無理でも半壊くらいはしているのではなかろうか。

（ついでに中の女神に多少のダメージでもあればラッキーなんだけど……って）

徐々に煙が晴れていき、イリスは息を呑んだ。

「うそでしょ、無傷!?」

城の周りの雪は全て溶けている。その下にあった分厚い氷も解け、それどころか解けた水すら気化して、ごつごつとした岩肌が見えているのに、その上に建っている城には小さな欠けすら見つからなかった。

「うおっ、俺の渾身の一撃が!!」

ショックを受けたイフリートが頭を抱えてのたうっているが、イリスはきれいさっぱり暑苦しい筋肉馬鹿を無視して、きゅっと表情を引き締めた。

「お姉様、お兄様、何か来るわ!!」

イリスの声に、アデルとヘンドリック、リアムが剣を抜く。

リアムの剣は深紅の色をしていた。現実でこんな色の剣は見たことがないから、大方シャーリーが生み出したものだろう。

エドワルドの手には青銀色の剣と、それからイフリートの生み出した炎の剣がある。

アルベールも剣を抜き、すっとそれを正眼に構えた。

城の正門から、ゆっくりと一人の女性が姿を現す。

（あれが、女神イクシュナーゼ……）

離れているので、顔立ちまではわからない。

だが、イフリートの攻撃で城が無傷でいたことを考えると、あれを作ったイクシュナーゼ本人に傷を負わせることはほぼ不可能だろうと思われた。

（目的は足止めだけど……いつまでもつかしら）

女神の体がふわりと宙に浮かんだ。そして――

（悪夢だわ!!）

女神が腕を軽く振った瞬間、城の周囲を囲うように、真っ黒な鎧の軍隊が生まれたのだ。

その数、万を超えている。

「行くぞ、イフリート!!」

鎧の軍勢にひるむどころか駆け出して行ったエドワルドに、イリスは覚悟を決めた。

「ウンディーネ、行くわよ！　相手がただの鎧なら、躊躇する必要なんてないもの!!」

兄や姉のように剣を使うことはできないけれど、ウンディーネがいればイリスだって戦えるのだ。

「お兄様たちが戦いやすいように敵軍を分断するわ!!　右斜め四十五度に、ウォーターウォール!!」

「了解！」

イリスの指示に合わせてウンディーネが魔法を展開する。

（シャーリー、こっちは意地でも何とかするから、頼んだわよ!!）

サイドストーリー　女神軍との戦い　sideリアム

――ふはははははは!!　見るがいい、我が最強奥義!!　灼熱のぉ――

イフリートが何かをやらかしそうだと判断したリアムは、即座に腰に帯びていた剣に手をかけた。

この剣は、イクシュナーゼと邂逅した際に、シャーリーが指パッチン魔法で呼び出した二振りの剣のうちの、深紅の剣だ。

鞘はなかったが、シャーリーに頼んで呼び出してもらった。ちなみにもう一振りの青銀色の剣はエドワルドが持っている。エドワルドはシャーリーに青銀色の剣と、イフリートの力を具現化した炎の剣の二振りを使いたいと言って二刀流を覚えた。

もともと身体能力の高いエドワルドだが、あっという間に違和感なく二本の剣を操れるようになった弟を見たときは驚いたものだ。

(アルベール陛下は……問題なさそうだな)

イフリートが叫ぶ前に『絶対防御』を展開させたアルベールは冷静だ。

アルベールにはフェンリルがついているし、あれで剣の腕も確かだということはリアムも知っている。

アデルが少々不安だが、ヘンドリックが命に代えても守るだろう。

（問題はイリスだな……）

ついてくると言ったとき、リアムは当然反対した。リアムだけではない。アデルもエドワルドもだ。

けれどイリスはついていくと言って聞かず、反対されてもシルフのテレポートで勝手に合流するとまで言った。最終的にイリスにウンディーネが付けられることを条件に、リアムたちは折れたのだ。

まだ幼く、アデルと違って剣術を学んでいるわけでもない末の妹が、はっきり言って役に立つとは思えない。

ここへは戦争をしに来たのではなく、シャーリーが目的を達成するまでイクシュナーゼを足止めするために来たのだが、だからと言って、女神と戦いになるのは避けられないだろう。

（イリスを守りながら女神と対峙する方法を——）

イフリートの放った『炎獄弾』が女神の城を直撃する。

白い水蒸気のような煙が充満し、どのくらいの被害を与えたのかはさっぱり見えなかったが、あれだけの威力だ。多少なりとも破壊されただろう。

中にいるはずの女神にもダメージがあればいいが、それは期待できそうにない。

つまり、攻撃を受けて女神がいつ城から出てきてもおかしくなかった。

そう思い、イリスを守る方法を考えながら剣の柄をぎゅっと握りしめたリアムは、煙が霧散し、その奥に姿を現した城を見て絶句した。

あれだけのイフリートの攻撃を受けたというのに、どこも損傷していなそうだったからだ。

（なんなんだ、あれは……）

城の周囲の雪や氷だけがきれいに蒸発している。

女神の力を見せつけられた気がしてリアムがたらりと冷や汗をかいたときだった。

「お姉様、お兄様、何か来るわ!!」

イリスの声に剣を抜いて目を凝らせば、城の中から、銀色の髪をなびかせながら、イクシュナーゼが現れたのが見えた。

その体が、ふわりと宙に浮く。

女神が軽く手を振った直後、城の周囲に、万を超える黒い鎧の軍隊が生まれた。

奇しくもイリスと同じ感想を抱いて、剣を構える。

（悪夢だな……）

さて、どうやってイリスを守ろうか。

「行くぞ、イフリート!!」

リアムが考えを巡らせている間に、エドワルドがイフリートとともに敵軍に突っ込んだ。

これだけの人数差だ。作戦なんて考えても無駄なのはわかっているが、あの大軍を恐れずに突っ込んでいける弟の度胸には驚かされるばかりである。

そう思っていると、イリスが表情を引き締めてウンディーネを振り仰いだ。

「ウンディーネ、行くわよ！　相手がただの鎧なら、躊躇する必要なんてないもの!!」

リアムが止める間もなく、イリスがウンディーネに指示をして、敵軍を分断すべく無数の水の壁を展開させる。

リアムは息を呑んだ。

（……ああそうか。イリスはイリスなりに、考えてここにいるのだな）

甘やかされて育った末姫の、ただの我儘ではなかったのだ。

「お兄様、お姉様、後援は任せて!!」

頼もしく宣言する幼い妹に、リアムは迷いを捨てた。

イリスは大丈夫だ。ならば――

「アデルはヘンドリックとともに行動しろ！　私は中央突破する!!」

「私も行こう。フェンリル!!」

アルベールが剣を片手に軽やかにフェンリルの背中に飛び乗った。

『物理攻撃は『絶対防御』ではじかれる！　多少の無茶は問題ない！　リアム殿下、中央まで飛ぶぞ！」

「ウンディーネ、ウォーターカッターでリアムお兄様たちの前方を切り裂いて!!」

アルベールの手を取ってリアムがフェンリルの背に飛び乗れば、イリスがウンディーネに指示を出して、邪魔な敵を切り裂いていく。

フェンリルの跳躍で、一気に敵のど真ん中に着地したリアムは、アルベールと背中合わせで剣を握った。

相手の攻撃がこちらに通用しないなら、怪我を考えずに突っ込める。

「フェンリル、私たちのことは気にせず、思う存分暴れてくれてかまわないよ！」

「そういうことなら任せろ！」

フェンリルがふわふわの尻尾を振って返事をすると、嬉々として敵軍に突っ込んだ。

アルベールも、目の前の敵を容赦なく蹴散らしていく。

（やはり、一度でも実戦経験があると違うものだな）

こちらも、負けていられない――

ここで耐えていれば、きっとシャーリーが何とかしてくれるから。

（シャーリー、私にとって……いや、みんなにとっての女神は、イクシュナーゼではなく君だと思うよ）

リアムは剣を振りかぶり、地を蹴った。

サイドストーリー　女神軍との戦い　sideアデル

「ヘンドリック、行くよ！　フェンリルの防御があるんだ、こちらはそう簡単に怪我はしない！」

「アデル！」

剣を握り締めて、アデルは目の前の敵軍に向かって突っ込んでいった。

フェンリルの『絶対防御』があると伝えても、実際にシャーリーの生み出した精霊を見てから数時間しか経っていないヘンドリックが信じられるはずもなく、防御を考えずに突っ込んでいくアデルを慌てて追いかけてくる。

「無茶はするなと……！」

「大丈夫！」

目を爛々と輝かせて、アデルは目の前の黒い鎧を切って捨てた。

アデルやヘンドリックの剣にも精霊たちの付加魔法がかけられているため、固そうに見える鎧も簡単に真っ二つだ。

厳しい訓練を重ね、実戦も経験してきた将軍ヘンドリックは、アデルの剣の異常さに気が付いたのだろう。ようやく少し、精霊の力を信じる気になったらしい。

「わかった。背中は俺が守るから、心おきなく剣を振るってかまわない。ただし、俺が止めたら必ず止まるように」

「うん！」

アデルは力強く返事をして、そのまま続けて二体の鎧を切って捨てる。

（剣が軽い！　本当にすごいな、これは！）

敵の数が圧倒的に多いが、これならいくらでも戦えそうだ。

もちろん、体力が無限に存在するわけではないので、長期戦になれば疲弊するのはこちらだろうが、それでもこれだけの大軍にも立ち向かえるというだけで自分の中の士気が上がっていくのを感じる。

ずっと剣術を学んできた。

けれども、王女というだけで実戦からは遠ざけられた。

昔、己の力を過信してヘンドリックに怪我をさせてしまったこともある。

（でもようやく、役に立てる……！）

リアムやエドワルドがうらやましかった。

魔力供給を除けば、国のために嫁ぎ子を産むことが王女の役割だと乳母から言われたこともある。

自分だって、有事の時は戦えるのにと、戦いたいのにと何度も言ったけれど、誰もそれを許してはくれなかった。

おそらく、アデルが剣を握って戦うのは今日が最後だろう。

シャーリーの作戦が失敗するとは思っていない。

だが、成功しても、アデルは今日が終わればただの王女に戻るのだ。

剣術を学び続けることはできても、決してそれを振るう機会は訪れない。

国が平和であるなら、それもいいだろう。

だが、何かが起こったときに戦える人間として数に数えられないのは、やっぱり思うところはある。

(だからこそ、今日は……今日だけは、全力で守るために戦うよ)

絶対に、この場で女神を足止めして、シャーリーのもとへは向かわせない。

大切な妹を助けてくれたシャーリー。

緑の塔に一緒に入ってくれたシャーリー。

結婚のために塔から出ることを躊躇した際、笑顔で見送ってくれたシャーリー。

アデルの身代わりとして、塔に入り続けてくれたシャーリー。

シャーリーには、何度助けられたかわからない。

そんなシャーリーを――、世界を救おうと頑張ってくれているシャーリーを、今度はアデルが助ける番だ。

(これが終わったら、わたしもシャーリーと友達になりたいな。王女と侍女の関係ではなくて、ただの友達に)

エドワルドがシャーリーと友達になったと聞いたとき、うらやましくて仕方がなかった。

王女と侍女という立場上、アデルとシャーリーの間には主従関係が発生していて、どれだけ親しくても友人と呼べるほどの親密さはない。

でも、すべてが終わったら、シャーリーはアルベールに嫁ぐから。

主従関係が解消された後なら言えるだろう。

友人になってほしいと。

アデルはゆっくりと口端を吊り上げる。

そして、大きく剣を振りかぶった。

「はあああああああ!!」

気合を入れて、一閃。

(絶対に、女神の計画を阻止しよう、シャーリー!)

サイドストーリー　女神軍との戦い　sideエドワルド

「イフリート！　ウンディーネにいいところを見せるなら今が絶好の機会だぞ！」

「もちろんだとも！」

エドワルドの発破に元気よく頷いて、イフリートがファイアブレスで周りの鎧たちを一掃していく。壊しても再生する鎧の軍団とて、イフリートの灼熱でどろどろに溶かされれば再生は不可能だ。

エドワルドも、フェンリルの「絶対防御」があるので、守りを捨てて突っ込むことができる。

二振りの剣で敵を切り裂きながら、エドワルドははるか先まで続いていそうな鎧の軍団を睨んだ。

あの先に氷の城がある。女神イクシュナーゼが、そこにいるのだ。

まさか、この世界を創った女神を敵に回すことになるとは思わなかった。

(そもそも、以前の俺なら女神に逆らおうとは思わなかっただろうしな)

女神は至高の存在だ。逆らったところで無駄なのだと、滅びも運命だとして受け入れていたかもしれない。魔力持ちの王族は、世界のための犠牲だ。世界のために魔力を供給することが義務だと教えられて育った。そのために女神が自分たちに魔力を与えたのだと。

だからこそ、滅びが女神の意志なのなら、それは当然のことなのだと思っただろう。

でもシャーリーが、諦めなくていい未来を提示してくれたのだ。

うまくいくかどうかはわからない。だが、エドワルドは失敗することなど考えていなかった。

なぜならエドワルドはシャーリーを信じているからだ。

エドワルドにとって、もはや女神はイクシュナーゼではなくシャーリーなのだから。

「ちっ、次々に湧いて出てきやがる！」

「ぬう、鬱陶しいなっ」

イフリートがイライラしたようにファイアボールをあちこちにまき散らす。

周囲で爆発音が轟いて、白い水蒸気がエドワルドの視界を奪った。

「イフリート！　これじゃあ前が見えないじゃないかっ」

「すまん、やりすぎた！」

「やりすぎたじゃ……お？」

いくら「絶対防御」があっても視界が奪われれば不安になる。

エドワルドが何とかして水蒸気に囲まれた場所から離れられないかと考えた時だった。

視界を奪っていた水蒸気が一瞬で凍り付き、吹き飛ばされて、視界がクリアになった。

（ウンディーネか！）

エドワルドがそう認識した直後、イリスの甲高い声が「ウォータートルネード！」と響き渡る。

竜巻のような水の塊が、エドワルドとイフリートの前方から氷の城へ向かって、敵を巻き上げていった。

（まったく、ラッセルのじじい顔負けだな、お前は）

ウンディーネがいるからこそできる技だが、後方から的確に味方の支援を行うイリスは、もしかしたら軍師に向いているのかもしれない。

「イフリート、突っ込むぞ！　イリス、道を作れ！」

目的はイクシュナーゼの足止めだが、後方で鎧の敵を生み出し続ける女神を何とかしなければこちらが疲弊していくだけだ。ならばイチかバチか、女神を叩く。

「お兄様正気!?」

「ああ、援護しろ!!」

「ええ!?　ああっもう！　ウンディーネ、お兄様の左右の敵をウォーターバリアで阻んで、その中央にウォータートルネード!!」

「わかったわ！」

「お兄様！　ウンディーネだけで奥まで道を通すのは難しいからイフリートとうまく連携して！」

「イフリート、ウンディーネの攻撃後、灼熱の炎獄弾を女神の方角に向かってぶちかませ!!」

「いいのか!?　まかせろ!!」

イフリートが嬉々として上空に飛び、奥義の構えに入った。

ウンディーネとイフリートの連携技は、エドワルドもしっかりと覚えている。

ウンディーネのウォータートルネードとイフリートの灼熱の炎獄弾を合わせることで、すさまじい威力の水蒸気爆発が起こるのだ。

味方がいる側でそれを起こすと、いくらフェンリルの「絶対防御」があっても吹き飛ばされる可能性があるが、女神の目の前で起こすのならば問題ない。

「灼熱のぉ――」

イフリートの声を聞きながら、エドワルドは剣を構える。

イリスのことだ、水蒸気爆発が起こってあたりが白く塗りつぶされても、きっとすぐに対応してくれるはずである。だからエドワルドは、何も考えずに突っ込めばいい。

ドオォォン!!

まっすぐに駆け抜けるエドワルドの遥か前方で轟音が上がった。吹き飛ばされた鎧兵が粉々になって空中を舞う。邪魔な鎧の集団が消えて視界がクリアになると、氷の城の前で、銀色の髪をなびかせながら静かにたたずむイクシュナーゼが見えた。

(爆風ものともせずか……。化け物かっ)

思わず、口から乾いた笑いがこみ上げる。

あの化け物じみた女神に今から突っ込もうとしている自分は正気の沙汰ではないかもしれない。

攻撃を終えたイフリートが、エドワルドの横を並走して飛ぶ。

「心配するな。俺が援護する!」

「ああ!」

イクシュナーゼの銀色の瞳がエドワルドを捕らえた。

鎧兵を生み出すのをやめて、エドワルドの前方に手を突き出す。――その、一瞬後だった。

「おいおいおい……！」

突如として、エドワルドとイクシュナーゼの間に、巨大なトカゲのようなものが出現した。キラキラと輝くうろこに覆われた、とんでもなく大きなトカゲだ。ゲームで見たドラゴンに少し似ている。

（鎧兵だけじゃないのかよ！）

エドワルドの身長の十倍はあろうかという巨軀。

頑丈そうなうろこに覆われていて、大きな口にはびっしりととがった歯が並んでいる。

イフリートがファイアボールをぶつけるも、頑丈なうろこには傷一つつかなかった。

「あのうろこは厄介そうだ。腹を狙おう」

魔法攻撃を捨て、イフリートが拳を握る。

イフリートの真骨頂は魔法攻撃ではなく、その強靱な肉体から繰り出す物理攻撃だ。数が多ければ魔法攻撃の方が有利なので魔法を使っていたが、相手が一体だから物理攻撃に切り替えたのだろう。

イフリートの握った拳に、炎がまとう。

エドワルドも剣を構えた。

「行くぞ！」

「おう！」

そして、地を蹴る――

サイドストーリー　女神軍との戦い　sideアルベール

鈍い音を立てて鎧兵が崩れ落ちる。

普通の剣では切って捨てることも難しいだろうと思われる頑丈そうな鎧だが、剣を精霊が強化してくれているので、まるでシャーリーが指パッチンで出す「とうふ」のように手ごたえがない。

数ではあちらが圧倒的に有利だが、物理攻撃はフェンリルの『絶対防御』ではじかれるので、相手の攻撃は無視して突っ込める分、こちらだって負ける気がしなかった。

(とにかく今は数を減らして……)

目的は敵を殲滅することではなくイクシュナーゼを足止めすること。

そこは決して間違えてはいけない。イクシュナーゼの注意をこちらに引き付けて、シャーリーの動きに気づかれないようにするのだ。

(大丈夫だ。シャーリーならきっとやれる)

シャーリーは幾度となくアルベールを救ってくれた。

あの小さな体の、細い肩の、いったいどこにそんな強さを秘めているのか。

ふわりとした柔らかい笑顔で、シャーリーはすべてを包み込んでくれる。

シャーリーのことが心配でないと言ったら嘘になる。できれば側についていたかったし、彼女を隣で支えたかった。

でもついていったところで、アルベールには何もできない。

ならばこの場で、自分のできることをするだけだ。

「フェンリル、道を開いてくれ。できるだけ女神に近づくぞ！」

こちらのことを女神に印象付ければ付けるほど、彼女の注意はこちらを向く。

その分危険も増すが、かなわずとも足止めさえできればそれでいいのだと思えば幾分か気が楽だった。

「わかった。一気に行くぞ」

フェンリルがタンッと跳躍して周りの敵を一掃した後、顔を空に上げて咆哮した。

直後、フェンリルの近くにいた敵から奥に向かって、鎧兵が次々に、すごい速さで氷漬けになっていく。

二度目の攻撃で、フェンリルが氷漬けになった鎧兵を粉々に打ち砕こうとした時だった。

「灼熱のぉ――――」

突然響いたイフリートの声に、アルベールはぎくりとした。

「何をする気だ!?」

「イフリート？」

ともに戦っていたリアムもハッと息を呑む。

空にはイフリートが浮かんでいたが、無数の鎧兵が邪魔をして地上にいるであろうエドワルドの姿は確認できない。

「あれはイフリートとウンディーネの連携技だ。どこへ向かって打つつもりかは知らないが衝撃波が来るぞ！」

フェンリルが慌ててアルベールのそばに駆け寄ると、イフリートが攻撃しようとする場所を見定めるように空を仰いだ。

「おそらく……標的は氷の城だ」

「いや、氷の城は先ほどのイフリートの攻撃でも壊れなかった。だとすると、イクシュナーゼに向かって打つつもりなんじゃないのか？」

アルベールが推測すると、リアムが大きく頷く。

「可能性は高い。フェンリル、こちらにはどのくらい衝撃が来る？」

「狙いが女神なら、距離的にそこまでではないと思うが……ああ、大丈夫そうだ。ウンディーネがこちらに衝撃が来ないよう調整するようだからな」

反対側を見上げれば、同じく空に浮かんだウンディーネが無数の結界を展開させているところだった。

風に乗って、イリスの甲高い声がところどころ聞こえてくることから考えると、彼女がうまく指示を出しているようである。

アルベールがホッと息をついた時だった。

ドオォォォン!!

イフリートが攻撃した直後、先ほどのイフリートの最終奥義のときとは比べ物にならないほどの爆発音が響き渡った。

鼓膜が破れそうなほど振動して、頭痛を覚えたアルベールは眉を寄せる。

ぶわっと、イクシュナーゼがいるあたりから、白い煙がまるで大きくうねる波のようにこちらに向かって走ってきた。

一瞬で視界が真っ白く埋め尽くされる。

周囲の敵はフェンリルが氷漬けにしたとはいえ、敵のど真ん中で視界が奪われるのは危険極まりない。

アルベールがぐっと剣の柄を握り締め、神経を研ぎ澄ませようとした直後、周囲の白い煙が霧散した。

(ウンディーネか)

視界が開けると、アルベールはさっと周囲を確認する。

先ほどの攻撃で、イクシュナーゼの周りにいた鎧兵たちは全部吹き飛ばされていた。

イクシュナーゼがどうなっているのかは、アルベールの位置からでは確認できないが、今が攻める好機であることは間違いない。

「リアム殿下!」

「ああ!」

リアムもアルベールと同じことを考えたのだろう。アルベールが地を蹴ると同時に駆けだす。

「フェンリル、蹴散らしてくれ！」

「了解！」

フェンリルが氷漬けにした鎧兵を吹き飛ばし、さらに周囲からアリの大群のように押し寄せてくる鎧たちを凍り付かせていく。

まっすぐ開けた道を、アルベールはリアムとともに駆け抜けた。

だが、前方に突如として現れた巨大なトカゲに、アルベールとリアムは足を止める。

「……なんだあれは」

リアムが茫然とつぶやいた。

(ゲームの中のドラゴンに似ているな)

奇しくも同時刻のエドワルドと同じことを考えて、アルベールはきゅっと唇を引き結んだ。

あれはどう考えてもイクシュナーゼが生み出したものだ。

「リアム殿下。エドワルド殿下があれと戦っているようだ。急いで合流した方がいい」

巨大なトカゲのいる方角から、エドワルドの声がする。

「わかった」

戦うと言っても、あの巨軀を相手にどうすればいいのか、想像もできない。

しかし、いくらイフリートがそばにいると言っても、あれをエドワルドだけで対処するのは厳しいはずだ。

アルベールとリアムは再び走り出す。

「ファイアーナックル!!」

イフリートが炎をまとった拳でトカゲの腹を殴っているのが見えた。

「兄上！　アルベール陛下！」

「エドワルド、状況は」

リアムが訊ねると、エドワルドは肩をすくめた。

「うろこは固いし、腹はぶよんぶよんしていて剣では切れませんでした。イフリートの攻撃が唯一効いているみたいなんですが、いまだ倒すには至っていません」

「剣が通用しないのか……厄介だな」

アルベールは自分の剣を見下ろして眉を寄せる。

「フェンリル、イフリートに加勢できるか？」

「やってみよう」

フェンリルが頼もしく頷いて、風のように駆けていく。

トカゲのずっと後ろに、銀色の髪をなびかせたイクシュナーゼの姿が見えた。

髪と同じ銀色の瞳が、氷のような冷ややかさでこちらへ向けられている。

（……何も感じていないような顔だ。心底私たちのことなどどうでもいいのだろうな）

そうでなければ、簡単に世界を創りかえようなどと思わないだろう。

イクシュナーゼが軽く手を振る。

その直後、無数の黒い鎧兵たちが一瞬にして消え去った。

代わりに、巨大なトカゲが十体、新たに出現する。

「嘘だろう……？」

エドワルドがひゅっと息を呑んだ。

イクシュナーゼは、鎧よりもこのトカゲをぶつけたほうが効果的だと判断したのかもしれない。

「……最悪だ」

精霊の中で、最大の攻撃力を誇るイフリートですら仕留めきれないトカゲが、追加された分を合わせて合計十一体。

つーっと、アルベールの背筋に冷や汗が伝う。

「ウンディーネ！　ウォーターバリアであのトカゲを囲って閉じ込めて!!」

イリスの切羽詰まった声が響いた。

ウンディーネがイリスの指示でトカゲをそれぞれウォーターバリアで囲う。

だが、閉じ込められたのはほんの数秒だった。

トカゲはあっという間にウンディーネのウォーターバリアを破って出てきてしまったのだ。

撤退の二文字がアルベールの脳裏をよぎる。

（でも、そうすればイクシュナーゼがシャーリーの動きに気づくかもしれない……）

それだけはできない。

たとえ自分がどうなろうとも、ここから退くことは絶対に。

「イクシュナーゼを狙おう」

その時、リアムが剣を握りなおしながら言った。

「このトカゲを相手にするのは無理だ。ならば、これを生み出したイクシュナーゼを叩けばいい」

「……そうですね」

相手は女神だ。トカゲより弱いと言うことはないだろう。けれど、無駄にここで体力を奪われるくらいなら、イクシュナーゼを叩いた方がましな気がした。

エドワルドも大きく頷く。

そして、三人同時に走り出そうとしたその時だった。

「そこまでだ」

突如として上空から静かな声が降ってきた。

ハッと顔を上げると、ゼレンシウスが浮かんでいた。肩にはシルフの姿がある。

「シルフ……ということは」

シルフはシャーリーと一緒にいたはずだ。その彼女がゼレンシウスと一緒にいると言うことは、シャーリーは目的を果たしたのだろうか。

（シャーリーは……）

アルベールは急いで周囲を見渡した。

しかし、シャーリーの姿は見えない。

ざわりと胸の奥が嫌な音を立てる。

イクシュナーゼが大きく目を見開いていた。

「ゼレンシウス、シャーリーは……っ」

シルフとともに、ゼレンシウスがゆっくりと地上に降りてくる。

いつの間にか巨大なトカゲたちは消えていた。

ゼレンシウスはアルベールを振り返り、目を閉じた。

「……塔の中にいる。行ってやるといい。だが……、もう目覚めないかもしれないがな」

カラン、と。

アルベールの手から剣が滑り落ちた。

16　シャーリーの戦い

「わたしたちも行きましょう。シルフ、ノーム、お願いね！」

みんなを見送った後で、シャーリーはシルフとノームを振り返った。

イクシュナーゼを足止めに言ったみんなのことは心配だが、心配ばかりもしていられない。なぜならこの作戦は、シャーリーにかかっているのだ。

シャーリーは一度緑の塔の中に入ると、ダイニングに広げっぱなしの手書きの地図を確認する。

これは、事前にシルフが調べてくれた、地下にどれだけの空洞があるかを示したものだ。

これによると、ゼレンシウスがいた中央の空洞が一番大きいが、全体的にアリの巣のようにあちこち穴が開いている。

緑の塔を建てた影響でこうなったのか、それとも元からこのような形状だったのかはシャーリーにはわからない。シャーリーは天文学者でも地層学者でもないからだ。

（とにかくこの穴を鉄とニッケルで埋めていけばいいのよ）

普通は、内核に向かうにつれて圧力と温度が高まるものだが、この星がどうなっているのかはわからない。

空洞だらけだから圧力がないのか、ほかに理由があるのかは知らないが、細かいことを考えたところでわからないのだから、シャーリーはただ空洞を埋めることだけを考えればいい。

料理だって、同じ材料で同じ作り方をすれば同じ味になる。

この星の中を地球と同じような環境に整えることができれば、同じように生命が生きるのに必要なだけの重力が生まれるはずなのだ。

これはあくまで仮説なので、うまくいく保証はない。正直、うまくいかなかったらどうしようと、怖い気持ちもある。でも、何もしないままに滅ぼされるくらいなら、この仮説にかけたほうがいい。

「準備はいい？　シャーリー？」

シルフの問いに、シャーリーが頷き返そうとした時だった。

「シャーリー」

部屋にいたはずのゼレンシウスがダイニングに顔を出した。

「あ、ゼレンシウス。ご飯なら冷蔵庫に入れてありますから」

「そうじゃない。……シャーリー、一つ覚えておけ。人が持つ魔力は無限じゃない。シャーリーは魔力が多い方で、これまで魔力切れを起こしたことはないようだが、今回も同じとは言い切れない。少しでもおかしいと思ったら中断して戻ってこい。いいな」

ゼレンシウスは珍しく心配そうな顔をしていた。

シャーリーはきょとんとして、それから笑って頷く。

「わかりました」

魔力切れというのが何なのかはわからないが、魔力がなくなれば指パッチン魔法が使えなくなると思うので、どちらにせよ戻るしかない。

「それじゃあ行ってきます、ゼレンシウス」

「……ああ」

シャーリーはゼレンシウスに手を振って、シルフに一つ目の空洞に飛ばしてもらった。

ゼレンシウスがいた中央の空洞は最後だ。あの空洞は巨大なので、一番影響が出やすそうだからである。もし圧力や温度が上昇しても、シャーリーに影響が出ないようにノームとシルフがうまく調整をしてくれるが、影響が大きそうなところは後回しにするに越したことはない。

「真っ暗ね」

ゼレンシウスがいた中央は、鉱石が光っていて明るかったが、ここは真っ暗で右も左もわからない。

シャーリーは指パッチンで懐中電灯を呼び出した。

明かりをつけてぐるりと見渡せば、大きな空洞になっているのがわかる。

シャーリーは自分自身が埋まらないだけのスペースを確保して、パチンと指を鳴らした。

空洞の中を、巨大な鉄の塊が埋め尽くす。

「よし、次!」

思ったより簡単そうだ。

ほしいものを指パッチンで生み出すときと何ら変わらない。これならすぐに作業も終わるだろう。

けれど――、シルフにテレポートしてもらい、空洞を埋める作業を、三十回ほど繰り返したときのことだった。

くらりと眩暈を覚えて、シャーリーは土の壁に手をついた。

(……なに？)

目の前がぐるぐると回る。

「シャーリー？」

「どうしたの？」

シルフとノームが心配そうに顔を覗き込んできた。

シャーリーはゆっくり頭を振って、薄く微笑む。

「ちょっと立ち眩み？　かな。シルフ、あといくつある？」

「あと二つと、中央を埋めれば終わりかな」

「わかったわ」

合計あと三つ。少し体に違和感があるが、あと三つなら何とかなるだろう。というか、みんながイクシュナーゼの足止めに向かっているのだ。シャーリーもここで止めるわけにはいかない。

シャーリーは大きく息を吸って、シルフに「次お願い」とテレポートを頼む。

そして、二つの空洞を埋め、最後の巨大な中央の空洞に到着した時だった。

「シャーリー！」

シルフのテレポートで中央の空洞に着いた途端、シャーリーの体がぐらりと傾いだ。

あっと思う間もなく倒れこむ。

ぐるぐると目が回っていた。立とうとしても、起き上がることすらままならない。

「シャーリー、一度帰ろう」

ノームが、シャーリーの顔を覗き込んで言った。

（帰る……でも……）

シャーリーが帰ったら、アルベールたちはどうなるのだろうか。

作戦を一度中断してもう一度なんて――、きっと無理だ。

シルフに頼んでみんなをテレポートさせても、イクシュナーゼがそのまま見逃すとは思えない。

そんな気がする。

（あと、ここだけで終わるの……）

シャーリーは倒れこんだまま、震える手を動かす。

「……シルフ、あとはお願いね」

「シャ……」

（ゼレンシウス、忠告を無視してごめんなさい……）

シャーリーはゆっくりと、指をはじく。そして意識は、闇に飲まれた――

ゼレンシウスはイクシュナーゼと話があると言うので、アルベールたちは彼をおいて急いでローゼリア国の緑の塔に戻ってきた。

シャーリーは部屋に寝かされていると言うので階段を駆け上がり、部屋に飛び込んだアルベールが見たものは、青白い顔で横たわるシャーリーの姿だった。

「シャーリー！」

叫んで、駆け寄って、触れたシャーリーの頬は、びっくりするくらい冷たくて、アルベールは反射的に首に手を伸ばして脈を探る。

小さいながらも脈が感じられたことに泣きそうなほど安堵して、アルベールはもう一度シャーリーの頬に触れた。

「ノーム、何があったんだ」

シャーリーの枕元にノームの姿を見つけて問えば、いつになく悄然とした様子の彼が、ぽつりぽつりと、シャーリーの様子を語る。

「ゼレンシウスは魔力切れを起こしたんだろうって言ってた。リアムが人から魔力を奪ったときとは状況が違うんだって。リアムは人から魔力の源そのものを消し去るけど、シャーリーの場合は、魔力の入る器は残されていて、そこが空っぽになったから、魔力が回復するまで目覚めないだろうって。でも……シャーリーの魔力は、とっても多いんだって。女神の力が行使できるほどに、多いから……目覚めるほど魔力が回復するまで、いったいどのくらい時間が必要かわからないって……。もしかしたら、人の一生分……死ぬまで、シャーリーは目覚めないかもしれないって」

「そんな……！」

アルベールの背後で悲鳴が上がった。

振り返ると、アルベールを追いかけてきたアデルが蒼白な顔で両手で口を覆っていた。

「最後、危険なのは自分でもわかってたんだと思う。あとはお願いってシルフに頼んで、シャーリーは最後の空洞を埋めて意識を失ったんだ」

「……シャーリー………」

何故、という言葉が口から出かかって、アルベールは寸前で飲み込んだ。

何故なんて、そんなことわかっている。

シャーリーのことだから、みんなのために無茶をしたのだ。シャーリーはずっと、無自覚に人のために自分を犠牲にしてきた。アルベールに出会ったときからそうだ。誰かのために動き回り、誰かのために無理をして、それでも微笑むのがシャーリーなのだ。

（でも、こんなことは予想していなかった……）

魔力を「使う」ことを知らないアルベールは、魔力が何であるのかを正しく理解していなかったのだろう。

それが有限な力だと、わかっていなかった。

いつも無尽蔵に力を行使していたシャーリーの力に、限界があるなんて思っていなかったのだ。

そっとシャーリーの手を握ると、こちらも氷のように冷たかった。

「シャーリー……」

冷たくて、ピクリとも動かない指先に、アルベールの目から涙がこぼれる。

「シャーリー……シャーリー……」

何度呼び掛けても、シャーリーからの返事はない。

シャーリーの手を額につけて、アルベールは嗚咽を殺す。

「……すまないが、少しだけ二人きりにしてくれ」

絞り出すような声で頼めば、みんな黙って部屋から出て行ってくれた。

「シャーリー……。結婚しようって、約束しただろう……？」

すべて、終わったのだ。

シャーリーはすべてをやり切った。

あとは、シャーリーが予想した通りの結果になるかどうかだけだが、悪い結果になるなんて、アルベールは一つも疑っていない。今日が終われば、シャーリーと結婚できると、信じていた。

平和な世界で、ずっとずっと一緒にいられるのだと、信じていたのだ。

「シャーリー……、頼むから、目を開けて……」

一人にしないで――

熱を出して、シャーリーにすがったあの夜のように、アルベールはかすれる声でつぶやく。

けれど、シャーリーからの返事はなくて。

アルベールは息を殺して泣いた。

「ふんふんふーん……うん、美味しい！」

小日向佐和子は鼻歌を歌いながら出来上がったばかりのカーリカーリュレートを味見して、満足そうに頷いた。

カーリカーリュレートとはフィンランドのロールキャベツだ。

ひき肉と玉ねぎとスパイス、そしてご飯を混ぜ合わせたタネをボイルしたキャベツで丁寧にくるみ、その後、煮込むのではなくオーブンで焼く。黒糖シロップをかけて焼き、ジャムを添えて食べる甘いロールキャベツである。

朝の情報番組の料理コーナーの、フィンランド料理特集を担当することになった佐和子は、自宅のマンションのキッチンで、予行練習をしていたのだ。

（お母さんはそろそろ結婚しなさいなんていうけど、この生活は捨てられないわ）

好きな料理を仕事にできて、自由に料理研究ができる毎日。三十二歳女性の独身者なんて世の中にはごまんといるのだから、焦ることはないと思う。

「次はロソッリと、ロヒ・ピーラッカは簡単で美味しいから外せないわよね」

焼きあがったカーリカーリュレートを皿に盛ってキッチンの端によけておいて、佐和子はロヒ・ピーラッカで使うサーモンの下処理に入る。

サーモンは刺身用のトラウトサーモンを使うと楽でいいが、普通の塩鮭を使うなら皮と骨を丁寧に取り外す必要がある。今日は冷凍庫に残っていた塩鮭を使うので、佐和子は丁寧に皮と骨を外して、表面に胡椒を振った。塩は、今日は塩鮭を使うので振らずにおく。

熱したフライパンでサーモンを焼きながら、佐和子はふと考えた。

（カーリカーリュレートとロソッリとロヒ・ピーラッカだけだと、ちょっと少ないかしら？　エドワルド様はすっごくよく食べるし、アルベール様のお弁当にするには彩が足りな……）

ふんふんと鼻歌を歌いながらサーモンを焼いていた佐和子の手がぴたりと止まる。

「……今、わたし、何を考えたの？」

じゅーっと音を立てるフライパンを見つめて、佐和子はゆっくりと目をしばたたいた。

今、自然と、知らないはずの人の名前が、顔が、脳裏をよぎった。

その知らない人たちは、佐和子の頭の中に現れてはシャボン玉のように消えて、また現れては消えるを繰り返している。

（……わたし………）

フライパンから焦げ臭い臭いがしてきても、佐和子は動けなかった。

ぱちぱちと瞬きをするたびに、シャボン玉のように頭の中に浮かぶ人たちがどんどん増えていく。

その顔の、どれも知らないはずなのに、頭にその人たちの顔が浮かぶたびに懐かしさで胸が締め付けられそうになるのだ。

――シャーリー。

ふと、知らない声が背後から聞こえた気がして、佐和子は振り返った。

振り返った先には、壁と同化して見える作りの収納スペースと、それから冷蔵庫があるだけ。

何もないはずなのに、収納スペースの白い扉に、知らない誰かが映って見えた。

金色の髪に、空色の瞳の、優しい顔をした誰か。

佐和子の手から、菜箸が転がり落ちる。

優しい誰かは、微笑んでいるのに泣きそうにも見えて、佐和子の心をどうしようもなくかき乱す。

——シャーリー。

聞こえないはずの声が、佐和子の耳を打つ。

「わたし…………約束したのに」

ぽたり、と佐和子の目から涙がこぼれた。

約束したのに。——絶対に、一人にしないって。

ゆっくりと、白い扉に映った人に手を伸ばす。

「…………アルベール様」

その瞬間、佐和子の意識は真っ白に塗りつぶされた。


シャーリーが目を覚まさなくなって三日がすぎた。

その間にゼレンシウスが戻ってきて、イクシュナーゼが世界を創りかえるのを諦めたと教えてくれた。

シャーリーが行った処置だけでは完全ではなかったそうだが、ゼレンシウスの説明を受けて、イクシュナーゼ自ら微調整をかけるらしい。

その後、各国の神殿を通じて、世界への魔力供給が不要になったことを通知するそうだ。「神の信託」というやつだそうだが、そのあたりのことはアルベールはわからない。ただ、それはゼレンシウスの方で問題なく進めてくれるそうなので、アルベールが関知する問題ではないだろう。

世界が魔力なしで崩壊しないことを確認してから、ゼレンシウスは少しずつ世界の魔力を自身に吸収していくそうだ。最初は様子を見ながら少しずつ行うが、数十年もすれば、世界から魔力は消え失せるだろう。

じきに、シャーリーが望んだとおりの結果になる。

もう、緑の塔に閉じ込められる魔力持ちの王族はいなくなる。

世界の存続のために誰も犠牲にならなくていい世界。そんな夢のような世界がたった一人の少女の力で成し遂げられたのだ。

「シャーリー、全部うまくいったよ。イクシュナーゼは、あの氷の城でゼレンシウスと暮らすそうだ。もう世界には手出ししない。……だから」

眠るシャーリーの頭を撫でながら、アルベールは目覚めない恋人にささやき続ける。

「……頼むから、目を覚まして…………」

息はある。心臓も動いている。

でも、シャーリーはどれだけ呼びかけようとも目覚めない。

「シャーリー……」

アルベールも王だ。永遠にここにいるわけにはいかない。婚約者が臥せっていると言って、父に無理を言ってローゼリア国に滞在させてもらっているが、それもあと数日が限度だろう。

アルベールはシャーリーをブロリア国に連れ帰りたかったが、それはローゼリア国王が許さなかった。シャーリーはアルベールの婚約者であるとともに、この世界を救った女神なのだ。一握りの人しかその事実を知らなくても、アデルたちから説明を受けたローゼリア国王はそれを知っている。そんな英雄のシャーリーは、目を覚ますまで城で面倒を見る、それがローゼリア国王の判断だった。

アルベールも、結婚前の婚約者を強引に国に連れ帰れないことはわかっている。

シャーリーには家族だっているのだ。アルベールが勝手をすることはできない。

アルベールが滞在する間は緑の塔にシャーリーを置いておいていいと言われたけれど、アルベールが国に帰るときに、ローゼリア城の一室に移されるそうだ。

そして、緑の塔は封鎖される。魔力がなくなれば、やがて塔は枯れていくだろう。

「シャーリー……」

シャーリーの手を握り締め、アルベールは呻く。

そのときだった。

ぴくり、とシャーリーの指先がかすかに——ほんのわずかにだが、動いた気がした。

「シャーリー？」

ハッと顔を上げ、シャーリーの顔を覗き込む。

声をかければ、今度は形のいい彼女の眉が揺れて、長いまつげが震えた。

「シャーリー！」

思わず、アルベールは声を上げる。

それに呼応するように、シャーリーの瞼がゆっくりと持ち上がった。

アルベールは息を呑み、持ち上がった瞼の下から、彼女の綺麗なエメラルド色の瞳が現れるのを見つめる。

ぱちぱち、と二、三度瞬いて、ぼんやりしていたシャーリーの目が、アルベールの方を向いた。

「…………アルベール、さま？」

三日も眠り通しだったからだろう。シャーリーの声はかすれていた。

だが、シャーリーの声だ。

シャーリーの……。

「っ」

アルベールの目から、ポロリと涙が零れ落ちる。

ベッドに横になったままのシャーリーを、覆いかぶさるようにして抱きしめれば、シャーリーがふっと吐息をこぼすような笑みをこぼした。

「……夢を、見ていたんです」

囁くように小さな声で、シャーリーがつぶやく。

「はい。……とても、とても懐かしい夢。毎日好きなことができて、自由で、大好きだった場所。……でも」

シャーリーの小さな手が、アルベールの背中に触れる。

シャーリーの話している「夢」というのが、以前聞いたことのあるシャーリーの前世の話ではないかと、アルベールはなんとなく悟った。

だからだろうか。

前世の記憶を持つと言う不思議なこの少女が、アルベールの知らないその前世の世界とやらに奪われてしまうのではないかという漠然とした恐怖が足元から這い上がってくるような気がして、アルベールはシャーリーを抱きしめる腕に力をこめる。

そんなアルベールの恐怖をわかっているのかどうなのか、シャーリーは力の入っていない手で、ゆっくりと背中を撫でてくれた。

「大好きな場所だったんです。今でも、夢に見たら懐かしいと思います。あの場所では、ここでは作れない料理もたくさん作れて、まだわたしの知らないレシピが世界中のあちこちに眠っていて……死ぬ前のわたしは、その世界でたくさんしたいことがあったはずなのに、でも不思議と、あの場所に……夢の中にとどまろうとは思えなかった。わたしはもう、この世界の人間だからなのでしょうね」

シャーリーはそこで言葉を区切って、アルベールの背中に回していた手で、そっと頬に触れてくる。

シャーリーの小さくて温かい手がアルベールの頬を撫でた。

「それに、約束したから」

シャーリーの綺麗なエメラルド色の瞳が、まっすぐアルベールの目を見つめる。

「一人にしないって、約束したから」

「――っ」

「だから……帰ってこれて、よかった」

約束を破らなくてすんだからと笑うシャーリーを見たら、もうダメだった。

三日も眠り続けていて、体調も万全でないと頭ではわかっていたのに、気が付いたらその唇を塞いでいた。

シャーリー、と、キスの合間に何度も何度も名前を呼んで、そのたびに「はい」と返事があることにたまらなく安堵する。

「シャーリー。愛している」

だから、お願いだから、ずっとそばにいてほしいと――そんな声にならないアルベールの懇願がシャーリーに届いたのだろうか。

アルベールの愛おしいただ一人の女神は、「一人にしません」と、昔と同じように言って、微笑んだ。

エピローグ

三年後——

各国で緑の塔の閉鎖が進み、どの国の王族も緑の塔の中に閉じ込められなくなって久しい。

シャーリーが強引な予測を立てた世界の重力問題だが、イクシュナーゼが調整と改変を行った結果、どうやらうまく作用しているようだ。

世界に必要なくなった魔力は、少しずつ年月をかけてゼレンシウスに取り込まれ、いずれこの世界から魔力そのものが消えてしまうだろう。

そうなったときには、きっと呼び出した精霊たちともお別れすることになるはずで、それを想像すると淋しくなるが、魔力がすべて世界から消えるまでは何十年もかかるそうなので、もしかしたらシャーリーが生きている間にお別れすることはないのかもしれない。

（はあ、お米の開発は急ぐべきね。麴も必要だわ。……味噌、醬油が恋しい）

ブロリア国の王城の専用キッチンで、王妃となったシャーリーは腕を組んで唸っていた。

精霊たちは姿を消せるのでそのままだが、さすがに緑の塔の中にシャーリーが呼び出した便利グッズや食材を運び出すわけにも、また、ここに新たに呼び出すわけにもいかなくて、このキッチンには冷蔵庫も電子レンジも美味しいお菓子も、そして前世の食材たちもなにもない。

最初は仕方がないと諦めたシャーリーだったが、やはり慣れ親しんだ味は恋しい。ましてや、指パッチン一つでそれらが簡単に手に入ることを知っているからこそ、力を使うのを我慢するのが大変だった。

（……せめて種だけでも……………アルベール様に相談しようかしら）

何とかブロリア国で稲作をはじめて、米や味噌や醤油を手に入れられないだろうか。

王妃の専用キッチンを作った時でも、王妃が料理などともめにもめたが、アルベールは反対を押し切って作ってくれた。お願いしたら米も考えてくれるかもしれない。なぜならアルベール本人が食べたがっているから。

「って、急がないとお昼に間に合わないわ」

キッチンに備え付けてある時計を確認して、シャーリーはパンの成型を急いだ。

シャーリーが作った天然酵母を利用したふわふわのパンは、今やブロリア国で一大ブームになっている。

経済効果もかなりあるとかで、最初は王妃専用キッチンに猛反対していた宰相も、シャーリーがキッチンにこもることに嫌な顔をしなくなった。

パンの成型を終えてオーブンに入れると、アルベールからのリクエストの唐揚げづくりに取りかかる。

シャーリーがアルベールの食事をすべて準備してしまうと城の料理人の立つ瀬がなくなるとかで、シャーリーに許されているのは昼食だけだ。

「シャーリー。今いい？」

唐揚げに下味をつけていると、キッチンにアルベールが入ってきた。書類の束を手にしている。

「大丈夫ですよ。どうしたんですか？」

「うん。冷蔵庫の件なんだけどさ」

「作れそうですか!?」

前世と同じとはいかなくても、冷蔵庫に近いものを作ることはできないだろうかとアルベールに相談していたのだ。

シャーリーが電気や機械に詳しければもっと話は早かっただろうが、残念ながらそのあたりのことはさっぱりなので、こちらの世界の技術者に頼るしかなかったのだが、どうなったのだろう。

わくわくしながら待っていると、アルベールが眉尻を下げた。

「結果を言えば、ちょっと難しいかな。冷凍庫が特にね。冷蔵庫だけなら、こんな風に大きな氷を利用して貯蔵するものを作れなくもないみたいなんだけど……氷が希少だからね、購入者も限られるから量産には向かないって」

「そうですか……そう簡単には行かないですよね」

シャーリーはしょんぼりと肩を落とした。

「あ、でも、研究は続けてくれるそうだよ？　研究者も、冷凍庫というのは作ることができれば世界が変わると乗り気だったからね！　あと、氷を使った冷蔵庫なら、シャーリー専用に試作はしてくれるらしいよ」

「本当ですか！」

「うん。……大きな声では言えないけど、フェンリルかウンディーネに頼んで氷を作ってもらえば、シャーリーが使う分には問題ないと思う」

「アルベール様!!」

シャーリーは思わずアルベールに抱き着いた。

くすくす笑いながらアルベールが抱きしめ返してくれる。

「それからもう一つ。部屋の外で宰相が待っているよ。シャーリーの作るパンの料理本の件だってさ」

「そういえば販売するって言っていた気が……って、外で待っていなくても、入ってくればいいのに」

すると、アルベールが苦笑して肩をすくめた。

「料理中のシャーリーの邪魔をすると怖いからだって。……前に『そんなものには興味がないから出て行ってください』って言って追い出したんだって？」

「…………そんなことを、言ったような、言わなかったような気がします」

シャーリーは「あっ」と視線をそらした。

新しい料理を考えているときに横でごちゃごちゃ言われて、つい頭にきて、宰相をキッチンからたたき出した気がする。

「おかげで、料理中の王妃殿下に近づくなって城中でささやかれているよ」

「そ、そんなに強く怒ってないですよ！……邪険にはしましたけど」

「ふふ、そういうことだから、切りがいいところで宰相の相手をしてくれないかな」

「わかりました。お肉の下味をつけているので、今なら少しお話しできます」

「唐揚げ？」

「唐揚げです」

アルベールは嬉しそうに空色の瞳を細めて、ちゅっとシャーリーの額に口づける。

「昼までにあともう少し仕事があるんだけど、おかげで頑張れそうだ」

「それはよかったです！」

シャーリーは笑って、お返しにアルベールの頬にちゅっとキスをする。

行こう、と手を差し出されて、手をつないでキッチンを出れば、待ち構えていた宰相が駆け寄ってきた。

アルベールと一緒に宰相の話を聞いて、キッチンに戻ろうとしたときに、宰相から思い出したように一通の手紙を差し出された。

「ローゼリア国のイリス王女殿下からです」

「ありがとうございます！」

シャーリーはぱあっと笑って、キッチンに戻るなり封を切った。

そこにはイリスの流麗な字で近況報告が書いてある。

（ええ!?　お兄様との婚約話が正式にまとまりそう、ですって？）

以前ちらりと聞いたイリスと、シャーリーの兄ルシアンとの婚約が進みそうだとあって、シャーリーは仰天した。

（えっと、何々……ルシアンはイケメンだし、まあ前世を合わせるとわたしの方が年上だから年の差なんて気にしないわ……って、イリス様らしいと言えばらしいけど）

くすくすと笑っていると、結びに「シャーリーは今幸せかしら？」という一言を見つけて、シャーリーはぎゅっと手紙を胸に抱いた。

アルベールがそばにいて、気ままに料理ができて、王妃という立場はそれなりに大変だけど、でも――

（幸せですよ）

こんなに幸せで、いいのかと思うくらいに。

「ふふ、お返事を送るときに、何か日持ちのするお菓子でもつけて送ろうかしら」

シャーリーは手紙を丁寧に封筒に戻すと、料理の続きに取り掛かる。

返事に、何をかこうかしらと考えながら。

あとがき

最終巻をお手に取っていただき、ありがとうございます！　狭山ひびきです。

実はこの③巻、アース・スターさん史上最大の厚みだそうで…、ページ数がヤバいのであとがきをどうしようかと思ったんですが最後にご挨拶だけ入れさせていただこうと思います。

シャーリーの物語、これで完結です。最後までお付き合いくださり、本当にありがとうございます！　アデルの話とか、エドワルドとか、シャーリーのその後とか、他に書きたいサイドストーリーもあったんですが、ページ的に無理なので、これにて締めさせていただければ幸いです。

実は最終巻、発行が危ぶまれていたんですが、担当様のご尽力で何とかこうして形にすることができました。担当様、本当にありがとうございます！

そして③巻のイラストを引き受けてくださいました仁藤あかね先生、素敵なシャーリーたちを本当にありがとうございました！

最後に、最終巻まで読んでくださった読者の皆様！　心よりお礼申し上げます。

この本の制作に携わってくださった皆様、読者の皆様に、最大級の感謝を!!

また、どこかでお逢いできることを祈りつつ。

転生しました、
サラナ・キンジェです。
ごきげんよう。
～婚約破棄されたので
田舎で気ままに
暮らしたいと思います～
辺境の貧乏伯爵に
嫁ぐことになったので
領地改革に励みます
～ドラゴンと公爵令嬢～
ライブラリアン
本が読めるだけの
スキルは無能ですか!?
婚約者様には
運命のヒロインが現れますが、
暫定婚約ライフを満喫します!
～あなたの呪い、
嫌われ悪女の私が解いちゃダメですか?～
「聖女様のオマケ」と
呼ばれたけど、
わたしはオマケでは
ないようです。

無自覚聖女は
今日も無意識に
力を垂れ流す
～今代の聖女は姉ではなく、
妹の私だったみたいです～
異世界転移して
教師になったが、
魔女と恐れられている件
～王族も貴族も関係ないから
真面目に授業を聞け～
ボクは光の国の
転生皇子さま!
～ボクを溺愛すりゅ仲間たちと
精霊の加護でトラブル解決でしゅ～
転生したら
最愛の家族に
もう一度出会えました
前世のチートで
美味しいごはんをつくります
こんな異世界の
すみっこで
ちっちゃな使役魔獣とすごす、
ほのぼの魔法使いライフ
強くてかわいい!
EARTH STAR LUNA
アース・スタールナ

EARTH STAR
LUNA

転生料理研究家は今日もマイペースに料理を作る
あなたに興味はございません③

発行 ――――――― 2024年3月1日　初版第1刷発行

著者 ――――――― 狭山ひびき

イラストレーター ――― 仁藤あかね

装丁デザイン ――― シイバミツヲ（伸童舎）

発行者 ――――――― 幕内和博

編集 ――――――― 筒井さやか

発行所 ――――――― 株式会社アース・スター エンターテイメント
〒141-0021　東京都品川区上大崎 3-1-1
目黒セントラルスクエア　7F
TEL：03-5561-7630
FAX：03-5561-7632

印刷・製本 ――――― 図書印刷株式会社

ISBN 978-4-8030-1912-4